BIBLIOTHÈQUE CONTEMPORAINE

LOUIS ULBACH

LE CRIME
DE MARTIAL

C L

PARIS

CALMANN LÉVY, ÉDITEUR

ANCIENNE MAISON MICHEL LÉVY FRÈRES

RUE AUBER, 3, ET BOULEVARD DES ITALIENS, 15

À LA LIBRAIRIE NOUVELLE

1880

LE

CRIME DE MARTIAL

CALMANN LÉVY, ÉDITEUR

DU MÊME AUTEUR

COULOMMIERS. — Typ. PAUL BRODARD.

LE CRIME
DE MARTIAL

PAR

LOUIS ULBACH

C · L

PARIS

CALMANN LÉVY, ÉDITEUR

ANCIENNE MAISON MICHEL LÉVY FRÈRES

RUE AUBER, 3, ET BOULEVARD DES ITALIENS, 15

A LA LIBRAIRIE NOUVELLE

—

1880

LE
CRIME DE MARTIAL [1]

I

A LA PORTE D'UNE BOUCHERIE

Dix-huit mois se sont écoulés.

Nous sommes dans les jours les plus âpres de l'effroyable hiver de 1870.

La France est vaincue; Paris résiste encore et, sous le bombardement, comme dans l'étranglement de la faim, trouve toujours un cri héroïque, au besoin, un rire sublime à jeter.

La foule est toujours compacte aux portes des bouchers, qui ne distribuent que rarement un peu de viande, et aux portes des boulangers, qui, sous prétexte de pain, vendent un horrible torchis brûlant les gencives et écorchant l'estomac.

1. L'épisode qui précède *Le crime de Martial* a pour titre *Le château des Épines.*

1

Cependant les bataillons de marche, avec leurs uniformes usés par les insomnies des remparts, défilent toujours crânement dans les rues; le clairon sonne toujours la marche en avant. Mais on dirait que le son est moins fort, et les tambours, vite lassés, s'interrompent devant ces bataillons de femmes, de vieillards, d'enfants, comme s'ils redoutaient de battre la charge, de sonner le *Ça ira* de la résistance, en face de ces êtres faibles, grelottants, qui attendent sans larmes, avec un sourire stoïque, l'illusion de leurs repas.

Il est huit heures du matin. Le jour a la pâleur des visages qu'il éclaire. Les poètes qui chantent la France comme la fille aimée du ciel ont raison, car le ciel porte le deuil fraternel de la France. Il y a un suaire étendu entre le soleil et le pavé.

Dans la rue du Faubourg-Poissonnière, à l'angle de la rue Paradis, à la porte d'un boucher, une foule immobile, gelée, qui a commencé à s'agglomérer avant le jour, emplit le trottoir, que des gardiens de la paix et des *vétérans* ne laissent pas déborder.

Les femmes sont enveloppées de châles, noués autour de la taille, celles qui ont gardé des châles, celles qui ne les ont pas donnés à leurs maris pour aller au rempart. Les hommes, les vieux, serrent leurs vêtements sous leurs deux mains crispées. Quelques servantes de bonnes maisons ne se distinguent des petites bourgeoises, des ouvrières, des pauvres qui attendent, que par le luxe d'une chaufférette apportée de la cuisine, mais qu'elles font pardonner, en la prê-tant à leur entourage, non pour réchauffer les pieds, car nul ne songe à se déraciner du trottoir où le froid l'a soudé, mais pour les mains, qui s'engourdissent.

De temps en temps, comme ces rivières de glace qui s'avancent par petites secousses, la queue fait un pas en avant, quand une personne a été servie; mais les rangs ne sont pas rompus, le silence n'est point troublé; c'est l'immobilité qui marche, voilà tout.

Une compagnie descend du rempart et s'arrête à l'angle même de la rue du Faubourg-Poisson-nière et de la rue Paradis.

Elle a passé la nuit et rentre. Ses habits sont d'un gris de boue ou d'un vert de marécage. On a fait des uniformes avec du mauvais drap de billard. Les visages sont de la couleur des habits. L'allure n'a rien de martial, et pourtant on sent une volonté de paraître ou d'être soldat dans chacun de ces boutiquiers, de ces avocats, de ces artistes.

A côté du fusil, en haut de l'épaule, on voit

surgir, soit un ustensile de ménage, soit un bout de la couverture enroulée qui vient de servir au bivouac.

Le capitaine donne d'une voix brève et enrouée l'ordre de l'alignement. On retire la baïonnette du fusil, on garde la casserole à l'épaule, et les rangs sont rompus.

C'est alors que la lassitude physique et morale, l'ennui de cet exercice quotidien, routinier, sans espérance, que la faim, après une longue nuit froide, et la soif, après une série de factions à la cantine, se montrent dans leur naïveté égoïste.

On se dit à peine au revoir, en bâillant; on se salue d'un signe de tête, et le long des trottoirs, en traînant la jambe, ou au milieu de la chaussée que les voitures n'encombrent plus, les Parisiens, invaincus mais brisés, s'en vont, en s'arrêtant de deux pas en deux pas, pour écouter, à travers le silence morne de la ville, le bruit lointain du bombardement dans les quartiers excentriques.

Un de ces soldats, avant de suivre ceux de ses camarades qui vont dans la direction du boulevard, s'arrête un instant et regarde avec compassion la foule pressée devant la grille du boucher.

— Pauvres femmes! murmure-t-il, grandes femmes!

Il cherche, par un instinct d'artiste et de penseur, parmi ces figures égalisées par la pâleur, une physionomie dont il puisse emporter le souvenir et qui lui résume les souffrances contemplées.

Tout à coup l'homme tressaille, parcouru d'un frisson d'épouvante, d'admiration et de joie.

— Est-ce elle? se dit-il à voix basse; ce n'est pas possible.

Il s'avance doucement, avec précaution, comme s'il avait peur d'effaroucher la vision qui provoque en lui une sorte d'extase; mais sa précaution est inutile; on ne l'entend pas, et il peut ainsi s'approcher de la jeune femme, qu'il croit avoir reconnue.

Elle est en deuil, depuis de longs mois sans doute. La propreté de sa mise ne peut dissimuler les éraillures de sa robe de laine. Elle porte une de ces capelines qui furent les coiffures obsidionales des femmes de Paris, et que les hommes en faction leur empruntaient parfois, tant on redoutait peu le ridicule; tant le ridicule était impossible.

Son visage doux et pâle sort à demi de cette enveloppe sombre et se détache, par le sourire qui l'éclaire, des visages mornes d'alentour. Ses yeux bleus ont une fixité tranquille et regardent

au loin devant eux, dans l'infini du souvenir et
du rêve. De temps en temps, comme elle a bien
froid, comme elle est là depuis l'aube, elle frappe
le trottoir de son pied et se redresse, par un petit
mouvement fier qui la trahit.

— C'est bien elle! pense celui qui la dévore du
regard.

Il va l'aborder, lui adresser la parole; mais elle
se trouve précisément devant le compartiment
ouvert de la grille. Son tour est venu de présenter son bon de nourriture et de recevoir la
petite portion de ce que débite ce jour-là la boucherie. Elle entre et ressort bientôt. Sa part a été
mise dans une sorte de petit panier aplati, comme
on en vend dans les bains de mer et qui atteste
que cette Parisienne, résignée à tout souffrir, n'a
pu se résoudre au panier des ménagères sérieuses, au cabas des ménagères de fantaisie.

Elle va s'éloigner et prend déjà un petit élan,
presque joyeux, quand le soldat se place résolument, sur le trottoir, devant elle, et d'une voix
tremblante que le froid seul n'agite pas, tenant à
la main son képi pour saluer d'une façon plus
absolue, au risque de perdre de sa dignité mar-
tiale, murmure :

— Bonjour, madame de Sabaillan.

La formule est familière; mais, dans cette

atmosphère rigide, elle devient presque du res-
. pect.

Antonie tressaute et s'arrête; regarde, sourit,
et, avec une rougeur rapide qui n'est pas la honte
d'être surprise dans l'exercice de sa misère, elle
répond :

— Bonjour, monsieur Dontilly.

— Enfin, madame, je vous retrouve !

— Vous me cherchiez donc?

— Pas depuis le siège.

— Pourquoi?

— Je pensais que vous aviez dû quitter Paris,
quand on pouvait sortir encore.

— Vous pensiez fort mal, monsieur; je serais
plutôt rentrée.

Charles regardait, avec un faible sourire, le
panier dans lequel la comtesse de Sabaillan venait de mettre sa part de boucherie. Elle continua, avec un petit accent de fierté :

— Vous aviez donc oublié que je suis Parisienne? D'ailleurs, ajouta-t-elle tristement, où
serais-je allée?

— Mais... là-bas! dans le Loiret.

— Chez qui?

Dontilly n'osa parler du château des Épines.

— Chez le docteur Vernon, reprit-il jésuiti-
quement.

Antonie secoua la tête. .

— Le docteur doit être fort occupé, car on s'est battu autour de lui.

Elle poussa un soupir.

— Il doit y avoir bien des ruines dans ce joli pays du Loiret; quant à moi, j'aime Paris, jusqu'à vouloir mourir avec lui.

— Est-ce que vous habitez ce quartier?

Antonie hésita une demi-minute avant de répondre. Puis, se débarrassant de ses scrupules par un léger mouvement des sourcils :

— Non, je n'habite pas ce quartier; mais le bombardement m'a obligée à traverser la Seine. Vous ne m'avez pas cherchée dans le quartier de l'Observatoire, derrière le Luxembourg.

— J'ai pourtant fouillé tout le faubourg Saint-Germain.

— Oh! je me suis logée au delà du noble faubourg, puisque je ne suis plus de la noblesse.

Elle dit cela avec un petit rire vaillant, sans moquerie.

Dontilly se garda bien de protester contre des paroles qui n'étaient ni une boutade, ni un regret, ni une vanterie; mais la simple constatation d'un fait.

Antonie s'était remise à marcher, en marquant le pas pour se réchauffer les pieds. Elle continua :

— Oui, depuis mon arrivée à Paris, je demeure rue Cassini, une rue entre des couvents, et qui est elle-même comme un parloir de communauté. On n'y passe pas en voiture, de peur de faire remuer l'Observatoire; on y chuchote, de peur d'agiter les étoiles. Il y a dans tout le quartier un vœu de silence. De ma fenêtre, qui me rappelle mes terrasses de là-bas, je plonge dans un horizon de grands jardins, et la coupole de l'Observatoire me parle de choses infinies... Par malheur, les grandes lunettes braquées sur le ciel n'ont pu empêcher les gros canons prussiens de se braquer sur Paris. Il est tombé un obus dans notre maison. J'ai craint qu'il n'en tombât d'autres. J'accepte de mourir, mais je ne veux pas me faire tuer inutilement. Je suis venue me réfugier ici... c'est le quartier le moins exposé.

— Vous êtes à l'hôtel?

— Non, chez une amie, qui a été ma camarade d'examen et qui tient un petite pension. Elle me loge; je lui sers de sous-maîtresse; mais elle ne me nourrit pas; elle a déjà bien de la peine à se nourrir. Nous mettons nos portions en commun. Cela ne fait pas grand'chose. Heureusement que nous n'avons plus de pensionnaires... C'est moi qui vais au marché. Je n'ai pas le temps de causer; voici le boulanger. Vous me permettez,

1.

n'est-ce pas, de me mettre à la queue?... c'est un grand hasard qu'il y ait si peu de monde. Est-ce qu'on s'habitue à se passer de pain? Pour ma part, je ne pourrais pas. Ah! le bon pain blanc du Loiret, quand le reverrai-je? Il me semble, dans ce moment-ci, que, si j'en voyais, cela me suffirait. Mes yeux ont faim, tout autant que mon estomac.

Antonie était-elle rassurée tout à fait? En tout cas, elle riait en achevant ces explications.

Elle prit son rang à la queue et attendit un quart d'heure. Dontilly, un peu reculé dans l'embrasure de la rue, attendait aussi.

Elle reçut à son tour un morceau de pain, qui ressemblait à une brique rompue. Elle voulut le mettre dans son petit panier plat; mais, comme il était trop gros, elle l'enroula dans le bout de son châle et l'assujettit bravement sous son bras.

Tendant alors la main à Dontilly :

— Au revoir, *citoyen*, lui dit-elle, en appuyant gentiment sur le mot citoyen.

— Quand vous verrai-je, *citoyenne?* demanda Dontilly sur le même ton, mais avec une nuance de tendre respect.

— De six heures du matin à dix heures, on me rencontre à la porte du boucher ou à celle du boulanger. Dans la journée, quand mes provisions sont faites, je suis à la pension.

Elle donna son adresse, fit un salut de la tête qui n'était pas exempt de coquetterie, et, resserrant son châle autour de sa taille, ramenant sa capeline sur son front, car la bise soufflait, elle remonta vers le haut du faubourg Poissonnière..

Dontilly resta quelques instants, au milieu de la rue, la suivant d'un regard ébloui. Quand elle eut disparu, il se souvint seulement alors de sa grande fatigue et redescendit jusqu'à la rue d'Enghien, où il demeurait.

Le lendemain, l'avocat frappait à la porte de la pension et demandait madame de Sabaillan.

La concierge parut d'abord ne pas connaître le nom et répondit que madame de Sabaillan n'habitait pas la maison. Mais, sur l'insistance de Dontilly, et, après ses explications, elle finit par dire :

— Ah! c'est madame Antonie que vous demandez! Oui, c'est ici, monsieur; elle est dans la classe. Je vais l'appeler.

Dontilly sourit de cette démocratisation du nom de Sabaillan, qui le flatta, sans qu'il pût s'expliquer pourquoi, et suivit la concierge dans un pauvre petit parloir carrelé, meublé de sièges en crin, orné d'un cadre doré où figuraient les noms des élèves mises au tableau d'honneur, et de deux grands dessins, également encadrés, re-

présentant l'un la tête d'Achille, et l'autre celle
de sainte Geneviève, tous deux faits à l'estompe,
et témoignant de la gloire conquise par la pension dans les arts d'agrément.

Antonie, prévenue, ne fit pas attendre longtemps Charles Dontilly, comme si elle eût craint
qu'il ne s'inspirât de trop de mélancolie dans
cette pièce froide, obscure et triste, comme un
greffe de prison.

Elle entra, tenant encore à la main le livre qui
venait de lui servir pour une dictée. Elle alla vers
le visiteur, plus gaie qu'elle ne l'avait jamais été
en sa présence ; car elle ne l'avait rencontré autrefois que pour échanger avec lui des appréhensions, des conjectures pénibles, et que pour
partager un secret douloureux qui ne la concer-
nait pas. Maintenant, pauvre, délaissée, elle était
libre, et, dans Paris héroïque, elle avait cette
gaieté universelle dont on vivait, en souffrant
un martyre glorieux. Elle voulait aussi décon-
certer une pitié hâtive, une amitié qu'elle avait
fuie volontairement pendant dix-huit mois.

Après un bonjour échangé simplement, elle
prit une chaise, en montra une à Dontilly, ti-
sonna, pour la forme et par symbole d'hospitalité, un feu lamentable qui ne pouvait flamber et
demanda :

— Vous n'êtes pas de garde aujourd'hui?

De toute autre Parisienne, la question eût été une sorte d'épigramme, car Dontilly avait un costume moitié militaire et moitié civil qui permettait l'équivoque. Il saluait, comme la veille, avec son képi, en guise de casquette.

— On parle d'une sortie pour demain, répondit-il avec une bonhomie un peu fière, qui, à tout hasard, le vengeait d'une épigramme, et, si je sors, je ne sais pas si je rentrerai. Voilà pourquoi je me suis empressé de profiter de votre permission.

Antonie éteignit son sourire.

— Vous n'avez pas besoin de vous excuser de votre empressement. Moi aussi, monsieur, je désirais vous voir. J'ai regretté de ne vous avoir pas demandé hier si vous aviez des nouvelles du dehors.

— Je n'en ai aucune.

— M. d'Ambreville?...

Charles devint grave.

— Je suis inquiet. Sa dernière lettre était d'une tristesse profonde.

— Il vous parlait de Céline?

— C'est, au contraire, parce qu'il ne m'en parlait pas, que j'ai compris sa blessure saignante et inguérissable. Il semblait désespéré de son avenir brisé par la chute de l'Empire et souhaitait d'aller se faire tuer.

— Pourquoi ne croyez-vous pas seulement à son ambition déçue?

— Parce que je sais qu'il n'était pas ambitieux; qu'il servait l'Empire par contenance, et qu'il a cessé de se plaindre de mademoiselle de Sabaillan, depuis qu'il l'aime avec désespoir.

— Vraiment! murmura Antonie avec émotion.

— Oui, madame; Roland a commis par scepticisme, par ivresse de vanité, par aveuglement de jeunesse, une faute, un crime, dans lequel il a trouvé la foi, la raison, l'amour. C'est quelque chose que d'avoir de l'honneur au fond de ses préjugés mondains. Le remords l'a amené à la passion. La beauté de mademoiselle de Sabaillan, sa résistance, son dédain, sa haine...

— Elle ne le hait pas.

— Sa haine apparente l'a défié. Je vous jure qu'il l'aime à se faire tuer ou à se tuer. Voilà pourquoi j'ai peur. Il y a un mois, j'ai appris par une dépêche qu'il s'était battu à l'armée de la Loire. Depuis, les pigeons ne m'ont rien apporté. Où est-il? Vit-il encore? Ah! si je pouvais aller à sa recherche!... Et vous, madame, quand avez-vous reçu une lettre du docteur Vernon?

— Deux jours avant l'investissement de Paris.

— L'enfant?...

— Allait bien. Il paraît qu'elle est bien jolie...

— Et la mère?

— Elle doit être à Trouville... ou en Angleterre, avec madame de Marval.

Antonie avait fait ces dernières réponses brièvement, presque sèchement, sans colère contre Céline, mais pour indiquer qu'elle ne voulait pas être questionnée, n'ayant rien à dire qui valût les renseignements donnés sur le compte de M. d'Ambreville.

Charles fut intimidé. Il ne savait pas en détail ce qui s'était passé entre Antonie et Céline. Il eût voulu le demander. Il n'osa pas.

— Comme je vous ai cherchée! reprit-il avec une effusion naïve. J'avais supplié le docteur de lever pour moi la consigne que vous lui aviez donnée. Il a été inflexible. Pourquoi m'avoir fait un mystère de votre arrivée, de votre séjour à Paris?... J'aurais pu...

— Est-ce que vous m'auriez procuré des élèves? Je redoutais les visites...

— Quelle mauvaise raison!

— En voulez-vous une meilleure? Je suis arrivée à Paris avec un tas de préjugés et de superstitions. Les visites que vous m'avez faites au château des Épines, celles que je vous ai rendues chez madame Bernard, nous ont porté malheur. Je craignais de provoquer encore une fois la destinée. Il me plaisait d'expier dans la solitude mes imprudences passées et de n'en pas commettre de nouvelles.

Antonie baissait involontairement les yeux en parlant ainsi, et l'embarras qui troublait son visage donnait à sa réponse un autre sens que celui des paroles.

— Cette raison ne vaut pas mieux que l'autre, repartit Dontilly avec un sourire. Je ne vous accuse pas, madame, d'avoir douté de mon dévouement. Je me plains seulement de n'avoir pu me dévouer. Je ne suis bon qu'à cela.

— C'est parce que je vous savais prêt à vous dévouer que j'ai tenu à vous laisser ignorer mon adresse. Si vous ignoriez où je demeurais, moi, j'avais indirectement de vos nouvelles.

— Par qui donc?

— Par le docteur Vernon, qui trouvait vos traces, en allant chez la nourrice.

— Les miennes, seulement?

— Non, pour être franche, je dois avouer qu'il m'a dit aussi que M. d'Ambreville y allait avec vous.

— Il y allait surtout sans moi. Je l'avais introduit, et depuis longtemps je n'y retournais plus.

— Il aime donc aussi sa fille?

— Oui.

— J'espérais cela, dit Antonie en joignant les mains avec ferveur, et pourtant cet amour-là me rend jalouse. Car je ne puis pas lui prendre son enfant, s'il y tient! Décidément, c'est un honnête homme. Rassurez-vous, monsieur, s'il aime sa fille, il ne se fera pas tuer...

— Il sait bien que sa fille a une mère. Hélas! madame, la guerre est arrivée bien mal à propos pour ce double amour de Roland.

— Pourquoi donc? répliqua Antonie en s'animant; la guerre sert le courage de M. d'Ambreville. Peut-être fera-t-elle battre le cœur de Céline, qui est la fille d'un soldat!

— C'est possible; mais la guerre offre bien des tentations à celui qui veut se punir, en dissimulant par orgueil le châtiment, et qui ne peut se consoler de n'être point aimé.

Antonie se leva, frémissante.

— De quel amour vous me parlez! Qui aurait cru que M. d'Ambreville?... Êtes-vous bien sûr?...

Charles sourit, en pâlissant un peu.

— Je réponds de mon ami, sous ce rapport, comme de moi-même. L'amour n'a pas besoin d'une physionomie spéciale, et les plus romanesques sont souvent ceux qui paraissent les plus raisonnables... Roland n'a pas seulement le désespoir d'un amour méconnu; mais il se dit encore que c'est sa faute si cette jeune fille a la haine de l'amour. Je le plains; mais je suis fier de lui. C'est parce que je savais que dans cet homme du monde, gâté par le monde, diplomate avant l'âge, se croyant obligé de douter de tout, pour mériter ses fonctions, il y avait un être naïf, jeune, sincère, capable d'honneur et d'amour héroïque, que je suis resté son confident et son complice. Ce que j'ai fait au début était tout simple. Quand il est venu, effaré de sa faute, de son crime, me demander de protéger un secret si terrible, j'ai accepté, sans lui adresser de reproches, la tâche qu'il me confiait. Je n'avais rien à discuter. Mais, depuis, je me serais affranchi d'une intervention qui, vous l'avez dit, tentait la destinée et avait pour d'autres que lui et moi des périls de plus d'une sorte, si je n'avais pas eu la récompense de mon amitié dans la douleur même dont j'ai été le confident...

— Je savais, interrompit Antonie, troublée de la chaleur que Dontilly apportait à la défense de son ami, je savais qu'il avait revu Céline chez madame de Marval. Le docteur me l'a écrit.

— Oui, mais il l'a revue dans un milieu moqueur. Mademoiselle de Sabaillan n'avait plus à côté d'elle une âme droite pour lui enseigner la droiture, une âme tendre pour l'attendrir. Elle l'a reçu avec hauteur, l'a presque fait chasser par madame de Marval.

— Le docteur Vernon s'est douté de cela. Mais il n'a pas deviné que ce refus de Céline provoquait l'amour. Je me souviens que, dans une de ses lettres, il me dit que M. d'Ambreville, ayant fait tout ce qu'il fallait pour réparer ses torts, se considérait sans doute comme dégagé et était parti probablement pour se marier ailleurs.

— M. Vernon a trop de philosophie sceptique. D'Ambreville est venu ici, et, pendant plusieurs mois, il m'a aidé à vous chercher. S'il vous eût rencontrée, madame, il vous eût raconté ce que je vous dis là ; il vous eût suppliée de lui révéler tout ce que vous savez, tout ce que vous espérez du caractère étrange de mademoiselle de Sabaillan. La dernière lueur qui flottait encore au-dessus de son désespoir, c'était votre indulgence, ou plutôt le crédit que votre justice accordait à cette jeune entêtée. Il vous eût demandé votre amitié, votre estime, et peut-être que, se sachant pardonné par un grand cœur comme le vôtre, il n'eût pas quitté Paris, avec la douleur qui me fait tout redouter.

Dontilly avait dans les yeux des larmes qui

n'en éteignaient pas l'éclair. Tout son visage placide rayonnait. L'amitié profitait de cette flamme
d'héroïsme que chacun portait en soi, pendant
cette grande période du siège de Paris, et aidait
à s'exhaler une émotion dont il n'osait faire hommage à Antonie.

Celle-ci devint subitement jalouse et heureuse,
tout à la fois, de cette belle amitié.

— Si j'avais su! murmura-t-elle doucement.

Elle se hâta d'ajouter :

— Ce n'est pas que j'accepte vos flatteries, au
moins. J'ai un cœur égal au vôtre, et je n'aurais
pas fait mieux que vous; mais je crois qu'un
homme qui a un amour comme celui de M. d'Ambreville, amour grandi dans le remords, avide de
réhabilitation, ne se déclare pas vaincu, parce
qu'il semble méprisé. Votre ami eût voulu savoir
de moi s'il avait à souffrir longtemps et si Céline
est capable de se laisser fléchir. Je lui aurais
répondu ce que je vous dis, ce que j'ai déjà dit
au bon docteur, qui n'y entend rien, ce que j'avais
dit à M. de Sabaillan et ce qui a adouci les dernières heures de sa vie, ce que je me répète souvent à moi-même, car j'ai aussi mes instants de
défaillance : c'est que Céline est capable d'aimer
M. d'Ambreville, si elle ne l'aime déjà. La mort,
le deuil, les influences de madame de Marval, le

dépit du rôle que sa fierté lui a fait jouer, les conseils d'une coquetterie de convention empêchent Céline de s'obéir, à elle seule. Cette nature passionnée se bute à un obstacle qu'elle ne veut pas tourner ; elle le franchira, dût-elle se jeter dans un abîme pour y rejoindre celui qu'une faute a fait son fiancé... Ma présence l'exaspérait par moments ; la situation qui m'était faite par la mort de M. de Sabaillan eût diminué mon influence ; j'ai mieux aimé la blesser que de lui céder. Elle m'en veut plus ; elle m'en aimera mieux. J'ai tout rompu pour l'isoler. N'ayez pas trop peur de l'influence de madame de Marval. C'est une poupée dont Céline se sert pour essayer certaines attitudes qu'elle veut copier ou étudier ; mais elle sait bien que c'est une poupée. Je crois que j'ai bien fait de partir. La question de ma dignité personnelle était peu de chose, auprès de la question de mon devoir. Céline sera ma fille, comme elle sera la femme de M. d'Ambreville. Je n'ai pas su hâter cette éclosion de l'amour ; mais elle aura son jour, son heure, sa minute. Soyez sûr que mademoiselle de Sabaillan n'appartiendra jamais qu'à votre ami et n'aimera jamais que lui.

— S'il n'est pas tué !

— Je ne veux pas songer à la mort. Est-ce que vous y songez, quand vous allez vous battre ? Qui sait si dans ce moment même, ayant appris que M. d'Ambreville s'est conduit comme un héros, Céline n'est pas accourue, affolée, se jeter dans ses bras !

— Je n'ose vous contredire, madame. Vous avez une foi qui se communique. Vous êtes pour mademoiselle de Sabaillan une caution qu'on envie.

Charles regarda Antonie, comme Antonie l'avait regardé, avec une sorte d'admiration jalouse. Elle fut reprise de l'embarras qu'elle avait surmonté, et, détournant l'entretien avec une hardiesse subtile :

— Parlons de vous maintenant, monsieur le soldat. Vous croyez qu'on va tenter encore une sortie demain?

— On le disait tantôt.

— Et vous en serez?

— Probablement.

— Alors, je vous attendrai après-demain. Vous viendrez me raconter la bataille... et la retraite.

— Je viendrai.

Ils se serrèrent la main, pour attester mutuellement leur intrépidité; mais leurs mains, en se touchant, révélèrent autre chose que leur courage et restèrent unies pendant cinq minutes, en se communiquant une moiteur douce qui faisait monter une sève chaude à leurs deux cœurs

Ce fut Antonie qui interrompit ce duo mystérieux.

— Pendant combien de jours encore battra-t-
on le rappel pour des sorties inutiles?

— Personne ne le sait, madame, pas même
ceux qui font le recensement des vivres.

— Ce n'est pas que je sois impatiente de voir
Paris capituler. Ne le croyez pas. Mais on souffre
tant autour de nous, et une partie de moi est là-
bas, bien loin! Il y a si longtemps que je n'ai vu
ma petite Julie! Il est bien temps qu'on la retire
de nourrice. Cet été, j'ai profité de deux trains
de plaisir pour donner deux fois rendez-vous à
M. Vernon, chez nos amis Bernard... Elle marchait. Ah! si j'avais pu, avant qu'on refermât les
portes, aller la chercher! Mais c'eût été une folie.
Je n'avais pas ce droit-là. Son père ne l'eût pas
eue auprès de lui, car l'armée de la Loire a été
longtemps près de là. Je n'ai pas eu peur pour
elle. La guerre n'est funeste aux enfants que
dans Paris. Comment aurais-je fait ici pour la
nourrir? Il paraît que les enfants meurent effroyablement. Pauvres mères!... Quand ce sera
fini, je veux partir par le premier train; je me
dédommagerai de ces mois affreux et pourtant
superbes; je la mangerai de baisers, si son père
lui a laissé des joues à manger.

Antonie parla longtemps de la petite Julie. Elle
en appelait au témoignage de Dontilly pour prouver qu'elle était belle. Ne l'avaient-ils pas admirée ensemble? Sans se douter de la pente que
prenait l'entretien, elle se plaisait à retourner avec
lui en arrière, à rentrer dans ce rêve d'une sorte
de paternité et de maternité d'adoption, dont ils
avaient gardé l'enivrement au fond du cœur.

La cloche de la pension, qui annonçait une
étude, rompit le charme.

— Voilà le rappel pour moi, dit Antonie. Je
vais à mon poste.

Charles n'osait redemander la main qu'on lui
avait reprise. Antonie la lui tendit bravement,
mais, cette fois, sans la lui laisser plus d'une seconde. Elle le reconduisit, avec un gaieté vaillante, comme elle l'avait accueilli.

— A propos, lui dit-elle en lui ouvrant la porte,
quand vous me verrez le matin à la queue, tâchez
de me protéger, pour que je gagne un rang ou
deux. Cela se fait. Il n'y a même pas l'égalité sur
le trottoir! J'ai vu des vétérans qui abusaient de
leurs galons pour qu'on servît leurs protégées
avant les autres. Il est vrai que vous n'avez pas
de galons. Après tout, c'est bon d'avoir froid,
d'avoir faim! On en aime mieux plus tard le soleil
et le pain blanc qu'on gagne!

II

LA DÉFAITE VICTORIEUSE

La sortie militaire annoncée par Charles Dontilly eut lieu en effet. Elle a une date resplendissante et douloureuse dans l'histoire du siège de Paris : c'est la fameuse sortie du 19 janvier.

On sait ce qui se passa.

Ce fut le dernier élan, la dernière illusion de Paris. Quand on sut, dès le matin, que les troupes s'étaient mises en marche avant le jour, Paris eut un sursaut d'espérance. Enfin! l'heure était donc venue! Cette fois, la partie était décisive. On avait pris la route de Versailles, la bonne, la plus difficile, mais la plus courte. On escaladait la montagne; on s'y installait.

Les dépêches publiées et transfigurées allumaient une foi sublime. On avait occupé Montre-

2

tout; on se battait à Buzenval; on attaquait la Bergerie.

L'impatience parisienne dépassait la réalité des dépêches. Vers midi, on disait sur le boulevard, un peu partout : — La Bergerie est prise! La Bergerie prise, c'était le loup pris aussi, puisque c'était la position qui commandait le passage.

Vers le soir, les nouvelles devinrent obscures. Il descendit un brouillard dans les âmes, comme celui que constatait, avec une candeur si tragique, le général Trochu.

Le dénouement fatal apparut dans la lividité de ce crépuscule. C'était la mort de notre orgueil. Il fallait désormais se courber et subir la honte de la capitulation.

La honte? Non. Cette journée terminait dignement cette épopée pour laquelle Paris, justement fier, ne voulut ni colonne ni statue. Tout était perdu, *fors l'honneur*, et la mort, pour ajouter un parfum immortel au sang versé ce jour-là, prit en holocauste la vie des plus jeunes, des plus inspirés. Le génie des arts sacrifia expressément au génie de la patrie.

Antonie n'avait fait aucun effort pour plaisanter Charles Dontilly en le quittant, et c'était simplement qu'elle lui avait dit au revoir.

Avait-elle peur de se laisser aller à trop d'in-

quiétude, si elle n'était pas ainsi? Non, les femmes
de Paris, pendant le siège de Paris, eurent toutes
cet héroïsme de la gaieté qui soutint plus d'un
courage viril. Elles donnaient naïvement leur
sourire à ceux qui allaient se battre, comme
autrefois les belles dames donnaient une écharpe
à l'épée, et, si le sourire n'était pas un talisman
contre la mort, il en était un contre la vision trop
sinistre de la mort. Les plus aimés se faisaient
tuer avec autant de calme que les plus isolés
dans ce monde.

Mais, dans cette longue journée du 19 janvier
qui commença par une résurrection et qui finit
par une agonie, Antonie, tout en passant par les
phases d'espoir et d'inquiétude, communes à la
population entière, se sentit chanceler et tomber
plus vite que d'autres sur la pente du découragement.

Elle découvrait en elle une sollicitude égoïste
qui la troublait, qui l'étonnait et qu'elle n'osait
combattre, car elle en était ravie.

Bien souvent, sans l'avoir jamais rencontré
dans Paris, elle avait pensé que M. Dontilly faisait son devoir, à son rang, comme un bon Français. Ce qu'elle trouvait encore très simple, de la
part d'un homme qu'elle estimait pour sa bravoure et pour ses principes, lui paraissait tout à

coup plus émouvant, depuis qu'elle l'avait revu, depuis qu'il avait touché sa main, depuis qu'il devait venir lui raconter les péripéties de la bataille.

S'il ne revenait pas!

Elle se dit cela, à la tombée de la nuit, sur la place de la Concorde, où elle était allée machinalement, avec la foule, au-devant des bataillons qui rentraient.

Ce n'était pas la peur simple d'une blessure ou de la mort pour un de ceux qui avaient dû affronter le feu avec le plus de sang-froid qui la torturait; c'était une crainte superstitieuse de lui avoir porté malheur, en le revoyant, en lui souriant, comme elle lui avait porté malheur déjà au château des Épines, comme elle avait porté malheur à M. de Sabaillan.

Cette faiblesse lui révélait en même temps la place étrange que prenait Charles dans sa vie. On n'a de ces alarmes brûlantes, qui font vibrer toute la chair, que quand on aime autrement que d'amitié.

Il était nuit; la grande place n'était plus éclairée, pour ainsi dire, que par le pâle reflet que le jour tombant avait laissé comme des lambeaux de suaire sur les bras et sur les genoux des statues colossales. Antonie releva la tête, en se sentant le sein si palpitant, et, croisant ses mains sur sa poitrine :

— Quand cela serait vrai! murmura-t-elle à demi-voix.

On eût pu croire qu'elle prenait à témoin une de ces statues, symboles de patriotisme et de deuil, et que la ville de Strasbourg, chargée de couronnes funéraires, la regardait avec sérénité pour lui répondre :

— Espère! On ne lasse pas la justice!

Que le lecteur ne crie pas à l'exagération. Quelle âme pure et ardente n'a pas l'ambition inconsciente de mêler son drame intime au drame universel?

Antonie, je crois l'avoir prouvé, était, en toute chose, simple, franche, un peu terre à terre, pour ceux qui ne l'observaient que dans la vie pratique. Mais sa droiture hardie ne s'arrêtait devant aucun infini. Sa vie passée, ses épreuves, avant, pendant et depuis son mariage, les malheurs de la patrie, qu'elle avait ressentis plus fortement que ses propres souffrances, afin de ne plus penser à celles-ci, tout la prédisposait à cet élan un peu solennel.

Il y a toujours dans les imaginations volontairement ou fatalement enchaînées à la prose du devoir une heure de revanche poétique et d'explo-

2.

sion. Le grand cœur de cette humble bourgeoise éclatait dans l'extase de l'épouvante publique, et, à l'heure où la nuit s'épaississait sur Paris, en l'enveloppant d'une atmosphère haineuse, Antonie sentait sourdre en elle, prêt à jaillir, l'amour vrai, profond, qui se révèle pour souffrir et pour s'immoler.

C'était une folie que de tenter la rencontre de Charles Dontilly dans ces bataillons qui revenaient, pressés, confus, mêlés, suivis plutôt que conduits par leurs chefs, troupeaux et non plus troupes.

Antonie eut cette folie-là. Elle regardait avidement ceux qui passaient. Plusieurs fois, elle traversa les pelotons avec d'autres femmes, qui, elles aussi, allaient à la découverte, mais ce fut vainement. Pas un de ces visages mornes ne tressaillit sous son regard.

Peu à peu, ce flot obscur des glorieux vaincus s'écoula; la place devint relativement déserte.

Antonie apprit qu'une partie de l'armée, la plus grande partie, restait en dehors des fortifications, pour menacer l'ennemi qui l'avait refoulée. Elle rentra chez elle, et le chemin lui parut long de la place de la Concorde au faubourg Poissonnière. Elle avait un accablement, une lassitude qui la faisait se courber et imiter les soldats qu'elle avait vus défiler pendant trois heures.

Elle ne se coucha pas. Elle voulut veiller, comme il veillait peut-être. Elle avait aussi l'idée singulière, absurde, que, si Charles était de retour, il viendrait, quelle que fût l'heure, frapper à sa porte, la rassurer.

Comment supposer cela? Le cœur a de ces besoins de magnétisme. C'est une illusion fréquente dans les ardeurs d'un grand désir que d'imaginer comme réels et possibles les incidents les plus fantastiques. Combien de fois, en voiture, en chemin de fer même, ne rêve-t-on pas que l'être vers lequel on s'élance d'un vol trop lent vient au-devant de vous, et que, dans le galop du cheval qui croise la voiture, dans le train ou dans le tourbillon qui croise le convoi, on va reconnaître, distinguer la réalité ou le fantôme de celui que l'on va rejoindre?

Antonie écouta toute la nuit les vagues rumeurs de la ville. Elle se repentait de n'avoir pas été de porte en porte, tout le long de la rue d'Enghien, s'informer de la demeure de M. Dontilly, qui n'avait eu aucun prétexte pour lui donner son adresse.

Elle ouvrait la fenêtre, en pensant à ceux qui bivouaquaient dans le brouillard, pour aspirer un peu de cet air humide et malsain dont nos pauvres soldats vivaient et souffraient là-bas, au

delà de Paris; mais elle se promettait bien, au
petit jour, de sortir, de s'informer des régiments
qui rentraient, de se mettre en faction de nouveau, sur la place de la Concorde, au meilleur
endroit, pour tout voir, et de n'en point bouger
qu'elle n'eût vu, reconnu, appelé Dontilly, ou bien
qu'elle n'eût appris sa mort.

Mais l'amour ressuscite toujours ceux qu'il a
commencé par croire morts.

Antonie désirait tant revoir Dontilly qu'elle
n'admettait plus l'hypothèse de son absence fa-
tale. Oui, il reviendrait; elle avait eu raison de
craindre pendant une minute qu'il ne revînt pas,
puisque cela avait fait s'épanouir le sentiment
qu'elle gardait, sans oser le caresser; mais, maintenant qu'elle était décidée à l'aimer, elle savait
bien qu'il était en route!

Que lui dirait-elle? Rien. Elle irait à lui; elle
lui serrerait la main. Elle lui laisserait lire dans
ses yeux une effroyable angoisse, et, s'il devinait
son amour, elle ne se contraindrait pas; elle ne
lutterait ni contre elle ni contre lui. Ce serait
assez de ne pas se jeter dans ses bras.

Quand elle put descendre, Antonie, qui avait
d'ailleurs à faire, ce matin-là, sa station habituelle
à la porte du boucher, car la pauvre pension qui
l'avait recueillie ne pouvait se priver à cette

-heure-là des services de son unique femme de ménage, Antonie sortit et se dirigea en toute hâte vers le boulevard.

Avant d'atteindre le Conservatoire, elle aperçut précisément, dans la vapeur de cette lugubre aurore, une masse grise qui descendait : c'était une compagnie de marche. Est-ce qu'il était trop tard? Elle courut se poster à l'angle de la rue d'Enghien, et là, les yeux étincelants, la bouche haletante, elle attendit et regarda.

La compagnie rentrante se débandait depuis le boulevard. Devant chaque maison, une sorte de flocon terne et boueux se détachait de la nuée confuse et disparaissait dans une porte entr'ouverte, ou stationnait devant quelques curieux sur le trottoir.

Antonie, dès que les premiers soldats affleurèrent la rue d'Enghien, se recula, s'adossa au mur, et, le sourire de défi aux lèvres, elle murmura tout bas cette éternelle et folle prière que ceux qui vont désespérer jettent au ciel :

— Mon Dieu! faites qu'il soit parmi ceux-là!

La prière n'obtint pas de miracle inutile. Elle était un pressentiment. Quelques gardes nationaux se séparèrent de leurs camarades et entrèrent dans la rue d'Enghien. Parmi ceux-ci, Antonie aperçut tout aussitôt Charles Dontilly.

Il paraissait bien las, bien triste; la boue lui était montée jusqu'aux genoux. Il marchait, les deux mains réunies sur la crosse de son fusil, posé sur l'épaule gauche, mais il marchait; il n'avait aucune blessure; il ne saignait que par les déchirures invisibles du patriotisme vaincu!

Antonie faillit s'élancer; elle se retint, mit la main sur sa bouche pour s'empêcher de pousser un cri et se condamna à l'immobilité. Elle se tint effacée dans les saillies de la devanture de la boutique, trouvant une joie superbe à devenir invisible pour jouir de sa vue, sans le troubler dans le recueillement de sa tristesse.

Il ne regarda point de son côté; il passa. Elle le suivit d'un long regard fraternel, reconnaissant. Qu'il était bon de ne s'être pas fait tuer! Et cependant il s'était bien battu : elle en avait l'assurance. Qu'il était vrai dans sa douleur et dans sa fatigue, sans exagération fanfaronne; comme d'autres qui s'arrêtaient pour commencer une narration effrayante, ou pour prendre une attitude, avant de rentrer chez eux et de se faire admirer !

Il viendrait, lui, au rendez-vous donné et lui ferait le récit qu'il avait promis; elle l'attendrait; elle pourrait l'attendre maintenant; elle n'avait plus à hâter l'heure d'un aveu qui n'avait plus de prétexte et qu'il serait peut-être inutile de faire.

Elle lui dit au revoir; et calme, satisfaite, le cœur rempli, la raison refroidie, reposée, reprenant son allure douce, rentrant avec un frisson intérieur de joie et d'orgueil, dans son devoir décent de ménagère, serrant contre elle son petit panier, elle alla reprendre sa place de l'avant-veille, à la queue de la boucherie.

Trois heures après son retour, Charles se présenta chez Antonie. Il avait laissé chez lui sa défroque matinale, et, bien qu'elle eût été contente de le revoir, comme elle l'avait entrevu, sali par la bataille, taché de la boue dans laquelle il s'était agenouillé en tirailleur, elle lui sut gré d'avoir eu cette attention de venir simplement, sans rappeler par son costume les dangers affrontés.

Le fameux secret qu'Antonie devait laisser échapper dans un cri, s'ils s'étaient rencontrés pendant la nuit, resta sans murmure au fond de cette conscience honnête et brave. Elle reçut Charles, sans lui laisser rien soupçonner de la nuit folle qu'elle avait passée. Elle l'accueillit avec un sourire attristé qui n'avait aucun égoïsme. Elle saluait dans l'ami le soldat et le citoyen.

— Eh bien, lui dit-elle, c'est donc fini?

— Pour la guerre étrangère, oui; pour la guerre civile, non.

— Je sais déjà que l'armée de Paris a été admirable.

— Elle a fait son devoir, comme elle l'eût fait plus souvent, si l'on avait eu confiance en elle.

Dontilly raconta les épisodes de la grande bataille auxquels il avait été mêlé; comment l'ennemi avait été surpris au début; comment on avait pu croire un moment que la trouée était faite; comment cette brèche par laquelle entrait un rayon de pure lumière avait été vite refermée par le brouillard et la nuit.

— Oui, c'est bien fini, dit-il en terminant. Ce n'est plus une question de semaines; c'est une question de jours. Avant peu, madame, vous mangerez du pain blanc, le bon pain du Loiret que vous souhaitez!

— Ah! je voudrais vivre six mois encore de ce vilain pain noir, si la victoire était au bout de ce supplice.

Charles et Antonie causèrent de l'avenir, n'ayant plus à s'attendrir sur le présent, et avec une timidité égale, mais avec une entente secrète qui les mettait à l'aise; ils n'échangèrent pas un mot qui pût les concerner; seulement ils développaient chacun le plan d'un devoir cordial et parallèle.

Charles, dès qu'il pourrait quitter Paris, se mettrait à la recherche de son ami d'Ambreville. Antonie irait bien vite embrasser, chercher la petite Julie.

Que feraient-ils ensuite? Quand se reverraient-ils? Reprendraient-ils cette collaboration d'un protectorat, devenu moins urgent, maintenant qu'il n'y avait plus tant de risques à épargner au berceau de l'enfant sans mère? Ils ne pensèrent pas à cela, ou plutôt ils sentaient qu'il était inutile d'y penser. Ils savaient que ces deux lignes parallèles, contrairement aux lois de la géométrie banale, mais suivant les lois de la géométrie des âmes, finiraient par se rencontrer et se rejoindre.

Charles n'eut besoin d'aucune déclaration. Antonie ne fit aucun aveu. Ils ne parlèrent même, pas de l'amitié forte que leur dévouement à d'autres cimentait entre eux. Mais un sentiment insaisissable dans les paroles échangées les unissait, et, quand ils se quittèrent, Dontilly était sûr d'être aimé, Antonie était plus sûre qu'auparavant d'aimer de toute son âme.

Ce n'était pas vainement qu'ils avaient souffert. Chacun d'eux espérait dans une victoire sans sacrifice et sans combat nouveaux. Mais la pudeur de leur amour loyal et délicat semblait vouloir ménager la défaite publique, en s'abstenant de triompher, le lendemain d'une déroute.

3

III

LA MAISON BRULÉE

Dès que Paris fut ouvert, il y eut une envolée de Parisiens qui depuis fut sévèrement jugée et qu'on appela le départ des *francs-fileurs;* ceux-là cependant se rachetèrent plus facilement dans l'opinion que ceux qui étaient partis après le 4 septembre.

Tous ne désertaient pas. Un grand nombre, comme Dontilly, après avoir fait consciencieusement leur devoir civique, pensèrent qu'ils avaient le droit de songer à leurs devoirs de famille et d'amité, sauf à retourner à leur poste, en cas de danger.

Charles prit le même chemin qu'Antonie. Ils partirent ensemble.

Singulier décor pour cette éternelle idylle de

deux cœurs amoureux, mais décor nécessaire à
la piété de leurs sentiments, que ces campagnes
dévastées, violées. Ils traversaient, pâlissant de
douleur et de honte patriotiques, ces lignes prus-
siennes que le canon de nos forts n'avait pu entamer et qui s'entr'ouvraient devant un laissez-
passer des vainqueurs.

Sur la ligne d'Orléans, la voie était coupée à
tous les endroits où elle n'avait pu servir au transport des Allemands.

De distance en distance, les voyageurs faisaient
un trajet, plus ou moins long, à pied ou en charrette. Ils ne se troublaient d'aucune intimité et
semblaient ne plus songer à eux dans ce tête-à-
tête continu à travers la campagne envahie.

Le premier aspect des uniformes étrangers
avait été pour eux une blessure subite qui s'en-
venimait d'étape en étape. Ils n'étaient pas,
comme les habitants des villages, familiarisés
avec l'horreur de cette profanation du sol, des
maisons. Cet ennemi, invisible pendant un si long
siège, et que beaucoup de Parisiens espéraient
du moins ne jamais voir, puisqu'ils n'avaient pu
le vaincre, les heurtait, les arrêtait, les interrogeait, les fouillait du regard et parfois en réalité,
à chaque station, sans qu'il fût possible de laisser
voir l'indignation provoquée par ce sacrilège.

L'air libre qu'ils avaient eu hâte de respirer
leur semblait infesté par un souffle odieux. A
mesure qu'ils avançaient vers le but de leur
voyage, ils devenaient inquiets, car les traces de
la lutte se multipliaient, et ils semblait à leur sollicitude superstitieuse que tous ces grands combats avaient été livrés contre l'enfant, contre l'ami
qu'ils voulaient revoir.

Antonie seule, à vrai dire, avait un but, la
maison du garde. Là, elle s'arrêterait, elle se
reposerait, elle revivrait tous les jours perdus
dans des conjectures pénibles, épanouie, extasiée
auprès du petit lit de Julie.

Dontilly ne savait pas jusqu'où il lui faudrait
aller, peut-être jusqu'en Allemagne, pour trouver
la trace de son ami. Il l'aimait davantage depuis
qu'il parlait de lui avec Antonie. Ces deux êtres
bons, stimulés intérieurement par leur affinité
tendre, n'osant s'aimer, se confondaient et se
défiaient dans leur affection pour d'autres.

Pour être digne d'Antonie, il fallait que Charles
fût sans mesure dans son dévouement à l'amitié,
et l'ami qu'il voulait revoir, empruntant du prestige à cette volonté de sacrifice, grandissait en le
haussant.

A Orléans, Charles prit des informations.
M. d'Ambreville y possédait une maison patri-

moniale. Mais le vieil hôtel était occupé par un état-major prussien, et le serviteur qui le gardait ne put donner aucun renseignement. Il savait que son maître s'était battu avec l'armée de la Loire ; c'était tout.

Charles ne voulut pas se séparer de madame de Sabaillan sans l'avoir accompagnée jusqu'à la maison du garde. Il était possible que M. d'Ambreville eût laissé là des indications précises.

En manifestant ce désir, M. Dontilly s'en excusa, comme d'une hardiesse. Ce qui avait paru tout simple depuis Paris, dans l'accomplissement ingénu de deux devoirs parallèles, lui semblait audacieux maintenant. ·

Antonie se troubla de cette timidité de son compagnon, elle qui ne s'était pas troublée de son assurance, mais elle surmonta son trouble, et, avec un sourire confiant, honnête :

— Venez! lui dit-elle; je n'ai plus peur d'offenser personne.

Ils eurent de la peine à trouver une carriole qui consentît à les transporter. Les chevaux étaient rares, quand ils n'étaient pas mis en réquisition.

Ils quittèrent la voiture au bas du dernier coteau, avant d'arriver au village de X...

La campagne muette, farouche, abandonnée, leur paraissait commander le silence. Le bruit

des roues dans les ornières eût été une profanation. D'ailleurs des arbres abattus barraient
fréquemment le chemin et obligeaient à des dé-
tours qui les eussent retardés. Ils traversaient un
long champ de bataille. Au moindre cahot de la
voiture sur une épaisseur de terrain, ils auraient
eu peur de passer sur autre chose que sur des
fossés remplis.

La nuit descendait. Le ciel prenait des couleurs
violettes qui semblaient de loin la réfraction de
mares ensanglantées.

— Comme on s'est battu par ici ! murmura
Antonie.

Elle montrait sur l'horizon des silhouettes de
maisons brûlées et déchiquetées. Elle marchait
vite.

— Ah ! voilà du monde, dit-elle en s'arrêtant pour
respirer. Je craignais que le village ne fût désert.

Un vieillard traversait la route, traînant une
brassée de bois mort qu'il venait d'aller chercher
dans la forêt.

Antonie eut d'abord la tentation d'aller à lui,
de l'interroger. Elle craignit de faire évanouir
cette apparition, en essayant de l'aborder. Elle
se tint immobile. Le vieillard passa, entra dans
une maison. La route redevint vide.

Antonie avança plus doucement, avec hésitation, avec précaution. A deux ou trois reprises, elle se tourna vers Dontilly, pour lui communiquer dans un sourire le pressentiment qui a tourmentait. Elle était tentée maintenant d'entrer dans les maisons où l'on voyait, derrière les vitres, pointer la lueur d'une lampe ou d'une chandelle qu'on attisait. Elle n'osa pas encore. Ces petites clartés sur la route avaient des airs sinistres, funéraires.

La maison du garde apparut enfin, noire dans le crépuscule violet. Sa situation à l'extrémité du village, au bout du coteau, lui donnait une attitude imposante, et son obscurité la faisait terrible.

— Voyez-vous une lumière? balbutia madame de Sabaillan, naïvement tremblante et ne cachant plus son effroi.

— Non.

Elle ne fit pas tout haut la réflexion qu'elle faisait tout bas :

Bernard et sa femme avaient dû fuir devant la guerre. Elle se souvenait tout à coup que le garde était un ancien militaire. Il avait dû être incorporé dans l'armée de la Loire, et sa femme n'avait pas jugé prudent de rester dans le pays.

Pourquoi Antonie n'avait-elle pas songé à cela

plus tôt, dès le début de nos désastres, quand Paris était ouvert, quand elle pouvait venir chercher Julie et l'emporter?

— Je suis sûre que nous allons trouver la maison vide, dit-elle d'une voix sifflante, vaillante. Nous aurons fait un voyage inutile.

Charles ne répondit rien, puisqu'il n'avait pas à la rassurer.

En trois minutes, ils furent devant la haie qui enserrait le petit jardin du côté de la route.

La clôture était brisée; le jardin avait été piétiné; il n'y avait plus trace de parterre; on marchait sur des débris que le pied faisait crier. La porte de la maison était toute grande ouverte, et il sembla à Dontilly, quand il tâta le chambranle avec la main, qu'il le sentait calciné.

Ils entrèrent dans la salle basse, où il ne restait ni table, ni lit, ni chaise, ni vaisselle. Une odeur de fumée, de suie, les prit à la gorge. La porte ouverte sur le petit pré derrière la maison découpait dans le noir du rez-de-chaussée une baie relativement lumineuse et laissait apercevoir confusément, à l'endroit même où madame de Sabaillan et Dontilly avaient contemplé, dix-huit mois auparavant, la petite Julie, se roulant dans l'herbe, un tas de cendres, de plâtras et de faïences.

— Il n'y a personne, dit tout bas Antonie.

Elle avait peur de l'écho de cette maison incendiée.

Tout aussitôt, comme pour lui répondre et la rassurer, une voix d'enfant se fit entendre au premier étage, une voix d'enfant, plaintive, pleurarde.

— Non, je me trompais, s'écria madame de Sabaillan, réconfortée par cette plainte, qui était pour elle un chant de triomphe.

Elle alla vers l'escalier qu'elle connaissait et monta. Les marches craquaient; le mur avait des escarres qui se détachaient sous la pression de la main.

Arrivée à la dernière marche, hésitant entre deux portes, Antonie appela hardiment :

— Madame Bernard ! où êtes-vous ?

Une plainte et un nouveau cri d'enfant lui désignèrent la chambre habitée. C'était celle même où Dontilly avait été soigné de sa blessure.

Madame de Sabaillan poussa la porte. Sur le seuil, elle s'arrêta. Elle distinguait vaguement, sur le carreau, contre le mur, une épaisseur grise, et au milieu, une forme blanchâtre qui se mouvait.

Antonie s'agenouilla et chercha de la main.

— Vous êtes malade..... blessée, madame Bernard ?

On ne lui répondit pas.

3.

Elle rencontra une tête d'enfant et l'attira doucement, pour la reconnaître au toucher.

Dontilly avait des allumettes de fumeur ; il en frotta une. Sa clarté légère suffit pour que madame de Sabaillàn s'assurât que c'était l'enfant de la nourrice.

Elle ne le repoussa pas ; mais elle ne le retint pas. Charles, qui avait aperçu un bout de chandelle posé à terre, dans un chandelier de fer, l'alluma.

A sa lueur, la femme du garde apparut, livide, les yeux creusés par la fièvre, la bouche grelottante. Elle essayait de se tourner sur le coude, et une sorte de joie errante, indécise, pour ainsi dire, comme celle d'une personne ensevelie qui verrait se rouvrir la tombe fermée, qui attendrait un appel inespéré à la vie, faisait vibrer ses joues amaigries.

Le petit garçon, pâle, comme sa mère, mais instantanément consolé par la lumière et par la vue des deux étrangers, était assis, sur le bord du matelas. Il paraissait, lui aussi, le pauvre enfant, avoir bien souffert.

L'égoïsme maternel mit sur les lèvres d'Antonie une question qui les brûlait et qu'elle eut pourtant la force de retenir, de retarder. Un sentiment de générosité stoïque la faisait hésiter.

Dans ces jours de malheur, on redoutait de penser à soi, sans penser aux autres.

— Qu'est-il arrivé? demanda-t-elle.

La malade secoua la tête, et, d'un geste que sa sincérité rendait solennel, montra les murs noircis, crevassés, la fenêtre sans vitres et sans châssis fermée d'une toile que soutenaient des fagots amoncelés, se montra elle-même et dit :

— Les Prussiens!

Puis, épuisée, elle laissa retomber sa tête en arrière.

— Pauvre femme! murmura Antonie d'un ton bref, qui acquittait vite sa dette de pitié, pour se donner le droit de réclamer la sienne.

Elle eut cependant encore le courage de demander :

— Votre mari?

La femme du garde se redressa, galvanisée, les yeux étincelants. Elle s'appuya de ses deux poings, et serrant les dents :

— Mort! dit-elle.

— Et Julie? ajouta tout aussitôt madame de Sabaillan.

Cette question abattit de nouveau la nourrice. Elle ferma à demi les yeux, souleva en hésitant la main au-dessus de sa tête, pour se débarrasser d'une nouvelle demande, en refusant de répondre.

Antonie, tremblante, insista :

— Elle est morte?

Madame Bernard fit le même geste d'insou-ciance tragique.

— Répondez-moi la vérité! Je veux la vérité! Elle est morte?

La nourrice eut un petit gémissement d'ennui plus que de douleur. Elle était torturée de cette question, mais elle ne répondit pas davantage.

— Qu'est-ce que cela signifie? dit madame de Sabaillan, toujours agenouillée, en se tournant vers Dontilly.

Charles regardait fixement madame Bernard et étudiait son embarras.

— On vous l'a prise, n'est-ce pas? demanda-t-il brusquement.

La nourrice tressaillit, et, soulagée par cette pénétration :

— Oui, répondit-elle.

— Comment? A quelle époque? Qui l'a prise?

La malade refit le même geste équivoque et balbutia :

— Je ne puis vous dire tout cela!

— Pourquoi?

— Il faudrait vous en raconter long... Je n'ai pas la force. Ah! je voudrais être morte! Cela viendra bientôt. Mais mon garçon, vous le prendrez, n'est-ce pas? Vous en ferez un homme, un soldat. Il vengera son père, sa mère et votre petite!...

La malheureuse avait fait un grand effort pour toute cette phrase. Elle eut une sorte d'évanouissement; la sueur roulait sur son front.

Antonie lui prit les mains, lui souleva la tête, et, implorant Dontilly du regard :

— Sauvez-les.

Charles n'avait pas attendu cette prière, pour se demander, avec épouvante, s'il trouverait des secours dans ce village à demi désert. Il se croisait les bras avec force, maudissant une fois de plus la guerre, quand il sentit sous son bras, dans une poche de côté, un de ces flacons plats, très en usage pendant le siège, qui contenait ordinairement de l'eau-de-vie, et que par précaution vague, par habitude, il avait gardé en quittant Paris, le rempart et l'uniforme.

Il le tendit à madame de Sabaillan. Celle-ci versa quelques gouttes sur les lèvres de madame Bernard, qui se ranima.

— Où souffrez-vous? demanda Antonie.

La malade eut une crispation de la bouche et ne répondit pas.

— Vous n'êtes pas blessée? redit Antonie pour la seconde fois.

— Non.

Le petit garçon avait épuisé l'effet calmant de sa surprise. Il se mit à geindre.

La femme du garde poussa doucement la main d'Antonie, qui tenait le flacon, et désigna son fils, en murmurant :

— Lui aussi, il a faim! il a soif!

Madame de Sabaillan prit l'enfant dans ses bras et, tout en lui faisant avaler avec précaution un peu d'eau-de-vie, lui mit la caresse d'un baiser sur le front, pour le ranimer aussi de sa tendresse, de sa supplication.

Elle se repentait de n'avoir pas deviné tout d'abord cette misère.

Quand elle se tourna vers Dontilly pour lui recommander de se hâter, elle ne le vit plus; il était sorti de la chambre et descendait l'escalier.

Entre elle et lui, l'entente devançait la parole et le regard.

En l'attendant, madame de Sabaillan continua, de cinq minutes en cinq minutes, l'usage discret du seul cordial qu'elle eût à sa disposition. Bien qu'elle fût dévorée d'inquiétude et qu'elle sentît haleter en elle une curiosité impatiente, relativement à Julie, elle ne renouvela pas une seule question à madame Bernard. Elle s'abstint de lui parler d'autre chose que de son état pré-

sent, et, passant de la mère à l'enfant, les caressant tous les deux du geste, de la voix, elle
essayait d'apprivoiser, par superstition maternelle, l'énigme qu'elle aurait à interroger.

Charles fut absent pendant une demi-heure.
Il revint en courant, le visage empourpré par la
course, et aussi par le plaisir d'avoir réussi : il
tenait un assez gros panier rempli de provisions.

Il avait frappé à toutes les portes. Au presby-
tère, on lui avait donné un peu de vin et de pain.
Ailleurs, il avait dû violenter l'égoïsme instinctif,
quasi bestial, des habitants, revenus dans leurs
maisons et jaloux de leurs ressources, cachées ou
reconquises.

Par prière, par intimidation, et aussi avec son
argent, il avait obtenu ce qui était indispensable
tout d'abord. Il annonça même qu'une vieille
femme s'était offerte à venir garder madame Bernard. Il avait accepté ses services en promettant
de les récompenser. La promesse n'avait pas été
superflue; seulement il avait ajourné ce secours
au lendemain; il s'était réservé pour lui et pour
madame de Sabaillan cette première veillée.

Antonie ne le remercia pas, ne s'étonna pas
qu'il eût fait une récolte dans ces maisons rui-
nées. Elle trouva tout simple qu'il eût réussi,

qu'il eût compté sur elle, comme elle comptait
sur lui.

Elle s'occupa de faire prendre quelque nourriture à la femme du garde, à son enfant, cachant
sous l'empressement de ses soins le violent et
douloureux désir qu'elle avait de savoir ce que
pouvait lui confier ou lui avouer la nourrice de
Julie.

IV

LE RÉCIT

L'enfant, qui n'avait souffert que la la faim, put s'endormir dès qu'il eut mangé. Antonie l'avait pris sur ses genoux, et, assise sur le bord du matelas, elle le berçait.

La veuve du garde trouva des forces, mais aussi une douleur plus intense dans les secours apportés.

Comme Antonie l'exhortait à se reposer :

— Ah! ma chère dame, répondit-elle avec énergie, j'ai eu trop peur de me reposer tout à fait! Laissez-moi parler. Voilà depuis longtemps la première fois que je puis souffrir tout haut, et, si ne n'avais pas peur de réveiller cet innocent, je vous demanderais la permission de crier; car j'ai là, dans la poitrine, des cris qui m'étouffent,

qui veulent sortir et que la faim étranglait. Ah!
les gueux!

— Prenez garde! dit Antonie en mettant doucement la main sur une des oreilles de l'enfant.

— N'ayez crainte, madame, continua la nourrice en baissant aussitôt la voix. D'ailleurs, le
cher petit, il dort pour nous deux, et il dort bien.
Comment avez-vous pu venir? On sort donc de
Paris, maintenant? Est-ce que les Parisiens sont
vainqueurs?

Elle se relevait sur son matelas.

— Non, répondit Dontilly. Au contraire, les
Parisiens sont tout à fait vaincus. C'est fini.

— Fini? Quoi? On ne tuera plus? On ne brûlera
plus? Il y a encore des Prussiens dans ce pays?

— Sans doute.

— Ah! je les attendais ces jours-ci. Ils m'auraient peut-être achevée; ils m'auraient délivrée
des autres.

— De quels autres?

— Eh bien, de ceux du pays, de mes voisins,
de mes parents, de mes amis!

Madame de Sabaillan regarda Dontilly avec un
effroi subit : est-ce que la pauvre femme avait
perdu la raison?

La veuve surprit et comprit ce regard. Elle
hocha la tête :

— Non, ma bonne dame, non, je ne suis pas folle. Je vous expliquerai cela. Oui, ils vous ont donné ce que vous avez demandé pour moi, n'est-ce pas, monsieur? Ils n'ont pas osé refuser. Ils se vanteront demain de m'avoir secourue, de m'avoir pardonné. Les lâches! les lâches!

Elle brandissait le poing. Ses cheveux s'éparpillaient sur ses épaules, et sa figure amaigrie prenait un relief tragique.

— Oh! la guerre! continua-t-elle d'une voix sourde; quels ennemis elle fait, pour ajouter à ceux qu'elle amène! Je me croyais aimée; on me saluait; on disait dans le pays : la bonne madame Bernard, comme on avait dit autrefois : la belle madame Bernard! Je ne suis plus ni bonne ni belle maintenant. Ils voulaient me laisser mourir de faim, moi qui leur donnais autrefois à tous ce que j'avais, mes fruits, mes œufs, le gibier que mon homme rapportait du bois, mon lait aussi, non pas seulement le lait de ma vache, mais le mien, quand je voyais un enfant chétif, qui geignait dans les bras de sa mère. Ils m'en voulaient pour tout ce bien-là, que je leur avais fait, et ils n'ont pas manqué l'occasion de s'en venger!

Elle s'arrêta, épuisée, passa la main sur sa bouche pour en effacer un peu d'écume qui débordait, parut se repentir de cette échappée, regarda autour d'elle, et adoucissant son regard :

— Je vous demande pardon, madame. Ce n'est pas cela que vous voulez savoir; c'est l'histoire de la petite. Ah! je vous jure bien que ce n'est pas ma faute, si je ne l'ai pas gardée. Mais Bernard m'a dit que je devais la rendre.

— A qui? demanda Antonie.

— A M. d'Ambreville? ajouta Dontilly.

— Oui. Il était venu plusieurs fois la voir avec vous, monsieur, et puis seul. La chère petite! je l'aimais, je vous le jure; je ne l'ai pas cédée facilement; mais, dans un temps pareil, on n'ose pas garder les enfants des autres. Ah! j'aurais dû la garder, pourtant. C'est une grande douleur ajoutée à toutes celles que j'ai, de ne l'avoir plus, de ne pas savoir où elle est. La pauvre innocente, je ne lui en veux pas de tout le mal arrivé à cause d'elle!

— Quel mal? interrompit vivement Antonie.

— Oui, ma chère dame. C'est cet agneau-là qui a attiré les loups et qui a aiguisé les dents des chiens. Voilà l'affaire... Quand la guerre a éclaté, Bernard m'a dit : — Je suis exempté de servir, mais je ne suis pas exempté d'aimer mon pays; je veux me battre. C'était un Français, allez! Il s'est entendu avec des messieurs du canton. Ils ont organisé une compagnie de francs-

tireurs, et tout naturellement, comme on choisissait, non pas les plus nobles, mais les plus expéri-
mentés pour être chefs, il a été nommé capitaine.
Je crois, à parler franc, que c'est lui qui s'est
nommé tout seul. Les autres n'ont eu qu'à dire :
Amen! Il n'y avait pas dans la troupe un seul
homme de ce village. C'étaient tous des soldats
solides... Ils se sont bien battus. Ils campaient
dans les bois, aux alentours... On ne savait jamais
où ils étaient, mais ils étaient toujours où il fallait se battre. Un jour, Bernard, que je croyais
bien loin, vint avec un monsieur, celui que vous
aviez déjà amené et que je ne reconnaissais pas, tant
il était changé, par son uniforme d'abord, par son
air triste ensuite. Mon homme me dit tout bas :
— Je crois que voilà le père ! — parce que, entre
nous deux, souvent, nous avions causé du père
de Julie, sans nous mettre d'accord. M. d'Ambreville regardait l'enfant, sans oser l'embrasser.
Quand il lui disait bonjour, on eût dit qu'il lui
disait adieu... Les visites devinrent difficiles, à
cause des Prussiens..... Un jour, nous avions entendu le canon depuis le matin, quand, vers trois
ou quatre heures, M. d'Ambreville arriva tout à
coup, à cheval, au grand galop. — Madame Bernard, me dit-il vivement, donnez-moi ma fille.
Demain les Allemands seront ici; je veux l'em-

mener. — Pourquoi? lui ai-je répondu. Ces gens-là, après tout, font la guerre aux hommes et non aux enfants. Je n'ai pas peur pour mon pëtit garçon; n'ayez pas peur pour Julie, je la tiendrai à l'abri; où l'emportez-vous? — Donnez-la-moi, dit-il encore avec impatience. — Il était très pâle. J'aurais pu la lui refuser, car enfin ce n'était pas lui qui me l'avait confiée. Le docteur Vernon ne m'avait jamais parlé de ce monsieur-là. Mais il avait l'air si triste, et d'une tristesse qui ressemblait si bien à celle d'un père, que je n'ai pas osé la garder. Cela me déchirait le cœur. Je fis le paquet de l'enfant; je la lui mis dans les bras, sur sa selle; il partit au grand trot, et je m'enfermai pour pleurer, avec une colère que je sentais injuste, mais qui était une si grande douleur, que j'y tenais comme à un bon sentiment... Ah! s'il me l'avait laissée! N'est-ce pas, que l'on ne pouvait rien lui faire?... et bien des malheurs auraient été évités! Le canon grondait toujours; on se battait furieusement du côté d'Orléans. J'étais dans la salle en bas, au coin du feu, regardant mes cendres et tenant ce petit-là serré contre mes genoux; la nuit vint, et j'allais me coucher, quand j'entendis frapper au carreau, tout doucement d'abord, puis plus fort. Je m'imaginai que c'était M. d'Ambreville qui me ramenait la petite.

J'allai à la fenêtre qui donne sur le pré. C'était là qu'on avait frappé. J'ouvris la fenêtre. C'était Bernard; il avait la figure si rouge, et je voyais si bien sa rougeur à la clarté de la lune, que je crus qu'il avait du sang plein le visage. Des francs-tireurs de sa compagnie étaient avec lui. — As-tu la petite? me demanda-t-il. — Son père est venu .la chercher. — Bernard poussa un gros juron. — Ouvre! me dit-il brusquement.

J'ouvris la porte; il entra, tandis que ses cama-rades, dans le pré, faisaient le guet. Je voulais allumer une chandelle; mais, sans m'en laisser le temps, sans m'embrasser, comme il faisait à chaque fois qu'il revenait d'expédition, me ser-rant les deux mains, Bernard me dit : Il est arrivé un grand malheur, l'enfant est perdu; son père est mourant...

A cet endroit du récit de la nourrice, Antonie poussa un cri.

— Oh! ce n'est pas sûr! se hâta de reprendre madame Bernard.

— Continuez! dit Dontilly en suppliant d'un geste madame de Sabaillan.

La nourrice continua, en précipitant son débit :

— Les francs-tireurs étaient postés aux envi-rons de ce village. Mon mari les conduisait à travers le petit bois qui est à une demi-lieue

d'ici, quand, dans une clairière, il rencontra un
soldat blessé, qui se traînait en perdant son sang;
il le reconnut aussitôt. C'était M. d'Ambreville...
celui-ci pouvait à peine parler. Il fit un grand
effort pour dire : Ma fille! et pour expliquer, par
geste, qu'il avait été frappé à cheval, qu'il était
tombé; que l'enfant avait disparu. Il joignit les
mains, en suppliant Bernard de chercher, de.
fouiller le bois; il put indiquer notre maison;
comme si la chère petite, toute seule, en fuyant,
avait pu retrouver son chemin et devait être
rentrée. Bernard voulait le faire porter par ses
soldats. M. d'Ambreville refusa. — Allez! dit-il,
je vous retarderais. — Bernard n'avait pas le
temps d'hésiter. Les ennemis n'étaient pas loin.
S'il voulait faire la commission de M. d'Ambreville, m'avertir et retourner ensuite rejoindre un
détachement qui allait soutenir l'armée française,
il devait se hâter. Il dit à deux hommes de rester
auprès du blessé, et, avec le reste de sa compagnie, il accourut. Je fus frappée comme par un
coup de couteau à cette nouvelle. Bernard me
dit : — Cherche-la; moi je m'en vais. Nous serions
surpris ici. — Comme je m'élançais : — Emporte
le petit, ajouta mon homme. Il t'embarrassera;
mais, si tu rencontres les ennemis, il pourra te
servir à passer. — Je partis en courant; je ne

savais où aller, je descendis vers le bois, et tout
en marchant, j'appelais : Julie! Julie! C'était fou;
mais, que voulez-vous? dans ces moments-là, on
ne sait pas trop ce qu'on fait... Je m'imaginais
que, si elle avait été à une lieue autour du village,
elle m'eût entendue, et je croyais que, moi aussi,
j'aurais reconnu son petit cri; songez qu'elle a
deux ans passés... Mais il y avait quelque chose
qui criait plus fort qu'elle et plus fort que moi.
C'était le canon, la mitraille, la fusillade! Comme
j'arrivais au petit bois, j'en vis sortir un franc-
tireur. Je le reconnus à sa blouse d'uniforme :
c'était sans doute un de ceux que mon mari avait
laissés en faction auprès du blessé. — Il y a des
francs-tireurs là-haut, n'est-ce pas? me dit-il. Ils
vont être pincés par les ennemis; le bois est
rempli de Prussiens. — Il m'interrogeait quasi-
ment, mais sans attendre ma réponse, car il se
mettait à courir vers le village. Ah! j'oubliai pour
le coup les enfants des autres; je ne songeai plus
qu'à mon mari. Je pris mon élan; je devançai les
francs-tireurs; j'arrivai à la maison, dont Bernard
fermait la porte pour s'en aller. — Qu'est-ce qu'il
y a encore? me demanda-t-il. — Les Prussiens!
— Le soldat que j'avais rencontré me rejoignait
et lui donnait très vite des renseignements. Bernard n'était pas assez fort pour se battre contre

4

une armée, avec vingt-cinq ou trente hommes;
mais il n'était pas non plus d'un caractère à fuir
devant une troupe qui n'aurait été que le double
de la sienne. Il dit à ses hommes de filer pru-
demment derrière les maisons. Il leur désignait
un petit ravin qui pouvait être pour quelques
heures une cachette et où ils devaient se réunir.
Ils s'éloignèrent; moi je rentrai avec un grand
serrement de cœur. J'écoutais. Le canon ne grondait plus au loin. On était las de se tuer par
masses. J'entendis un bruit sourd qui battait la
terre gelée; c'était le détachement prussien qui
montait le coteau. Ils devaient avoir passé devant
le ravin. Nos hommes étaient sauvés... Ah! je
n'eus pas le temps de remercier le bon Dieu...
Un coup de fusil, puis deux, puis dix, puis cent
retentirent; on se battait sur le chemin, autour
des maisons; on criait... Qu'était-il arrivé? Avait-
on surpris les francs-tireurs? Bernard avait-il
donné l'ordre de tirer? Un de ses soldats lui
avait-il désobéi? Un fusil était-il parti tout seul?...
Voilà ce que je n'ai pas su. Mais ce que je sais,
c'est que les balles sifflaient et entraient dans la
toiture; c'est que le vacarme était horrible, c'est
que je me figurais, à chaque décharge, que tout
cela trouait la poitrine de mon homme. Ah! si
j'avais pu voir ce qui se passait!... J'ouvris la

porte qui donne sur le pré, pour mieux écouter...
Bernard, avec un de ses compagnons, franchissait
la haie... Je m'avançai : — Tu n'es pas blessé? Il
ne me répondit pas. Il avait les dents serrées
avec colère, et il tenait toujours son fusil. Quand
il fut dans la maison, je fermai, je barricadai les
portes. Je voulais lui prendre son fusil. — Non,
me dit-il d'une voix sombre, laisse-le-moi, il
peut servir encore. Le bruit s'apaisait dans le
village, c'est-à-dire qu'on n'entendait plus de
coups de fusil, mais on entendait pleurer, se
lamenter. Nous vîmes une grande clarté rouge
entrer dans la chambre. C'était un toit de chaume,
en face, qui prenait feu. — Est-ce qu'ils vont
brûler le village, à cause de nous? dit Bernard.
Il alla vers la porte de la rue pour sortir. — Je
ne te quitte pas, lui dis-je. — Reste! me répondit-il presque brutalement, mais en regardant le petit. Il n'eut pas le temps de sortir. On
frappait sur la porte, on l'ouvrait en la brisant.
Bernard avait mis son fusil à l'épaule; mais il ne
tira pas; car il y avait des gens du pays mêlés
aux Prussiens, amenés par les Prussiens, et il
aurait pu tuer ou blesser ces gens-là. Il abaissa
son arme et releva la tête. Une voix que je voudrais reconnaître, mais que je ne reconnus pas,
parce qu'elle était durcie par la colère, par la

peur, dit : — Le voilà! c'est lui! — C'était la voix
d'un Français, le lâche! peut-être la voix d'un
ancien ami. Les Allemands se jetèrent sur Bernard, le désarmèrent avant moi; car je m'étais
élancée pour lui prendre son fusil, et j'aurais tué
au moins un de ces misérables... On allait l'entraîner, quand un officier baragouina deux mots.
Alors on le poussa simplement dehors, à côté de
la porte, contre le mur... Je devinai, je jetai un
cri. Mais on me prit par les mains, par les bras,
par le cou; on étranglait ma colère; quand, en
me débattant, je me dégageai de toutes ces mains,
c'était fini. Un feu de peloton m'avait rendue
veuve...

Madame Bernard s'interrompit, non pas fatiguée
de ce récit, débité d'une voix forte, qui eût semblé
indifférente, tant la volonté lui donnait de relief
et de netteté, mais comme pour savourer la pitié
et l'horreur qu'elle lisait sur le visage de madame de Sabaillan et sur celui de Dontilly. Elle
avait trop souffert de son deuil isolé et méprisé,
pour ne pas tenir, comme à un hommage reven-
diqué par la mémoire héroïque de son mari, à la
pitié de ces deux auditeurs. Elle reprit :

— Je ne sais pas comment la bataille s'était
engagée entre le détachement prussien et les
francs-tireurs. Le village avait été condamné à

l'incendie, comme responsable. Ceux que l'on commençait à incendier crièrent bien fort que Bernard était cause de tout. Alors le commandant prussien, qui aimait mieux tenir un capitaine de francs-tireurs que de faire pleurer des vieilles femmes, demanda qu'on lui livrât Bernard. A cette condition, ils ne brûleraient rien. Naturellement, les gens du pays livrèrent Bernard. Ah! les misérables! J'ai appris tout cela depuis. On me l'a raconté pour me consoler, pour me dire d'être raisonnable. Sur le moment, j'étais tombée foudroyée. Quand je me sentis revivre, notre maison brûlait... Il fallait bien la purifier par le feu. Pensez donc! un franc-tireur qui avait eu l'audace de se battre pour son pays!... Mais le feu était mal mis, et quand les Prussiens furent partis, mes voisins, qui se gardèrent bien de l'éteindre, n'osèrent pas non plus l'entretenir et le rallumer... J'étais tombée dehors... Je ne sais pas pourquoi on ne m'avait pas jetée dans la salle qui brûlait et pourquoi on n'avait pas marché sur moi... Ce fut la fumée qui me réveilla... L'enfant était venu près de moi, il grelottait de terreur et de froid, et pourtant il tendait ses deux petites mains vers le feu, pour se réchauffer. Quelle nuit! Je regardais brûler notre maison, n'ayant ni la force de fuir, ni celle de m'élancer

4.

dans le brasier, pour en finir. Je pensais que
Bernard avait été mis dans le feu; que c'était son
bûcher qui flambait et que c'était encore quelque
chose de lui qui s'envolait et qui voltigeait au-
dessus de moi... Tout m'était indifférent; si je
serrais mon petit garçon contre moi, ce n'était
pas pour le réchauffer, c'était peut-être, au contraire, pour lui donner vite de ma froideur et pour
qu'il mourût avec moi. J'espérais tant mourir! Je
restai là toute la nuit. Vers le matin, un ouragan
de neige froide mêlée à l'eau éteignit la maison
et me fouetta au visage pour me réveiller, pour
me rappeler que je ne devais pas être lâche, que
j'étais la veuve d'un brave. Je me relevai, je pris
mon fils par la main, je regardai tout autour de
la maison. Il n'y avait pas de trace du meurtre
commis... Je ne pouvais pas entrer... J'allai dans
le village; je voulus leur faire voir, à ces lâches,
la figure de la vengeance... J'appris par une
pauvre vieille que Bernard était enterré dans le
cimetière... Ils s'étaient dépêchés de cacher son
corps, pour que le ciel le vît moins longtemps...
A part cette vieille, qui datait du temps des Cosa-
ques, personne ne me parla. J'attendis que les
murs d'ici fussent un peu refroidis pour rentrer
dans la maison maudite... J'y entrai avec la fièvre.
Personne ne vint me soigner... On me donnait de

temps en temps un morceau de pain, mais on
finit par se lasser... Sans vous, je n'aurais peut-
être pas vu la journée de demain... Voilà tout ce
que j'avais à vous dire... C'est triste, n'est-ce pas?
mais, dans le grand malheur de la France, qu'est-
ce que cela fait qu'on ait tué mon homme, parce
qu'il était bon et brave?... Il y a bien d'autres
gens qui pleurent!... aussi, je ne pleure plus...
je ne peux plus pleurer.

V

L'AMBULANCE

Antonie était accablée par le récit de la nourrice. Elle gardait pourtant une espérance invincible. Quelque chose de plus fort que ces apparences lugubres, que cette réalité funèbre soutenait son cœur. Un grand amour fait toujours un pacte avec l'immortalité.

Madame de Sabaillan était sollicitée tout à la fois par sa ferveur maternelle, par l'égoïsme généreux de la tendresse qu'elle sentait grandir en elle pour Dontilly, et aussi par cette foi héroïque et française qui dominait, dans cette heure de crise, l'atrocité des blessures personnelles, pour faire compatir, avec désintéressement, aux douleurs de la patrie.

Je ne décris pas un caractère exceptionnel.

Bien d'autres que moi ont été les témoins de cette simplicité des femmes françaises et surtout des Parisiennes dans cette grande tourmente, de ce sang-froid qui approvisionnait les douleurs, afin de les faire servir plus tard.

Dontilly devinait et partageait cette souffrance lucide. Madame Bernard s'attendait à des reproches, surtout à des explosions douloureuses. Elle fut surprise de la douceur attentive avec laquelle Antonie continua de l'interroger. Cette vaillance la soutenait.

Madame de Sabaillan voulait savoir si un détail, un indice, un rien, oublié dans le récit de la veuve, pouvait la mettre sur la voie d'une enquête, d'une démarche à faire.

Elle lui faisait préciser les moindres mots et reproduire les moindres gestes de M. d'Ambreville. Était-il seul? Aucun domestique ne l'accompagnait-il, ne le suivait-il? Avait-il dit par hasard où il conduisait l'enfant?

Madame Bernard avait beau fouiller sa mémoire; elle ne retrouvait rien. On se heurtait toujours à ce fait brutal, le père blessé; à ce fait monstrueux, l'enfant disparue!

Antonie retenait ses larmes, mais croyait les sentir s'égoutter lourdement dans sa poitrine. Il lui semblait qu'un petit cri, entendu d'elle seule,

s'élevait dans ses entrailles, l'appelant au secours. Elle avait aspiré à la maternité. Elle était
réellement mère par ce tressaillement profond,
par cette torture de l'âme et de la chair, par ce
sang-froid horrible qui est une consécration de
l'amour maternel et qui est la crainte d'effaroucher la chance de salut, s'il en reste une seule.

Elle arrivait à cette crise d'impassibilité apparente qui permet de surveiller la fièvre d'un enfant qu'on voit mourir, de le disputer, de le reprendre à la mort. Hélas! les mères qui veillent
un frêle agonisant ont au moins sous les yeux
la réalité du petit être qui souffre et qui aide,
pour ainsi dire, par l'intercession de sa grâce et
de son innocence, à fléchir le monstre invisible.

Mais Antonie était devant le vide, devant la
nuit, devant l'inconnu. L'enfant qu'elle voulait
sauver vivait-il encore? N'avait-il pas été broyé
par une roue, sous un pied de cheval ou de Prussien? Son pauvre petit cadavre ne gisait-il pas,
effroyablement meurtri, s'il en restait un lambeau?

Elle percevait à la fois toutes les agonies possibles, celles de la faim, de l'abandon, en même
temps que celle de la mitraille. Peut-être le père
avait-il pu se traîner jusqu'à l'endroit où sa fille
avait été renversée, écrasée, et peut-être était-il
mort, ensevelissant de son corps le corps de son

enfant. A moins que M. d'Ambreville n'eût été recueilli par une ambulance et n'eût fait recueillir, à son tour, son enfant retrouvée sur la route.

Elle quitta sa place auprès de la femme du garde et alla s'enfermer dans la nuit de sa chambre, pour s'y absorber, pour mordre à son aise ses lèvres qui tremblaient et étouffer un sanglot.

Dontilly, de son côté, interrogeait, sans espoir de recueillir aucun renseignement. Tandis que madame de Sabaillan cherchait obstinément dans l'obscurité la vision d'une enfant perdue ou morte, lui, pensait aux morts recueillis sur les routes, après le passage des Prussiens, ou bien aux blessés emmenés en Allemagne.

Madame Bernard lui répondait, comme elle avait répondu à Antonie.

Lassée de questions qui pourtant étaient faites avec une inquiétude douce, avec une anxiété précautionneuse, elle dit, en remuant la tête et pour en finir :

— Oh! je changerais bien mon deuil contre le vôtre! C'est horrible de ne rien savoir, mais c'est plus horrible de n'avoir plus rien à craindre... Vous, madame, vous pouvez encore prier, demander au bon Dieu qu'il vous rende l'enfant. Moi, je n'ai rien à demander, je n'ai plus de prière à faire, puisque le curé m'a défendu de prier pour la vengeance.. Ceux que vous cherchez sont peut-être dans un des châteaux où l'on a fait des ambulances...

Dontilly, vaguement, lui demanda le nom des ambulances du voisinage.

— Oh! il y en a jusqu'à quatre ou cinq lieues d'ici. J'avais entendu dire cela, au commencement, par mon mari...

Par acquit de conscience, madame Bernard fouilla dans sa mémoire. Dans la nomenclature, elle nomma le château des Épines.

Antonie poussa un cri et se rapprocha du lit.

— Comment, demanda-t-elle d'une voix troublée, il y a une ambulance au château des Épines?

— Oui, madame, une des belles du pays.

— Qui donc l'a installée là?

— Je n'en sais rien.

— C'est sans doute un détachement d'ambulanciers qui suivait l'armée de la Loire, dit Dontilly.

— Je crois avoir entendu nommer la comtesse de Sabaillan, repartit la femme du garde.

Antonie était dans l'orbe tremblante que faisait la lumière de la chandelle. Elle regarda Dontilly avec stupeur.

Celui-ci intervint, et interrogeant madame Bernard :

— On vous a dit : la comtesse de Sabaillan?

— Oui.

— Mais il n'y a pas de comtesse de Sabaillan ! murmura Antonie.

— Ah! je suis pourtant bien sûre qu'on a parlé d'une jeune comtesse qui tenait l'ambulance.

Charles et Antonie se regardèrent de nouveau. Une même anxiété les agitait.

— S'il n'était pas si tard, balbutia Antonie, je voudrais aller tout de suite au château des Épines.

— J'y vais! répondit Charles.

— Non, pas sans moi ! repartit madame de Sabaillan, obéissant à une réminiscence superstitieuse.

— Oh! ce n'est pas l'ambulance la plus proche, reprit madame Bernard. Il y en a une à un quart de lieue d'ici ; je l'avais oubliée, aux Charmes. Vous feriez bien de commencer par celle-là.

Antonie et Charles se consultèrent encore. C'était une folie, une prouesse inutile, que de se mettre en marche au milieu de la nuit. Ils échangèrent un éclair rapide d'inquiétude nouvelle, d'espérance vague, de foi incertaine et de résignation.

5

Il fallait absolument passer la nuit dans la maison du garde. Madame de Sabaillan déclara qu'elle resterait près de la malade ; qu'une chaise lui suffirait. La malade se prétendait guérie, voulait se lever, et pourtant, par une faiblesse délicate, qui était un acte de courtoisie, un hommage à la bonté d'Antonie, elle consentit, sans trop de résistance, à rester couchée, de peur d'humilier le modeste courage qui allait veiller près d'elle.

Combien de prétendus égoïsmes populaires qui n'ont pas d'autres raisons que cette timidité de la reconnaissance !

Charles prétendit qu'il avait un moyen de s'installer dans la salle basse. Mais, en réalité, il passa la nuit en faction, en promenade devant la maison.

Au point du jour, qu'elle devina bien plutôt qu'elle ne l'aperçut dans cette chambre à la fenêtre obstruée, Antonie descendit doucement. Dontilly vint au-devant d'elle.

Il s'attendait à la trouver lasse d'une insomnie ; il la vit reposée, et avec cette simplicité industrieuse d'une Parisienne, pour laquelle il n'y a pas de désert, elle avait trouvé le moyen de refaire sa toilette, de se parer pour l'épreuve nouvelle, car il ne fallait pas que l'ancienne comtesse de Sabaillan fît honte au château des Épines.

L'angoisse que les réflexions de la nuit ne pouvaient avoir apaisée était à peine visible sur ce visage pâle. Sans le feu qui brûlait dans les yeux, on n'eût rien soupçonné de l'agitation intérieure d'Antonie.

— Voulez-vous me permettre d'aller seule au château? lui demanda Charles.

— J'étais tentée de vous faire la même demande, répondit Antonie.

— Vous craignez que mademoiselle de Sabaillan ne me reçoive mal? reprit Charles.

— Et vous, mon ami, vous craignez que l'on ne me reçoive pas?

Ils eurent un sourire qui leur était bien permis; car il ne faisait ni tort ni injure à leur courage et à leur douleur. Il signifiait seulement qu'ils se comprenaient et se devinaient en toute chose.

— Affrontons ensemble la vérité, continua Antonie. Lequel de nous deux pourrait attendre ici la déception que l'autre lui rapporterait? Nous n'avons rien à faire ici. La pauvre madame Bernard est éveillée, elle pourra se lever; notre inquiétude a donné une diversion et un adoucissement à son deuil. Son enfant dort; elle a des provisions; on doit venir la garder; nous lui sommes inutiles... partons!

Charles dissimulait mal un embarras, qu'Antonie comprit.

— Nous ne trouverons pas de voiture, n'est-ce pas?

— Hélas! non.

— Eh bien, nous irons à pied.

— Je crains...

— Vous oubliez que j'ai déjà fait la route de cette façon-là.

— Mais la fatigue...

— Je n'en ressens plus.

Charles contemplait, avec une attention profonde qui montrait plus de tendresse que de pitié, le visage pâle, les yeux creusés de madame de Sabaillan. Antonie se sentit admirée; une rougeur de confusion chaste teinta ses joues.

— Si vous croyez que vous avez meilleure mine que moi! dit-elle d'un ton de raillerie. Tenez, voici votre déjeuner.

Elle tendait un morceau de pain qu'elle venait de descendre. Charles le rompit. Ils se le partagèrent, et ce fut entre eux comme une communion héroïque. Quand ils eurent fini :

— Maintenant en route, dit Antonie.

Dontilly n'avait fait d'objection à ce voyage à pied que par devoir d'homme du monde. Au fond, à travers ses tourments, il éprouvait une joie secrète de la voir continuer avec lui cette recherche et partager sa fatigue. Heureux s'il devait plus d'une fois la soutenir de son bras!

A mesure qu'ils souffraient, ils se rapprochaient et se confondaient. Il leur avait paru tout simple de quitter Paris ensemble, de voyager fraternellement. Il leur paraissait doux maintenant de s'exposer à la surprise, peut-être injurieuse, de Céline, et de braver la calomnie, comme une torture de plus ajoutée à leurs épreuves.

Ils se mirent en route.

Charles avait pris soin d'avertir la vieille femme qui devait soigner madame Bernard.

La matinée était glaciale, mais elle leur paraissait belle. Il y a dans certaines âpretés de la nature un défi jeté aux âmes qui est comme le printemps du courage.

Ils échangèrent peu de paroles pendant le chemin. Ils redoutaient de se distraire de leurs préoccupations personnelles, d'en diminuer l'amertume qui les unissait. Ils les sentaient enlacées au fond de leur pensée commune, et cela leur suffisait.

Il était encore de bonne heure, dans la matinée, quand ils arrivèrent en vue du château des Épines.

Sa situation, que j'ai décrite, à mi-côte, au-dessus de deux étages de terrasses, en faisait, je le répète, une sorte de tour carrée qu'on distinguait confusément l'été, derrière les arbres. Les grandes cheminées pointaient comme des créneaux ébréchés au travers et au-dessus de la verdure.

Mais, l'hiver, le vieux manoir apparaissait dans sa nudité spectrale ; rien ne dissimulait son âge et ses blessures. Les squelettes des arbres faisaient une ronde macabre autour de ce grand tombeau.

Charles et Antonie arrivèrent par la rive opposée. Ils furent quelque temps avant de trouver le moyen de traverser le Loiret. Les ponts avaient été brûlés, rompus. Les riverains qui s'étaient faits passeurs, pour l'échange de relations entre les deux bords, se faisaient attendre.

Antonie regardait avec émotion, de loin, le château des Épines et surtout dans le château les fenêtres des deux chambres qu'elle avait successivement habitées : la chambre d'institutrice à côté de Céline, la chambre de comtesse à côté de celle de M. de Sabaillan.

L'une et l'autre étaient soigneusement fermées par les volets.

Antonie ressentit de cette découverte une joie secrète qu'il lui eût été impossible d'expliquer. Il était tout simple pourtant que Céline n'eût mis personne à la place de sa mère et sa belle-mère, et n'eût pas songé à installer une femme de chambre à la place de son institutrice.

Mais Antonie, si raisonnable, si positive d'ordinaire, avait besoin ce jour-là d'un encouragement superstitieux. Elle voulait involontairement s'imaginer que cette maison rouvrirait, entrebâillerait ses fenêtres pour l'accueillir. Elle avait eu peur d'une profanation de ses souvenirs. Elle était bien rassurée, on les avait gardés, hélas! uniquement peut-être, parce qu'on les avait dédaignés!

— Quand je suis arrivée de Paris pour la première fois, dit-elle d'une voix attendrie, c'était le soir; j'avais voulu, avant d'entrer, juger de loin la maison où j'allais vivre. C'est à peu près à cette place que je me suis arrêtée en cherchant à gagner le pont. Vous allez me trouver romanesque, mon ami, mais ce château m'avait séduit comme la vision d'un manoir oublié par Walter Scott. Mes rêves de pauvre fille brevetée étaient pédants. Dans ma jeunesse laborieuse, je m'étais fortifié le cœur par la fréquentation des honnêtes héroïnes du grand conteur, et, quand je vis Céline avec son allure fière, je m'imaginai que j'avais pour élève une Diana Vernon... C'est peut-être cela qui m'a aveuglée.

Charles ne voulut pas la contredire ; il confessa à son tour ses impressions romanesques :

— Quand je traversais la rivière, je regardais vos fenêtres éclairées ; je les saluais comme un sourire. Je ne vous comparais à aucune héroïne de roman. Je vous admirais en toute simplicité ; je me trouvais heureux de l'estime que vous m'accordiez... Tenez ! c'est là-bas que je suis tombé dans l'eau. Je vois le saule sous lequel je me suis réfugié. On a oublié de couper les branches...

Ils se recueillirent pendant une minute en silence ; puis Antonie, qui redoutait la mélancolie, dit tout à coup avec inquiétude :

— Pourquoi sommes-nous venus ? Si c'était surtout pour retrouver des souvenirs, ce serait mal. J'ai peur aussi d'avoir cédé uniquement à un sentiment de curiosité, d'être venue voir ce qui se passe là. Ce n'est pas ici que nous trouverons, vous, votre ami blessé, moi, mon enfant perdue.

— Dites notre ami et notre enfant, murmura Dontilly d'une voix douce et grave.

Antonie le regarda avec une effusion douloureuse. Des larmes lui vinrent aux yeux.

— Notre ami, peut-être ; notre enfant, oui ! Nous l'aurions aimée, élevée ensemble.

Charles lui prit la main, qu'il serra doucement.

N'y avait-il pas dans ces paroles désolées, dans ce regret naïf, plus qu'un aveu inutile entre eux? C'est-à-dire l'assurance d'une union consacrée par les mêmes douleurs.

— Si nous partions sans entrer? reprit Antonie d'un ton craintif.

— Vous n'êtes plus brave, mon amie?

— C'est que je pense à ce qu'il nous faudra annoncer.

— Et vous avez peur d'apporter une vengeance?

— J'ai peur de frapper plus que je ne crois la mère et la femme abandonnée. Ne trouvez-vous pas étrange que Céline soit venue s'enfermer pendant la guerre dans ce vieux château, quand elle pouvait rester avec madame de Marval, qui, j'en suis bien sûre, n'est pas ici et n'est pas chez elle? Cette idée d'une ambulance est une bonne pensée.

— Elle a voulu jouer un rôle.

— Un beau rôle, en tout cas.

Antonie secoua la tête et continua :

— Non, il y a autre chose !

— Que supposez-vous?

— Je ne sais ; mais si un premier mouvement d'orgueil explique le retour, cette continuité du devoir fait supposer une réflexion, une bonne volonté...

5.

— Ou une passion..., interrompit Dontilly.

— Une passion en tout cas qui lui conseille la patience.

— Raison de plus pour aller la trouver.

— Oui ; d'ailleurs j'ai beau m'en défendre et résister à cet instinct de curiosité dont je vous parlais, je veux la voir. Je la comprendrai mieux. Qui sait si elle ne m'attend pas? Vous le voyez, elle a gardé ma chambre.

— Nous n'avons pas le temps d'hésiter, reprit Dontilly. Voilà le passeur qu'on a prévenu et qui vient nous chercher.

En effet, une barque s'approchait. Madame de Sabaillan eut peur d'être reconnue ; elle abaissa son voile ; il lui plaisait de garder jusque devant Céline le mystère de son retour.

Dontilly demanda au batelier s'il restait beaucoup de blessés à l'ambulance du château.

— Je ne crois pas, monsieur ; ils y guérissent vite.

— Ah !

— Et il y a quelque temps qu'on ne se bat plus dans le pays. Aussi assure-t-on que la jeune comtesse va retirer bientôt son drapeau pour retourner à Paris.

— Est-ce qu'elle est seule ?

— Toute seule... avec une religieuse.

Le Loiret fut traversé en quelques coups de rames. Charles et Antonie, déposés devant la petite porte de la haie, n'osèrent pénétrer furtivement par ce côté. Ils firent le tour du jardin et arrivèrent devant la grande porte, sous l'allée de platanes.

Antonie eut une émotion presque religieuse, quand elle vit flotter la croix rouge de Genève au-dessus de l'entrée. Il lui semblait que cet étendard fraternel était une promesse. Elle enviait aussi Céline. Si elle était restée au château, elle eût été l'infirmière en chef. Elle eût pu aller recueillir les blessés jusque dans les bois et donner asile aux enfants pauvres.

VI

LE REGISTRE

Charles sonna.

La cloche fit tressaillir madame de Sabaillan, qui reconnut le son. Le cœur lui battait moins quand elle était arrivée la première fois, pauvre institutrice, en quête de maternité ; cette fois encore, elle venait, avec une vocation maternelle, poussée jusqu'au martyre.

Elle porta les deux mains à sa poitrine. On entendit un pas pesant sur le pavé de la grande cour. Aucun aboiement ne l'accompagnait. La croix rouge suffisait à garder mademoiselle de Sabaillan. La maison avait une hospitalité silencieuse que les clameurs des chiens eussent troublée.

La porte s'ouvrit lentement. C'était Martial qui l'avait ouverte.

Il reconnut d'abord Dontilly et fit un mouvement pour repousser le vantail qu'il avait attiré à lui. Charles maintint la porte entrebâillée et se hâta de demander :

— Mademoiselle de Sabaillan est-elle ici ? Il faut absolument que nous lui parlions.

Martial, à ce mot « nous », regarda Antonie, qui releva doucement son voile, et la reconnut également.

Ses yeux flamboyèrent.

— Qu'est-ce que vous venez faire ? balbutia-t-il.

Charles et Antonie ne lui répondirent pas, et, profitant de son trouble, passèrent devant lui, entrèrent dans la cour.

En moins de deux ans, Martial avait bien vieilli. Il était très pâle. Ses yeux, presque toujours invisibles sous les sourcils abaissés, projetaient une lueur indécise qui effleurait les orbites. Sa moustache toute blanche était raidie comme par le froid. Ses mains tremblantes avaient perdu l'habitude de la caresser, de l'assouplir ; le corps était voûté.

Était-ce sous l'ouragan de la guerre que le vieux soldat avait fléchi ? Retenu auprès de sa jeune maîtresse, par son devoir, par son dévouement passionné et instinctif, avait-il plus souffert que d'autres de ne pas souffrir de la douleur des

autres ? Le brassard pacifique que Céline avait
attaché à son bras lui,donnait-il ce tremblement
de dépit et de colère ? Se reprochait-il de n'être
qu'un infirmier quand il eût voulu être un soldat ?

Après avoir jeté un regard peureux vers le
château, il répéta la question à voix plus basse,
mais de façon aussi menaçante :

— Qu'est-ce que vous venez faire ici ?

— Annoncez-nous, dit Dontilly.

— Conduisez-nous, dit en même temps Antonie.

Un combat parut s'engager dans l'esprit de
l'ancien jardinier. Il ouvrit la bouche par un
mouvement de dogue qui voudrait mordre et
qui craint de trop mordre. Devait-il obéir à Dontilly, aller annoncer sa visite ? ou bien obéir à
l'ancienne comtesse de Sabaillan, qui revenait
peut-être pour commander encore, et les intro-
duire sans les avoir annoncés ?

Il resta devant les deux visiteurs, incertain,
menaçant. Une grosse sueur lui coulait sur le
front. A deux reprises, il voulut les regarder, les
intimider, puisqu'il ne pouvait les chasser; mais
il courba deux fois la tête, en fermant les yeux.

Le bruit de la porte du vestibule qu'on ouvrait
le tira d'embarras. Céline parut sur le seuil de la
maison :

— Qu'y a-t-il ? demanda-t-elle d'une voix brève.

Antonie marcha vivement vers sa belle-fille.

Mademoiselle de Sabaillan, par son costume, pouvait donner raison à Dontilly, qui lui attribuait la vanité de jouer un rôle. Elle était un peu trop vêtue conformément au programme des ambulances.

Une robe noire de laine, mais de cachemire, faisait valoir la sveltesse élégante de sa taille ; un tablier de batiste à bavette et à poches, de longues manchettes blanches retroussées à la mode du dix-septième siècle, un col plat carré, bordé de guipure, complétaient l'aspect élégant de cette infirmière, digne d'un pinceau hollandais.

Toutefois, la physionomie de Céline, ses yeux inquiets, la gravité naïve, c'est-à-dire sincère, de son maintien, pouvaient justifier aussi la bonne opinion d'Antonie et faire supposer qu'un sentiment généreux se mêlait à la coquetterie de son rôle.

Elle se raidit le visage et le corps pour recevoir sa belle-mère. Un observateur attentif eût remarqué le frémissement de sa bouche.

Antonie avait préparé en route les premières paroles de l'entretien. Elle n'y songea plus. Céline, de son côté, eût voulu demander avec froi-

deur, en cachant son trouble, la raison de cette
visite extraordinaire. Elle ne trouva ni une ironie,
ni un mot sévère. La vérité de son étonnement
s'imposait: Elle était offusquée de la présence de
Dontilly ; mais, quand elle essaya de le regarder
avec une dédaigneuse moquerie, celui-ci lui parut
si fermement résolu, si simple dans sa tristesse,
qu'elle baissa les yeux.

Alors il arriva ce qui déconcerte les résolutions
les plus agressives : les deux femmes s'abordèrent
d'une façon banale pour s'aborder plus facilement.

— Bonjour, Céline, dit Antonie.

— Bonjour ! répondit Céline d'une voix qui
adoucit ses lèvres.

Elle salua Dontilly et parut attendre, satisfaite
d'avoir franchi ce premier pas.

Mais madame de Sabaillan pensa tout à coup
qu'il était formidable de demander ainsi, en arrivant et devant Martial, des nouvelles de l'enfant
perdue, de l'amant tué ou blessé.

Elles restèrent toutes deux immobiles, se tâtant
pour ainsi dire par leur silence.

— Depuis quand es-tu dans ce pays ? demanda
enfin Céline.

— Depuis hier seulement,

— Et vous, monsieur ?

Antonie se hâta de répondre pour Charles, et avec une gravité simple :

— Nous sommes arrivés ensemble.

— Ah !

— Et nous allons repartir ensemble, continua madame de Sabaillan, si tu ne peux nous donner un renseignement.

Céline, se tournant à demi vers la maison, parut inviter les voyageurs à entrer. C'était se mettre à leur disposition, se soumettre à l'interrogatoire annoncé, sans laisser voir aucun empressement.

Antonie passa la première. Dontilly suivit mademoiselle de Sabaillan.

Martial, qui était resté au milieu de la cour, fit quelques pas, puis s'arrêta, tête basse, les poings fermés, rongeant des paroles confuses.

Il regrettait d'avoir ouvert la porte de l'avenue ; il lui déplaisait de laisser sa maîtresse dans la compagnie de ceux qu'il regardait comme ses pires ennemis.

Le rez-de-chaussée du château tout entier, salon, salle à manger, billard, et une sorte de pièce sans destination précise, qui avait peut-être été prédestinée à servir de bibliothèque, était converti en dortoir.

Pour l'ambulance, comme pour le costume de

l'ambulancière, Céline avait déployé une coquetterie vraiment supérieure.

Il ne restait plus que quatre blessés, dont un
seul gardait le lit, pour deux jours encore. Disons
tout de suite, afin de compléter les détails sur ce
point accessoire, que le médecin du pays, l'ancien ami du comte de Sabaillan, était le chef de
l'ambulance; il avait aidé Céline; il s'était réconcilié avec le château, qui l'avait méconnu, et il
faisait ainsi sa campagne de France, sans quitter
sa clientèle ordinaire.

Une religieuse, qu'Antonie reconnut et qui,
dans des temps pacifiques, tenait l'école du village, pliait du linge sur une table installée dans
le salon. En voyant entrer des visiteurs, elle avait
seulement salué de loin; mais, en reconnaissant
à son tour madame de Sabaillan, elle balbutia
quelques paroles confuses de bienvenue, ne sachant trop si elle devait manifester le regret de
n'avoir pas eu madame la comtesse pour auxiliaire, car elle se souvenait de ses bontés et de
ses charités, n'osant faire l'éloge de Céline, car
elle était intimidée par le regard que celle-ci faisait peser sur elle.

Dontilly et Antonie, d'un coup d'œil, avaient
fouillé l'infirmerie élégante.

Céline parut leur répondre, en disant :

— Voilà mes derniers malades ; demain, il n'en restera plus qu'un.

Antonie, dans le désarroi d'un désappointement naïf, leva les yeux au plafond. Céline continua :

— Je n'ai pas eu besoin de me servir du premier étage. Je n'y ai rien changé.

Antonie poussa un léger soupir et murmura :

— Je te fais mon compliment.

Elle voulut sortir du salon.

— On va préparer ta chambre, reprit Céline avec un empressement orgueilleux.

— Non, c'est inutile, je te remercie ; je ne puis rester...

Madame de Sabaillan fut trahie par la fatigue. En disant cela, elle tomba dans un fauteuil.

Charles dit à son tour :

— Je vois que vous n'avez pas ici ceux que nous cherchons.

— Qui cherchez-vous?

— Un homme et un enfant, répondit Dontilly.

Céline s'attendait sans doute à cette réplique. Elle s'était durcie, pour n'en être pas ébranlée.

— Un homme ! repartit-elle avec un sourire presque moqueur, c'est tout simple. Je n'ai soigné que des hommes ! Sœur Angélique, montrez à monsieur le registre sur lequel nous avons inscrit l'entrée et la sortie de chacun de nos malades. Il pourra faire des recherches.

Après une pause, elle ajouta :

— Quant à un enfant, ce n'est pas ici qu'il faut le chercher.

Il était impossible que Céline se méprît à l'intention des paroles de Dontilly. Elle avait deviné le nom de l'homme que l'on cherchait. Il eût été étrange qu'elle ne devinât pas le nom de l'enfant.

Son sang-froid était-il un masque ou la preuve d'une incurable insensibilité maternelle?

La religieuse, pour qui seule, après tout, cette comédie était jouée, alla vers une extrémité du salon prendre sur une console le registre qu'on lui demandait.

Antonie profita de son éloignement.

— Julie est perdue! dit-elle à demi-voix à la mère.

La brutalité de l'annonce était un calcul improvisé de la tendresse. Il fallait frapper fort ce cœur opiniâtre pour l'ouvrir.

Le ton de colère douloureux de madame de Sabaillan arracha à Céline un éclair, un froncement de sourcils. Elle regarda de côté madame de Sabaillan.

— En es-tu bien sûre?

Antonie se leva, toute frissonnante de joie.

— Elle est ici?

A ce cri, qui dépassait le diapason discret des premières paroles échangées, la religieuse se retourna; les malades levèrent la tête.

— Non, dit durement Céline à voix basse, elle n'est pas ici.

— Alors tu sais...

— Je sais qu'elle est en sûreté.

— Avec son père?

— Pourquoi me parles-tu de son père?

— Mais nous arrivons de la maison du garde.

— Elle n'y est pas, je le sais.

— Alors dis-moi...

Céline se tourna vers Dontilly, et d'un air d'autorité hautaine :

— Vous, monsieur, qu'est-ce qui vous faisait supposer que votre ami pouvait être dans le château?

— Il a été blessé, mademoiselle, et on a perdu sa trace.

— Blessé? Où donc? A quelle bataille?

L'ironie dissimulait mal la curiosité anxieuse de la question.

— A deux lieues d'ici, dans la forêt...

— Ce n'est pas possible!

La sœur de charité revenait avec le registre, qu'elle tendait à Dontilly.

— C'est inutile, ma sœur, dit Céline avec une brutalité qui surprit la religieuse. Je sais le nom du blessé que cherche monsieur. Nous ne l'avons pas.

Elle repoussa le registre. Dontilly l'observait, étonné, se demandant ce qu'il devait conjecturer de cette animation mal dissimulée.

Quant à Antonie, elle poursuivait son rêve. Son visage eut un rayonnement subit. Elle saisit la main de mademoiselle de Sabaillan et, la contraignant à lui répondre en face, elle lui répéta avec une inflexible douceur :

— Où est-elle ?

Cédant à l'insistance de sa belle-mère, trouvant sans doute une revanche d'orgueil à prouver que sa prévoyance maternelle, si dédaigneuse qu'elle fût, ne pouvait être prise en défaut, Céline se recula, regarda alternativement Antonie et Charles, et répondit :

— Je te le dirai, mais auparavant...

Elle hésita devant la question qu'elle voulait faire.

Charles y répondit comme si elle l'avait faite.

— On aurait dû trouver le père blessé auprès de son enfant, répondit-il.

— On n'a trouvé que l'enfant, je le jure.

— Où est-elle ? dit Antonie pour la troisième fois.

Céline sourit, mais d'un sourire qui dissimulait une angoisse terrible. Elle était hors de son armure : elle se sentait et se laissait voir vulné-rable. Mettant, avec une familiarité soudaine et imprévue, son bras sous celui de sa belle-mère :

— Viens! dit-elle en l'entraînant.

Avant de sortir du salon, elle se retourna, crai-gnant que Dontilly ne restât en arrière.

— Venez aussi! lui dit-elle.

Dans la salle à manger, qui se trouvait vide de malades et dans laquelle on entrait en sortant du salon, Céline s'arrêta, et brusquement, précipi-tamment, comme pour se débarrasser d'une tâche pénible, s'adressant à sa belle-mère :

— Eh bien, oui, elle est dans ce village.

— Qui l'a amenée?

— Est-il extraordinaire que je l'aie envoyé chercher?

— Toi?

— Cela t'étonne?

— Cela ne devrait pas m'étonner.

Antonie, dont le cœur haletait d'espérance, voulait demander où, comment la petite Julie avait été trouvée. Elle n'oubliait pas non plus l'inquiétude de son ami. Mais elle n'eut pas le temps de faire une question. Céline continua avec la même rapidité nerveuse, douloureuse, sous sa gaieté factice :

— On te conduira vers elle. Tu vas la voir, puisque tu n'es venue que pour elle ; ne m'en demande pas davantage. Plus tard, nous causerons.

Puis s'adressant à Dontilly, d'une voix qui s'aiguisait sur ses lèvres à demi serrées :

— Je crains qu'on ne vous ait abusé. Si M. d'Ambreville avait été blessé près d'ici, je l'aurais su, et malgré lui on l'eût amené...

Elle affirmait, mais d'un ton d'interrogation, et n'attendait pas la réponse, redoutant peut-être d'en recevoir une.

— Si vous voulez faire des recherches dans les ambulances du voisinage, j'ai un cheval à vous offrir. On me l'a laissé. Il le fallait bien, pour aller aux provisions. Le voulez-vous ?

Charles s'inclina en signe d'acquiescement.

— Je vais prévenir Martial, reprit Céline.

Elle avait pris peu à peu des allures juvéniles, quasi enfantines, qui contrastaient avec la dignité, la grâce puritaine de son costume.

Dontilly comprit, comme madame de Sabaillan, qu'il fallait céder à cette vivacité, attendre l'évolution complète de ce caractère en travail. On avait déjà obtenu d'elle des nouvelles positives de l'enfant perdue. Il paraissait également certain que M. d'Ambreville n'avait pas été amené au château, et que Céline, qui trahissait sur son compte plus de curiosité qu'elle n'en laissait voir, ne savait rien. On éclaircirait plus tard le mystère de cette trouvaille de Julie, dans le bois où son père avait été laissé par Bernard. Avant toutes choses, Antonie avait hâte d'embrasser la petite fille, et Charles voulait courir à la découverte de son ami. Il était impossible qu'il ne trouvât pas de trace à quelques lieues alentour.

Céline ouvrit la porte de la salle à manger, donnant dans le vestibule, pour appeler Martial. Il était là, en faction, si près de la porte, qu'on pouvait croire qu'il avait écouté et tâché d'entendre.

— Va seller le cheval, pour monsieur, lui dit Céline.

Martial eut un mouvement de stupeur et d'hésitation.

— Le seller ou l'atteler? grogna-t-il.

— Au fait, savez-vous monter à cheval? demanda mademoiselle de Sabaillan, ravie d'une raillerie qui soulageait son cœur.

— Oui, comme je sais ramer et nager, quand il le faut, répondit Dontilly avec calme.

Cette riposte fit passer une rougeur sur le front de Céline et fit trembler de colère les joues du vieux soldat.

6

— Va! lui dit sa maîtresse, et dépêche-toi.

Martial se dirigea vers l'écurie, et Dontilly le suivit à distance, moins pour l'obliger à se hâter que pour laisser seules, pendant quelques instants, Céline et Antonie.

— Tu devrais me conduire toi-même, dit celle-ci à sa belle-fille.

— Non.

— Je voudrais te rendre jalouse.

— Jalouse de toi?

Elle eut un sourire de méchanceté, de raillerie, en envoyant son regard dans la direction de Dontilly.

— Je le suis peut-être déjà!

Après une pause d'une seconde, elle ajouta :

— N'es-tu pas la première figure heureuse qui soit entrée ici depuis quatre mois?

— Heureuse! répéta Antonie. Ce qu'il faut m'envier, ce sont mes larmes!

— Eh bien, tu es heureuse de pleurer... Vous avez souffert, à Paris?

— Nous avons beaucoup espéré.

— J'aurais voulu être avec vous.

— Tu as mieux fait de venir ici.

— Pourquoi? Pour mettre un drapeau d'infirmier à la porte du château de Sabaillan? On croira que je l'ai fait, par peur du pillage. A Paris, j'au-

rais pris ma part de vos espérances, de votre fa-
mine. Vous avez eu faim, n'est-ce pas?

— Oh! pendant si peu de temps!

— Les blessés que j'ai reçus auraient été aussi
bien traités dans toutes les ambulances des environs... Il y en a de belles; M. Dontilly te racon-
tera cela. A quoi ai-je servi?... Tu ne t'attendais
pas à me trouver en fonction?

— C'est vrai, et pourtant je n'ai pas été surprise, en apprenant que tu avais fait ton devoir.

Céline se mordit les lèvres.

— Ah! tu vas me parler encore de devoir... Je
croyais qu'il était convenu que tu ne me ferais
plus la leçon. Je suis venue organiser cette ambulance, parce que je m'ennuyais à Trouville, que
je me serais ennuyée bien davantage en Angleterre; parce que madame de Marval me faisait
pitié. Elle n'a pas, comme moi, du sang de trou-
pier dans les veines... Enfin, c'était pour m'occuper, par désœuvrement, par caprice. Voilà tout.
Je n'avais pas d'autre idée...

Céline s'interrompit. Elle en disait trop; mais,
craignant que son interruption fût aussi maladroite que sa mauvaise humeur, elle reprit d'un
ton presque affectueux :

— Je pensais que tu aurais la même idée que
moi et que tu viendrais.

— Savais-je comment je serais accueillie, répondit madame de Sabaillan, qui l'observait. Pourtant je n'aurais pas posé de conditions... Tu ne me laisses rien à regretter, puisque tu as veillé sur notre enfant. Ce n'est pas ta faute si le père...

Céline s'élança dans la cour.

— Allons donc, Martial! cria-t-elle d'un ton de commandement. Comme tu es lent!

Elle attendit que le cheval, bridé et sellé, fût sorti de l'écurie, et que Charles fût en selle, pour revenir à madame de Sabaillan.

— Il a tous les talents, ce M. Dontilly, murmura-t-elle entre les dents.

Si la remarque était un piège, le piège était bien naïf.

Antonie le dédaigna ou s'en fit une arme.

— Oui, dit-elle, voilà pourquoi je l'estime.

— Pourquoi tu l'aimes?

Céline avait affecté de dire cela en haussant un peu la voix, au moment où Charles Dontilly saluait et passait.

Antonie, sans protester, répliqua :

— Pour moi, c'est la même chose!

Mademoiselle de Sabaillan eut un spasme de la bouche, qu'elle dissimula dans un sourire.

— Si je suis une ambulancière passable, je suis

une bien mauvaise châtelaine; je ne vous ai rien offert encore.

Martial avait ouvert la porte. Dontilly lançait son cheval au grand trot dans l'avenue. Céline eut un soupir d'allégement.

— Il est vrai que M. Dontilly parait si pressé, si pressé...

— Pas plus que moi, je te le promets. Où Martial doit-il me conduire ?

— Chez des gens de sa connaissance... que je ne connais pas.

— Comment! que tu ne connais pas?

— Non; c'est Martial qui m'en a répondu.

— Martial!... Mais sait-il que Julie?...

— Il ne sait que ce que je veux qu'il sache.

— Que lui as-tu expliqué?

— Rien.

— Que pense-t-il?

— Je ne m'inquiète pas de ce que pense Martial.

— Je m'en inquiète, moi. Le passé m'avertit.

— Je lui ai dit ce qu'il fallait faire; il l'a fait.

— Est-elle bien chez ces gens-là?

— Tu le verras.

— Mais tu t'es assurée par toi-même?

— Non.

— Tu vas la voir?

6.

— Non.

— Tu l'as vue une fois?

— Non.

Chaque réponse de Céline était d'une rudesse nerveuse, impatiente, presque distraite. Tout en hachant ses paroles et en les jetant de côté à sa belle-mère, elle semblait écouter toujours le bruit lointain du cheval dans l'avenue.

Martial, qui était allé refermer la porte de l'écurie, revint vers sa maîtresse.

— Tu vas conduire madame de Sabaillan à la ferme Godard, lui dit-elle.

Après ce qui venait de se passer pour M. Dontilly, Martial ne pouvait plus être surpris; il s'inclina d'un air morne, résigné, et, sans dire un mot, se dirigea vers la porte.

— Viens avec moi, répéta Antonie en se penchant à l'oreille de Céline.

— Non, je te gênerais.

— Tu m'aideras au contraire à l'embrasser.

— Non.

— Donne-moi alors un baiser que je puisse lui porter de ta part.

Elle essayait ainsi, par tous les moyens, de l'amollir.

Céline fronça la bouche, mima un baiser, puis, se ravisant, tendit la joue. Antonie la serra contre

elle, et elle tressaillit à une impression de froid
qu'elle recevait aux lèvres.

La pâleur de sa belle-fille s'était augmentée
avec son animation, et une petite sueur d'angoisse lui couvrait le visage.

C'étaient le symptôme et la preuve d'un effort
effroyable. Fallait-il en abuser ou feindre de
l'ignorer?

Céline se dégagea doucement et dit :

— Embrasse-la pour ton compte. Martial trou-
vera cela tout naturel.

— Si tu crois que je me gênerai pour l'appeler
ma fille! repartit Antonie un peu exaltée et voulant répliquer d'une façon vaillante aux provoca-
tions de Céline.

Elle suivit Martial.

Mademoiselle de Sabaillan se recula dans le
vestibule, ferma lentement la porte, resta quelques minutes droite, les yeux démesurément ouverts, suivant de leur flamme qui s'alluma tout à
coup, ou plutôt qui ne se contraignit plus, non
seulement Martial et sa belle-mère, qu'elle voyait
se diriger vers la grande porte, mais encore Dontilly, qu'elle ne voyait plus et qu'elle écoutait
encore.

Dès que la porte se fut refermée, elle monta
avec une rigidité de statue au premier étage, alla

vers sa chambre, l'ouvrit, mais, au moment d'entrer, eut peur de la solitude qu'elle y trouverait.

— Non, non, se dit-elle en la refermant, je ne veux ni pleurer ni prier.

Elle étancha avec son mouchoir la sueur qui mouillait ses joues, passa ses doigts sur ses yeux et, les sentant secs, se sourit à elle-même d'un sourire plus douloureux qu'une plainte; puis, croisant ses mains avec une affectation de dignité abbatiale, en rentrant l'extrémité des doigts effilés sous ses manchettes blanches, elle redescendit dans le dortoir du rez-de-chaussée, pour commander à la religieuse la distribution du déjeuner, un peu retardé par la visite qu'elle venait de recevoir.

VII

LA FERME GODARD

Antonie, dans le trajet du château des Épines à la ferme Godard, eût bien voulu questionner Martial.

Ce vieil ennemi n'était plus pour elle qu'un serviteur dévoué de mademoiselle de Sabaillan. Incapable de rancune, supérieure au souvenir des mauvais procédés, elle eût trouvé facile de lui parler avec bienveillance, dans un moment où son cœur à elle débordait de tendresse. Elle songeait plus à lui savoir gré d'avoir été chercher Julie, de l'avoir retrouvée et ramenée, qu'elle ne songeait à lui en vouloir encore de ses anciens soupçons et de ses dénonciations d'autrefois.

Comment avait-il reconnu Julie? Dans quel endroit l'avait-il trouvée, puisqu'elle était bien

certaine, d'après le récit de madame Bernard,
qu'il n'avait pas été jusqu'à la maison du garde ?

Mais Martial, soit qu'il redoutât les questions,
soit qu'il fût resté fidèle à sa haine, paraissait
éviter soigneusement de marcher à côté d'Antonie. Il se tenait à distance, allant d'un pas lourd
et bruyant, sur le bord du chemin. Quelquefois,
quand le chemin se rétrécissait, en le rappro-
chant, il passait devant et refaisait en longueur
l'espace vide qu'il ne pouvait plus faire en lar-
geur.

Antonie avait débuté, dans l'avenue du château, par des demandes vagues, générales. Mais
Martial avait affecté de ne pas entendre, ou quand
l'affectation de surdité, si apparente qu'elle fût,
ne suffisait plus, il avait répondu par un grognement sourd, par des mots mâchonnés, si bien que
madame de Sabaillan, rebutée, avait compris que
toute tentative nouvelle était superflue.

La ferme Godard était située à quelque distance du village, en plein champ, isolée de toute
grande route et même de tout chemin vicinal. On
y arrivait par un sentier que les roues des char-
rues et des charrettes élargissaient et déplaçaient,
par occasion. Quand les ornières devenaient trop
profondes, en attendant que des éboulements na-
turels les eussent remplies, les gens qui allaient

en voiture à la ferme, ou qui en revenaient, faisaient, à droite ou à gauche, un détour dans les
champs, rendant ainsi mobile l'avenue de cette
métairie peu considérable, peu considérée, installée sur les terres les moins bonnes de la contrée.

Antonie ne se souvenait pas d'être jamais entrée
dans la ferme Godard. Elle se rappelait seulement
sa situation dans une sorte de désert, son renom
de pauvreté, peut-être aussi sa mauvaise réputation, car à la campagne la bonne renommée morale ne tient guère contre un crédit douteux.

L'endroit pour y cacher l'enfant était bien
choisi. La ferme, que l'on voyait de toutes parts,
ne tentait jamais la curiosité. Mais pourquoi ca-
chait-on l'enfant ? Il était si facile de l'installer,
sinon au château, puisque sa mère avait peur de
la voir, mais dans toute autre maison plus confor-
table, plus saine, mieux pourvue, mieux habitée,
sans trahir le secret de sa naissance.

La guerre n'avait-elle pas fait assez d'orphelins,
pour faciliter une dissimulation qui n'eût coûté
aucun effort.

Pourquoi aussi avoir laissé ignorer à madame
Bernard que l'enfant n'était ni morte ni perdue ?

Antonie, pendant le chemin, se posait ces questions, qu'elle n'osait encore adresser à Martial. Elle
n'était distraite de sa rêverie que par l'attention

obligée qu'elle devait à chaque instant aux ornières, aux flaques de boue ; mais ces distractions
étaient des éclaircies de force et de courage. Il lui
plaisait d'aller vers son enfant, par une voie pénible, et de se sentir très lasse, quand elle serait
arrivée.

A vingt pas de la ferme, Antonie dépassa Martial, voulant arriver la première pour surprendre
une impression que le vieux soldat n'eût pas com-
mandée, et surtout pour voir plus tôt Julie.

Comme elle allait pousser la porte, un chien
s'élança, en aboyant, d'une sorte de bauge, près
d'un tas de fumier. Fort heureusement, il était
retenu par une chaîne. Madame de Sabaillan,
après un mouvement d'effroi, sourit à ce cerbère
qui veillait à la porte de Julie et sembla lui dire :
— Je n'ai pas peur ! j'en affronterais bien d'autres
que toi !

La porte s'ouvrit, et la fermière parut. C'était
une femme vieille, d'aspect sordide, comme on
en imagine pour épouvanter les enfants, une
ogresse, de mine presque aussi farouche que celle
du chien ; seulement elle eût mordu des yeux
plus sûrement que des dents.

Antonie eut un serrement de cœur terrible. La
bête ne l'avait pas intimidée ; la femme lui faisait
presque peur. Quoi ! c'était là la mère par intérim,

on ne pouvait dire la nourrice, la geôlière au moins de Julie?

Le chien cessa d'aboyer pour laisser son tour à la vieille.

— Qu'est-ce qu'il y a pour vous? demanda la mégère.

Antonie, oppressée et attristée, ne répondit pas. Elle fit le geste d'écarter la femme. Celle-ci eût résisté, et déjà elle allongeait une griffe, quand elle aperçut Martial derrière madame de Sabaillan.

Martial était sans doute très respecté à la ferme. Devinant que la visite pouvait amener un profit, la vieille rentra ses ongles dans les plis de son jupon, montra ce qui lui restait de dents à travers un sourire obséquieux, ouvrant la bouche comme on lève une herse de château fort, et, se reculant pour démasquer la porte :

— Ah! dit-elle, vous venez voir la petite.

Martial répondit par un hochement de tête, grave comme un porte-clefs qui transmet à un autre une permission de visite.

— Où est-elle? demanda Antonie.

— Là, ma belle dame, bien gentiment, devant un bon feu... Le temps est trop mauvais pour qu'elle joue dehors, avec son ami que voilà.

L'ami, c'était le chien crotté, hargneux, hérissé.

Antonie entra.

7

Le feu n'était pas bon, et Julie ne jouait pas. Assise au coin de l'âtre presque dans les cendres, les bras enroulés autour du cou d'un petit chat noir, qu'elle serrait contre elle et qui se laissait faire avec une patience égoïste, elle regardait vaguement une grande marmite enfumée qui bavait devant un tison.

Les tout petits enfants ont leur mélancolie, dont ils souffrent comme d'un bobo.

Julie qui avait demandé, sans doute en pleurant, pendant les premiers jours, sa maman Bernard, son petit frère, la maison plus gaie, le chat tout blanc, avait été grondée, s'était tue, n'osait plus rien demander, n'osait plus laisser voir de larmes, mais cherchait instinctivement à faire comprendre son silence, gros de chagrins, à ce petit chat noir, muet comme elle, sans doute malheureux comme elle.

Elle ne se détourna pas au bruit qui se fit à la porte. La fermière allait l'avertir d'une visite.

Antonie ne laissa pas à l'ogresse le temps d'une nouvelle hypocrisie. Elle se précipita, enleva l'enfant avec son petit chat, et, les berçant tous les deux, mangeant de baisers Julie tout effarée, mais doucement surprise :

— Enfin ! enfin ! murmurait-elle, c'est toi ! c'est toi !

Ce n'était pas seulement la joie de la retrouver; c'était surtout le bonheur de la trouver plus jolie, plus mignonne, plus adorable, qu'exprimaient ces mots répétés : C'est toi! c'est toi!

La fermière voulut paraître émue de ce spectacle que les acteurs payeraient probablement. Elle frotta du revers de sa main rugueuse ses paupières, qui se plissèrent, en marmottant :

— Elle est bien contente, la petite chérie!

Martial s'était avancé jusqu'à la cheminée, et impassible, tournant le dos à la scène qui se passait, il regardait à son tour les cendres, avec une mauvaise humeur féroce.

Madame de Sabaillan fut pendant quelques minutes tout absorbée dans les délices de sa libation maternelle.

Elle buvait Julie; elle lui lissait les cheveux avec ses baisers.

Elle la questionnait à tort et à travers, sans savoir si Julie parlait, d'ailleurs de façon à l'empêcher de répondre, accumulant les demandes, qui toutes se résumaient dans ces mots :

— N'est-ce pas que tu es jolie? que tu m'aimes bien?

Elle la berçait; elle riait en pleurant; elle la chatouillait pour la faire rire et s'épanouir. Ses caresses éveillaient des souvenirs, ranimaient les sensibilités de la chair, amorties dans la noire atmosphère de cette vilaine maison.

Julie passa vite de la stupeur à la jouissance et à la sympathie presque raisonnée. Elle ouvrit les bras, qu'elle avait tenus toujours serrés, en laissa insouciamment s'échapper le petit chat noir, qui tomba sur les pattes, et, prenant à deux mains la tête d'Antonie, penchée sur elle, cherchant une formule, un mot pour l'extase qui la surprenait, elle dit ce qu'elle avait entendu dire en pareil cas à son frère de lait :

— Maman ! maman !

Antonie reçut ces paroles au plus profond de sa poitrine. Si elle eût été mystique, elle se fût écriée au miracle. Mais elle admira seulement, avec une confusion enivrante, la logique et la force de la nature. Elle ne put tenir à ce cri de triomphe, qui était aussi un cri de détresse ; et dans un sanglot qui parut à Martial l'aveu d'une coupable :

— Ma fille ! ma fille ! murmura-t-elle avec des spasmes qui entrecoupaient sa voix.

Martial eut un sourire formidable. La fermière le consulta d'un coup d'œil : un clignement fut échangé entre eux.

Antonie, écrasée maintenant de la fatigue du voyage, du poids de son bonheur, voulut s'asseoir. La vieille poussa une sorte d'escabeau, en s'excusant de ne pouvoir offrir que cela. Qu'importait à Antonie! Tout siège était un trône pour cette mère glorieuse.

Après un premier rassasiement, qui n'était qu'un relai pour de nouvelles caresses, madame de Sabaillan voulut contempler Julie, en pleine lumière. Elle s'aperçut alors qu'il n'entrait guère de jour par l'unique fenêtre de cette pièce basse. Elle commença à s'effrayer de cette vilaine maison. On y sentait une fraîcheur de cave mêlée d'une odeur de fumée et de tous les miasmes composites que la pipe du fermier, les choux de la fermière, les vieux meubles, les animaux et les êtres dégagent dans une pièce humide qu'on n'ouvre que pour s'y enfermer.

Antonie perdit toute sa joie.

— Est-ce que c'est ici qu'elle couche? demanda-t-elle naïvement.

— Sans doute, là, à côté de nous.

La fermière montrait une espèce de petite maie, d'auge, posée sur deux petits bancs, dans laquelle on avait fait un lit pour l'enfant, près du lit du ménage.

Antonie ne se plaignit pourtant pas de la grossièreté de cette couchette, pas plus qu'elle ne fit de remarques à haute voix sur le peu de soin qu'on avait pris de laver, de peigner, d'habiller

Julie. Outre que, tout en souffrant de cette négli-
gence, elle trouvait Julie adorable dans le désordre
de sa tenue, elle pensait que chaque reproche eût
été une accusation portée contre Céline. Elle était
si heureuse, malgré tout, d'avoir retrouvé son
enfant, qu'elle avait de la reconnaissance, quand
même, pour ceux qui l'avaient recueillie et qui la
lui rendaient.

Elle poussa plus loin la faiblesse et voulut faire
honneur à l'hospitalité de la fermière.

— J'ai faim, j'ai soif, dit-elle avec simplicité.

La fermière, qui avait pris sa part des premiers
sourires distribués et qui avait vu passer le nuage
sur la joie de madame de Sabaillan, s'empressa
de paraître ravie de cette demande. Elle balaya de
sa main la grosse table carrée, posée au milieu de
la chambre, servit une miche de pain, un fromage,
une cruche de vin, en s'excusant de sa pauvreté, offrit des œufs, en laissant deviner qu'elle
n'en avait peut-être pas à la ferme, n'insista
pas sur le refus d'Antonie et l'installa.

Antonie n'avait besoin que de ce pain noir qui
l'éblouissait, quand elle le comparait à celui de
Paris.

Elle le morcelait, pour y faire mordre Julie, ne
mettait entre ses lèvres que les petits morceaux
qui avaient été entamés par sa fille, s'émerveillait

de l'appétit de l'enfant, l'arrêtait au milieu d'une bouchée, pour regarder ses dents, pour les compter, pour lui recommander de mordre, et buvait avec elle de petites gorgées d'un vinaigre modeste que la bouche rose de l'enfant parfumait.

Mais l'égoïsme le plus innocent n'était jamais dans la conscience d'Antonie que la germination d'une idée de bonheur à partager avec d'autres.

Tout à coup, elle se souvint de la maison du garde, du deuil implacable qu'elle y avait laissé, des remords peut-être de cette pauvre madame Bernard, qui pleurait Julie.

Elle eut un soulèvement de pitié qui la rendit sérieuse.

— Il faut prévenir madame Bernard tout de suite, dit-elle à haute voix.

Martial, à qui elle s'adressait, fit un effort pour répondre :

— Je n'ai pas d'ordres.

— Pourtant, quand je vous le demande?

— Vous?

Antonie avait pris un air de comtesse de Sabaillan pour demander comme on commande. L'insultant étonnement du vieux soldat la ramena à la réalité.

— Je suis certaine de n'être pas désavouée par votre maîtresse.

— Je suis certain, moi, qu'elle me le défendrait.

Antonie ne voulait pas lutter avec l'audace de Martial. Elle se tourna vers la fermière, et d'un ton presque caressant :

— J'ai laissé ce matin la nourrice de Julie bien désolée. La malheureuse! vous savez ce qui est arrivé? Son mari a été tué, et sa maison est brûlée; par-dessus tout cela, elle croit Julie perdue. Je vous en prie, faites-lui dire qu'elle est retrouvée.

La fermière, que l'attitude de Martial avertissait, éteignit son sourire obséquieux et répliqua :

— Cela ne me regarde pas, madame.

Antonie comprit que cet homme dont elle était haïe, et que cette femme vénale qui avait des allures de complice, ne pouvaient ni lui obéir ni se laisser persuader.

Elle se leva.

— C'est bien, dit-elle, je ferai faire la commission par d'autres, ou je la ferai moi-même. Retournons au château.

Elle se dirigeait vers la porte en tenant Julie dans ses bras.

Martial se plaça devant elle, pour lui barrer le chemin.

— Oui, grommela-t-il, en se croisant les bras, retournons au château, mais sans l'enfant.

— Pourquoi?

— Parce que...

Antonie eut un mouvement d'effroi. Elle regarda la fermière, qui se remettait à sourire, mais d'un sourire narquois.

— Venez avec nous, lui dit-elle, en lui tendant à demi l'enfant.

— Ah! je ne peux pas, madame ; notre homme va bientôt rentrer...

Antonie resserra Julie contre elle.

La fermière continua :

— N'ayez pas peur, madame, elle est bien en sûreté ici. M. Martial, qui nous connaît depuis longtemps, peut vous dire que nous ne sommes pas des gens bavards. Personne dans le pays ne l'a encore vue, la petite. Si c'est pour le secret que vous voulez l'emmener, vous auriez bien tort.

Antonie baisait Julie, demandant à ses baisers une inspiration. Il lui semblait si juste de l'emmener; elle avait si peur de ne plus pouvoir la reprendre, si elle la laissait à ces cerbères!

La fermière tendait les mains, et, avec une terreur superstitieuse, Antonie remarqua, pour la première fois, les vilains doigts et les horribles griffes de ces mains, faites pour étrangler ou déchirer Julie.

7.

— Qu'est-ce qu'on dirait, madame la comtesse, de vous voir revenir au château avec un enfant?

Il y avait longtemps qu'on n'avait traité Antonie de comtesse. Ce titre lui était rendu dans ce moment comme une menace, comme une injure.

— Vous me connaissez donc?

— Pardine! il n'y a pas si longtemps que vous avez quitté le pays. On se souvient de vos bontés. On avait bien un peu jasé, mais sans rien savoir. Mais si l'on apprenait tout à coup que vous êtes revenue, pour chercher cette enfant, votre enfant, cela ferait un beau bruit. Mademoiselle avait grand'peur de cela, n'est-ce pas, monsieur Martial?

Antonie ne rougit pas des suppositions de la fermière. Elle parut les fortifier par sa soumission apparente. Il fallait se résigner à laisser Julie à la ferme pour un jour ou deux, pour quelques heures au moins. Madame de Sabaillan était forte maintenant d'une force que rien ne pouvait entamer. Un projet naissait dans son esprit, qui, pour être réalisé, avait besoin de l'assentiment de Céline, et il lui semblait que sa belle-fille, dans l'état d'esprit où elle l'avait laissée, n'était pas loin de céder sur ce point.

Elle déposa doucement Julie à terre, lui mit un

long baiser sur le front, annonça qu'elle reviendrait bientôt et se disposa à sortir.

Julie voulut la suivre et courait après elle, en l'appelant maman.

— Oui, je suis ta mère, dit madame de Sabaillan avec énergie, et je le prouverai à tout le monde.

La colère ou plutôt la fièvre d'une volonté impatiente d'agir s'était emparée d'elle. Son âme douce se sentait justement armée et devenait menaçante.

Elle sortit vivement, pour ne plus entendre Julie, et, sans se préoccuper de Martial, qui la suivait ou qui ne la suivait pas, elle revint à grands pas au village.

VIII

LES DEUX MÈRES

En rentrant au château, Antonie alla rejoindre Céline dans le salon. Elle avait les joues colorées par la course, par l'émotion, et aussi par ce ferment de volonté nouvelle.

Céline, qui avait été jalouse de la pâleur de sa belle-mère, devint jalouse de ses belles couleurs. Elle n'osa pas l'interroger ; elle la reçut avec une curiosité hésitante, espérant et redoutant les bruits recueillis au dehors et qu'Antonie lui rapportait.

— Viens ! il faut que je te parle ! lui dit celle-ci en lui prenant la main et en l'attirant.

Céline obéit. Elles sortirent du salon, ne s'arrêtèrent ni dans la salle à manger ni dans le vestibule, et montèrent au premier étage, Antonie tenant toujours par la main mademoiselle de Sabaillan, qui se laissait conduire avec la lassitude d'un entêtement bien près d'abdiquer.

Quand elles furent dans le grand corridor qui desservait toutes les chambres du premier étage, elles s'arrêtèrent. L'ancienne chambre de la comtesse de Sabaillan avait ses volets fermés. La chambre mortuaire n'avait pas été ouverte depuis dix-huit mois. Céline se faisait tout à coup scrupule d'offrir à Antonie d'entrer dans sa chambre.

— Tu as des nouvelles à me donner? dit-elle.

— Oui.

— De la part de M. Dontilly?

— Non, de la part de ta fille.

— Ah!

Elle parut désappointée, réprima un geste d'ennui, de protestation, puis, se surmontant et prenant une attitude indifférente :

— Je t'écoute.

— Je veux emmener Julie.

— Tu repars?... Déjà!

— Oui, dès que M. Dontilly sera de retour.

— Rien ne te presse.

— Rien ne me retient, excepté cette enfant.

Il se fit un silence.

— Si je te priais de rester quelques jours au moins? reprit Céline.

— Il faudrait, pour me faire consentir, retirer

d'abord tout de suite Julie de cette horrible maison.

— Je la croyais chez de braves gens... je dirai à Martial de la mettre ailleurs.

— Dis-lui de l'amener ici.

— C'est impossible.

— Alors je ne reste pas même un jour! adieu.

Céline eut un froncement de sourcils d'impatience.

— Si je te refuse l'enfant!

— De quel droit me la refuserais-tu? Je puis me passer de ton consentement. Elle est à moi. Demande à Martial, demande à la fermière. Je la réclamerai au nom de la nourrice, de madame Bernard...

— Qui l'a rendue.

— Non, à qui on l'a volée.

— Volée!

— Je me trompe; c'est à un autre qu'on l'a prise; ne le sais-tu pas? De qui donc Martial prétend-il l'avoir reçue?

— Mais, tout naturellement, de la nourrice.

Antonie eut un tressaillement d'épouvante.

— S'il t'a dit cela, Martial a menti.

— Martial est incapable de mentir.

— Interroge-le devant moi!

— A quoi bon?

— Interroge-le! J'aurais dû ce matin te demander de l'interroger. Mais j'étais si pressée d'embrasser Julie! M. Dontilly aurait peut-être déjà la trace de M. d'Ambreville!

— C'est vrai; ne m'as-tu pas dit qu'on aurait dû le trouver blessé près du berceau de sa fille?

— Et toi, ne savais-tu pas qu'il t'avait devancée à la maison du garde?

— Non.

— Qu'il avait été chercher Julie, qu'il l'emmenait?

— Non.

— Qu'il a été arrêté en chemin... par les Prussiens... peut-être par un autre ennemi?

— Non, non.

Céline, à mesure qu'elle répondait, baissait la voix et avait une crispation de la bouche comme si les mots l'eussent étranglée au passage.

— Eh bien, lui dit Antonie, interroge Martial. Il sait tout cela, et il te l'a caché.

Céline, pour toute réponse, alla à une grande fenêtre donnant sur la cour.

Précisément, elle venait d'entendre distinctement la grande porte du château se refermer. Martial rentrait et se dirigeait vers les communs, en levant un regard sournois et craintif sur la façade du château. Il aperçut le visage pâle, impérieux, terrible, de mademoiselle de Sabaillan derrière les vitres. L'espagnolette de la fenêtre fut tournée vivement, la fenêtre s'ouvrit, et Céline cria :

— Martial !

Il s'arrêta.

— Monte, j'ai à te parler.

Il se redressa, secoua ses épaules, faisant le geste d'un soldat qui rajuste son fourniment, avant de comparaître devant son supérieur, et d'un pas tranquille, presque imposant, qui retentit sur les dalles du vestibule, puis sur les marches de pierre de l'escalier, il entra et monta au premier étage.

Céline l'attendait, appuyée contre la fenêtre, dont sa main nerveuse tourmentait l'espagnolette. Elle l'attirait par la fixité de son regard, anxieux, brûlant.

Quand il fut à deux pas, l'arrêtant d'un éclair :

— Est-ce que tu m'as menti, Martial?

Le soldat ne broncha pas, mais, regardant Antonie avec menace :

— Je n'ai jamais menti, mademoiselle.

— Réponds alors sans rien dissimuler. Où as-tu trouvé l'enfant?

Martial jeta encore un coup d'œil à Antonie, et, après une pause :

— J'allais la chercher à la maison du garde; mais je n'ai pas eu besoin d'aller jusque-là.

— Tu l'as rencontrée dans le bois?

— Oui.

— Seule?

— Non.

— A côté d'un homme blessé?

Martial hésita, porta la main à sa moustache, qu'il tordit, et, prenant son parti, défiant Antonie par son maintien, par sa façon de parler :

— Non, dit-il lentement, l'homme, quand je l'ai rencontré, n'était pas encore blessé.

Antonie comprit plus vite que Céline l'ambiguïté de la réponse, et avec un sang-froid de juge :

— C'est toi qui l'as blessé?

Martial parut savourer l'inquiétude qu'il inspirait à Antonie. Il se taisait. Mais Céline, le frappant de la main sur l'épaule, les dents serrées, les yeux hagards, l'obligea à ne regarder qu'elle, à rester immobile.

— Réponds! Est-ce vrai? Est-ce toi?

Martial sourit.

— C'est moi!

Céline eut un accès de colère sauvage, enfantine; elle se pencha; lui appliqua les deux mains au visage, comme pour le déchirer; mais ses mains glissèrent; elle chancela; elle serait tombée à la renverse, si Antonie ne l'eût soutenue.

Martial, les joues blêmies par le froissement des mains de sa jeune maîtresse, regardait avec stupeur fléchir sous son aveu celle qu'il croyait avoir vengée, secourue par celle qu'il croyait avoir punie.

Céline ne s'évanouit pas. Le coup l'avait meurtrie; elle se redressa pour le mesurer.

Se dégageant des bras tremblants d'Antonie, qui assistait avec une palpitation sublime à cette explosion, elle se remit debout, droite, grandie, presque de sang-froid, tant la volonté tendait tous les muscles de son visage.

— Pourquoi l'as-tu tué? demanda-t-elle à Martial.

Martial cherchait à deviner le sens de cette colère. La dernière supposition qu'il pût admettre, c'était celle d'une douleur intense et personnelle.

— Peut-être bien que je ne l'ai pas tué! murmura-t-il.

Cette réponse, faite d'un ton doucereux, était plus irritante que toutes les vantardises de meurtre. Céline se tordit les mains pour résister à la tentation de frapper, et déchiquetant les mots :

— Qui t'a commandé ce nouveau guet-apens?

— J'ai cru vous obéir.

— A moi?

— A vous, mademoiselle.

— Il ne te manque plus que de m'accuser.
Parle donc, malheureux !

Martial prit un air soumis et fier.

— Je ne vous accuse pas, mademoiselle ; j'ai
voulu vous servir et vous venger.

— Me venger ! qui t'a dit que j'avais à me
venger de M. d'Ambreville?

— Vous ne vous souvenez plus de notre rencontre, il y a dix-huit mois, dans l'avenue du
château?

— Non, balbutia Céline.

— Je m'en suis souvenu, moi, mademoiselle.
Vous m'aviez reproché ma maladresse. Vous
m'aviez demandé si j'avais vu passer un homme
qui vous avait offensée, celui qui aurait dû recevoir le coup de fusil du colonel. Je vous ai répondu que je l'avais vu, que je le reconnaîtrais
et que, cette fois, je ne le manquerais pas. Je me
suis vanté. Si je l'ai blessé, je ne l'ai pas tué.

Céline baissa la tête avec épouvante.

Martial se crut autorisé à continuer :

— Quand vous m'avez recommandé d'aller à
la maison du garde chercher l'enfant qu'on y élevait en cachette, j'ai pris mon fusil avant de me
mettre en route. Je pouvais faire une mauvaise

rencontre. Les Prussiens étaient dans le pays. Je
ne savais pas que j'allais le rencontrer, lui...

En disant cela, Martial regardait Antonie avec
un air de bravade.

— Mais voilà, continua-t-il, que dans le petit
bois qui est à mi-côte, là-bas, de l'autre côté du
Loiret, je me suis trouvé en face d'un cavalier
tenant une enfant. J'ai reconnu l'homme, parce
que j'avais bien souvent pensé à lui. Je n'ai pas
reconnu la petite; mais je l'ai devinée. J'ai barré
la route au cavalier, et je lui ai dit : « Vous venez
de la maison du garde; j'y allais pour chercher
l'enfant; donnez-la-moi. » Il a d'abord refusé de
répondre et voulait forcer le passage. Mais j'ai
pris le cheval par la bride, et j'ai dit : « Vous ne
passerez pas! » Il m'a demandé de quel droit je
me permettais de l'arrêter. J'ai dit : « Je suis l'ancien soldat du colonel de Sabaillan. » Il m'a regardé avec tant de mépris que j'ai compris qu'il
m'appelait l'espion du colonel et qu'il me repro-
chait le coup de fusil du bord de l'eau. C'était
me provoquer. J'ai répondu à ce qu'il ne me
disait pas tout haut : « Si j'ai un regret, c'est de
ne vous avoir pas eu au bout de mon fusil, dans
cette nuit-là! — Eh bien j'y suis maintenant, »
m'a-t-il répliqué. — Ah! la main me démen-
geait! — « Donnez-moi l'enfant, ai-je dit encore,

et je vous laisserai passer. » Alors il a paru réfléchir et s'est consulté : « Qui t'envoie? » m'a-
t-il demandé. Je vous ai nommée, mademoiselle.

Céline releva vivement la tête avec un éclair
rapide de curiosité.

— Il est devenu très pâle, continua Martial, en
entendant votre nom, mais il a dit : « Si tu venais de la part de la comtesse de Sabaillan, je te
céderais ma fille, qui serait mieux dans ses bras
que dans les miens ; mais tu diras à mademoiselle
de Sabaillan que je la lui refuse... » Son regard
était méchant. Il y avait de quoi m'irriter d'entendre préférer madame, d'entendre avouer ce
qui était le comble de l'injure pour la mémoire
de votre père. Je mis mon fusil à l'épaule, et je
lui criai : « Taisez-vous et donnez-moi l'enfant...
sinon! » Il enveloppa la petite de son manteau
et, affectant de me regarder avec dédain : « Est-
ce aussi de la part de mademoiselle de Sabaillan
que tu veux me tuer? » Qu'est-ce qu'il fallait répondre? Je crus que c'était bien pour la justice
et pour l'honneur de lui répondre : « Peut-être! »
Alors, ah! pardonnez-moi de vous répéter cela,
je vis distinctement sur sa bouche un mot de
mépris qui m'exaspéra. Je ne pensais plus qu'à
votre père, qu'il fallait venger, qu'à vous, qui
aviez souffert par cet homme ; je fis feu. Mais

c'est une fatalité! je ne voulais ni tuer ni blesser l'enfant, je ne visai pas à la poitrine... Voilà pourquoi l'homme n'est pas mort du coup... Si on l'a achevé, ce sont les Prussiens, ce n'est pas moi.

Peu à peu, en faisant son récit, le vieux soldat s'était complu dans la férocité de son action. Il était prêt à donner d'autres détails.

Céline se retenait pour ainsi dire aux yeux de Martial. Avide de tout entendre, prise tout à coup de ce besoin de certitude implacable, de cette curiosité farouche que donne une grande douleur, maintenue stoïque par un remords qui défiait son courage, elle fit un signe de la main pour que Martial continuât.

— Voilà tout ce que j'avais à raconter, reprit l'ancien jardinier. J'ai porté l'enfant à la ferme Godard; je vous ai dit qu'elle y était. Vous ne m'en avez pas demandé davantage. J'avais rempli un devoir de conscience; je ne tenais pas à m'en vanter.... depuis, en vous voyant triste, j'ai été tenté plusieurs fois de tout vous dire; je me suis demandé s'il ne me restait pas encore d'autres choses à faire. J'ai souffert de ce que vous souffriez.... mais je ne m'attendais pas à vous trouver tant de chagrin de ce que j'ai tiré sur l'amant de madame.

— Son amant! c'était le mien, malheureux!

Martial ne comprenait pas et regardait, bouche béante.

— Oui, entends-tu, reprit Céline, incapable de se contenir, cet homme, c'était mon amant. Je suis veuve par ta faute, comme je suis devenue orpheline.

Le visage de Martial devint livide. Il doutait pourtant encore; il voulait douter. Il croyait à une épreuve, à un sarcasme, à un dévouement sublime et horrible; il ne pouvait croire à ce fait monstrueux, invraisemblable.

— Tu ne m'as pas vengée! reprit Céline. C'est elle, vois-tu, elle qui a souffert la calomnie, qui eût souffert la mort pour moi, elle que mon père eût bénie et que j'ai laissée partir, parce que j'avais honte de subir sa bonté; c'est elle seule que tu as vengée, par ton crime.

Martial commençait à croire. Il y avait dans les paroles vibrantes de Céline une force qui s'imposait. Il se courba; ses genoux fléchirent; il se recula au mur pour s'y appuyer; et en même temps son regard montait avec terreur au plafond, comme si le vieux château des Épines dût s'effondrer sur lui, avec l'honneur et le bonheur de la maison de Sabaillan.

— A genoux! lui dit Céline, répétant presque

l'injonction de son père, faite à Martial dans le petit jardin de la maison du garde.

Martial, écrasé et incapable de résister, tomba sur ses deux genoux, balbutiant :

— Pardon, mademoiselle !

Il eût bien voulu baiser avec respect le bas de sa robe, pour qu'elle l'excusât de n'avoir pas admis la possibilité d'un soupçon méprisant sur elle.

Céline recula avec dégoût.

— Ce n'est pas à moi qu'il faut demander pardon. Est-ce que j'ai le droit de te pardonner, moi que tu as faite ta complice ? C'est à elle, à elle seule ! Moi, je devrais peut-être te remercier.

Antonie tressaillit, non de ces étranges paroles, mais de l'accent qui les jetait dans l'écho de cette galerie sonore.

Céline s'abandonnait au délire ; elle continua :

— Oui, ton crime, que je prends, puisqu'il a été commis pour moi, achève ma vie. Je n'étais qu'une fille-mère, exposée au déshonneur public, une marâtre. C'est complet maintenant : je suis un assassin. Ah ! si tu ne tuais pas les gens à moitié, je te dirais de me tuer, maladroit !... Mais tu as bien fait ! Je m'estimais encore un peu. Je me croyais digne de pitié ; grâce à toi, je ne mérite plus que l'horreur.

Antonie voulait interrompre Céline, l'envelopper de ses bras, qu'elle lui tendait, la calmer avec la bonté et l'amour qu'elle sentait s'épancher hors d'elle-même. Céline, dans le paroxysme d'une crise qui pouvait être mortelle et finir par un foudroiement, la repoussait, se dégageait, et, marchant dans le couloir, hallucinée, hors d'elle-même, agitant ses mains, sa tête, elle disait, avec la volubilité trouble d'une folle :

— Après cela, est-ce qu'on pouvait savoir ce que je ne savais pas moi-même, que ma haine était une fausse haine?... Oui, je t'ai dit que je le haïssais. Hier, ce matin, par instants, je le croyais encore ; mais j'étais stupide. Je voudrais qu'il fût là, je voudrais te voir le menacer, vivant, avec ton fusil : je sentirais peut-être, à la fin, si je le hais ou si je l'aime !

Elle s'arrêta sur ce dernier mot, étourdie de l'avoir prononcé ; puis, changeant brusquement d'idée, avec une agitation de convulsionnaire :

— Martial, va vite décrocher le drapeau de l'ambulance. Fais écrire sur la porte qu'on ne reçoit plus les blessés, mais qu'on donne asile aux assassins ! Qu'on chasse les hommes qui sont en bas; ils sont guéris! S'il leur faut une infirmerie, qu'on les transporte ailleurs. J'ai vu assez de plaies, assez de sang. Je suis empoison-

8

née de l'air qu'on respire ici. Dis à la sœur de
retourner à ses pauvres. Qu'on ferme tout, entends-
tu, tout, les fenêtres, les portes... Allez-vous-en,
laissez-moi, laissez-moi !

Elle se débattit pendant deux secondes contre
quelque chose d'invisible qui l'étouffait. Prise de
vertige, suffoquée, noyée, elle eut un spasme, un
hoquet suprême, et avant qu'Antonie, qui suivait
ses mouvements, pût s'élancer et la retenir, elle
tombait inerte, raidie comme une cataleptique.

Martial se pencha et, redoutant presque de
commettre un sacrilège, hésitait à la toucher.
Antonie lui commanda d'un geste de se relever
avec elle, de la porter.

Il obéit docilement, et quand, après avoir aidé
madame de Sabaillan, il eut déposé Céline sur
son lit, il sembla demander ce qu'il devait faire
encore.

— Allez chercher l'enfant !

Il s'inclina respectueusement, et à son tour,
ivre de surprise et de douleur, il descendit pour
retourner à la ferme Godard, laissant Antonie
seule avec sa belle-fille.

IX

LA CONFESSION

Je ne crois proférer aucun paradoxe et n'offenser aucune vertu, en affirmant qu'Antonie, à travers sa pitié, se réjouit sincèrement de cette douleur de Céline.

Elle ne craignait pas que ce tempérament jeune, robuste, succombât à une première initiation de la tendresse. Elle espérait que l'âme, si longtemps rétive et enchaînée, allait se dégager enfin du charme des sens, des vapeurs de la vie végétative.

Céline avait déjà passé par une crise semblable à la mort de son père. C'était beaucoup pour rassurer Antonie, que de la voir aussi durement frappée par la crainte de perdre M. d'Ambreville.

Qu'il y eût de la fierté blessée, de la vanité exaspérée dans cette grande émotion, Antonie n'en doutait pas. Mais une coquetterie qui peut mourir de sa défaite n'est que le masque, l'éventail, pour ainsi dire, d'un sentiment profond.

« Elle est sauvée, » se disait intérieurement madame de Sabaillan. La supposition d'un deuil réel alimentant cet amour n'effrayait même pas cette mère sublime, qui préférait, pour sa fille, des regrets à l'indifférence.

Avoir aimé un jour, avec toute la foi dont une conscience humaine est capable ; cela suffit pour l'honneur éternel. Le bonheur, s'il vient, n'est plus qu'un accessoire, souvent redoutable. Le malheur, au contraire, est un achèvement qui enlève l'amour aux chances de souillure, pour le faire durer à travers la vie, et peut-être à travers la mort.

Voilà ce que pensait Antonie, devant ce beau corps raidi, qu'elle essayait d'assouplir par ses caresses et qu'elle maniait avec délicatesse, comme le vêtement d'un être idéal tout prêt à apparaître.

Elle n'appela personne. Elle fit toute seule l'office de femme de chambre, déshabillant Céline, la couchant, l'enveloppant, soignant cette chair qui allait enfin se déclarer vaincue et laisser fleurir au dehors l'âme jeune et vierge.

D'ailleurs, en tâtant de sa main maternelle, à

travers cette belle poitrine, le cœur dont chaque pulsation se communiquait au sien, en sentant Céline se ranimer pour aimer et pour souffrir, Antonie ne pouvait se défendre d'une curiosité égoïste. Elle s'étudiait dans sa belle-fille et guettait la première explosion, pour se dire : — C'est ainsi que j'ai eu peur, quand Charles Dontilly se battait; c'est par une angoisse analogue que j'ai mesuré mon amour.

Les natures énergiques, pour revivre comme pour mourir, abrègent les transitions.

Céline sortit de son évanouissement aussi vite qu'elle y était entrée, d'une façon si rapide, qu'on eût pu croire que la crise était feinte, si la rapidité même de ce retour à la raison n'eût prouvé de la part d'une orgueilleuse et d'une coquette la naïveté de son émotion.

— Où est Martial? demanda-t-elle, en se soulevant sur son lit.

— Je lui ai donné une commission, il est sorti, répondit Antonie.

— Il reviendra, n'est-ce pas? Je l'ai chassé; mais, avant qu'il parte pour toujours, je veux le revoir encore... je veux savoir...

Elle s'interrompit, regarda sa belle-mère, et fébrilement :

— Raconte-moi ce que tu sais, toi!

8.

Madame de Sabaillan reproduisit le récit de madame Bernard.

— Pauvre femme ! soupira Céline. J'avais bien entendu dire que les Prussiens avaient brûlé des maisons, fusillé des francs-tireurs. Je savais que la maison du garde avait souffert; mais je ne savais pas que j'étais pour quelque chose dans cette fatalité. Oui, c'est Martial, en croyant me servir, qui a amené le meurtre et l'incendie.

Elle promena ses regards autour d'elle, comme si elle eût cherché dans les meubles, dans les objets épars sur les meubles, la trace d'un souvenir ou la preuve d'un changement.

Elle reprit avec une douceur grave :

— Quand tu es venue, un soir, me raconter qu'on avait tué M. Dontilly, c'est à peine si j'ai eu de la tristesse, et je n'ai pas senti de remords. Aujourd'hui, je suis moins forte. Ce meurtre, cependant, s'il était réel, serait plus juste que l'autre.

Elle disait cela lentement, provoquant une contradiction, qui ne vint pas. Antonie la laissait user la pudeur de son aveu, dans cette fanfaronnade de férocité.

— Oui, ajouta-t-elle, en insistant par un sourire d'ironie, cette fois, c'était bien le coupable... Comme Martial m'a prise au mot !

Elle s'arrêta encore, épiant inutilement un reproche. Alors, prenant les deux mains de sa
belle-mère, qu'elle serra avec force, et les yeux
agités d'une lueur tremblante :

— Tu crois que je l'aime ?

— Oui, répondit tendrement Antonie, je le
crois, et je t'en félicite.

— Ah! il y a bien de quoi me féliciter, s'il est mort.

Elle réfléchit une seconde, et, ne dissimulant
presque plus sa pensée :

— Est-ce que l'amour peut sortir du mépris?
demanda-t-elle, car je l'ai méprisé, j'en suis sûre,
autant que je me méprisais moi-même... Je sais
bien que j'étais inquiète, par instants, des bouf-
fées de haine qui me montaient au cerveau. C'est
mauvais signe, n'est-ce pas, de haïr tant que
cela? Oh! quand je me rappelais cette scène du
parc de Marval, moi, dans ses bras, le provoquant niaisement, et lui n'étant pas assez grand,
assez généreux pour m'épargner, lui redevenant
un enfant étourdi, dans sa dépravation d'homme
du monde, je sentais une sueur de honte sur le
front. J'aurais voulu l'avoir là, tout à coup, pour
lui crier ma colère, pour l'en souffleter, pour le
tuer; non, je ne l'aimais pas. Ce ne peut être de
l'amour, ce besoin de voir souffrir. C'était de la
haine ! je te l'assure, c'était de la haine !

Elle porta ses doigts à sa bouche, se mordit les ongles, pour les punir d'avoir eu des appétits de déchirures, puis elle continua :

— Il paraît que je suis de la race de ces femmes qu'il faut battre, pour s'en faire aimer! Sans cet outrage, jamais sans doute ce que tu appelles l'amour, ce que j'appelais de la haine, ne me serait venu au cœur. La soumission, le respect, l'adoration sentimentale m'eussent fait rire et m'eussent pervertie davantage; tandis que je crois sentir que je peux être bonne, et que je peux devenir pure... Il y a dans mon passé une heure atroce que je veux fuir et qui pourtant m'attire. Cet abandon de moi, sans aucun amour, est un lien qui me fait la complice d'une mauvaise action, mais aussi l'associée d'un homme aspirant à l'amour, pour racheter notre faute commune. Si j'osais dire tout... Je sens bien la honte de cette chute; mais il me reste de ce premier baiser une brûlure qui se ranime et qui me donne le désir d'une volupté légitime...

Céline, en proférant ces paroles hardies, les faisait palpiter d'un souffle d'enthousiasme qui les sanctifiait.

— Ah! ne rougis pas de ce que je te dis. Quand tu étais ma belle-mère, la femme aimée de mon père, je n'aurais jamais osé te confier cela. Je n'y pensais même pas. Maintenant, tu es ma sœur aînée; tu aimes à ton tour; tu me comprends; tu m'excuses; tu me plains. Tu n'as plus rien à me révéler. Laisse-moi te montrer mon cœur. Dès que tu es entrée ce matin, j'ai failli te sauter au cou; j'avais les lèvres dévorées d'une question, que je n'ai pas faite, parce qu'il me plaisait de me torturer d'un doute, d'une inquiétude, d'une incertitude. J'ai eu le courage de rester froide, hautaine, comme tu m'as connue. Mais je jouais mal ce rôle-là. Enfin! j'en suis sortie, j'en sors. Cela m'a soulagée et délivrée, de confesser ma honte à Martial, de jeter mon secret à ce dévouement de brute; cela me ravit de parler de cela, sans rien déguiser, à tort et à travers, crûment, sincèrement! Ce n'est pas pour être consolée que je parle, car je suis plus veuve que toi et je veux m'enivrer de mon désespoir. C'est à confondre la raison! La haine n'était pas de la haine, et voilà la douleur qui me pénètre comme une joie inconnue!

Céline était devenue plus que belle en parlant. Elle était par-dessus tout charmante. Les larmes lui montaient aux yeux; ses joues, si longtemps pâles ou fouettées seulement de couleurs inégales, se remplissaient d'une lumière, uniformément répandue. Sa poitrine admirable, que la chemise, abaissée dans les gesticulations, découvrait,

laissait voir presque entière, se soulevait avec
une émotion communicative. Antonie s'extasiait.
Elle était rouge aussi et avait aussi des larmes
dans les yeux. Les deux sœurs, car la passion les
égalisait, s'embrassèrent, se serrèrent avec les
transports d'une tendresse que Céline n'avait
jamais ressentie et qu'Antonie n'avait jamais
éprouvée aussi douce. Entre leurs baisers, deux
ombres flottaient qui prenaient leur part.

— Eh bien, oui, reprit mademoiselle de Sabaillan, en se recouchant avec une grâce câline, pour
dissimuler mieux sa bouche et pour envoyer de
côté les mots qui coûtaient maintenant quelque
chose à sa décence, eh bien, oui, c'est étrange,
c'est fou, mais c'est vrai, je l'aime, je voudrais
être aimée de lui. S'il est mort, je veux mourir;
s'il vit, j'endurerai tout pour qu'il m'aime. Es-tu
contente ?

Antonie se pencha sur elle, mais n'osa l'embrasser encore. Elle était surprise à son tour, par
un scrupule de pudeur, devant cette passion con-
tagieuse qui menaçait d'enivrer la sienne.

Elle voulut redevenir maternelle et se contenta
de passer la main sur les cheveux de Céline,
qu'elle caressa, qu'elle effleura.

— Oui, je suis contente, lui dit-elle, tu réalises
ce que j'avais rêvé pour toi.

— Oh! tu n'as pas pu rêver, en tout cas, les étranges sentiments par lesquels j'ai passé. Il est impossible après tout que je l'aie toujours aimé et que je me sois donnée à lui par amour. Je ne veux pas croire cela, de peur de m'excuser, et je veux le croire cependant pour expliquer ce que j'éprouve, ce qui resterait inexplicable. Sans la guerre, en tout cas, je n'aurais jamais pu me reconnaître dans cet abîme.

Antonie ne put s'empêcher de sourire d'un sourire intérieur que Céline ne vit pas. Elle faisait encore un retour sur elle-même. C'était aussi la guerre, le siège de Paris, qui avait achevé la sympathie entre elle et Charles Dontilly. La destinée de son cœur devenait, en toute chose, pareille à celle de Céline.

— Je te comprends, je te comprends, dit-elle simplement à sa belle-fille.

— Rien ne m'eût guérie de mon stupide entêtement, continua Céline. Ta douceur, ton éternelle immolation irritaient ma fierté, sans la soumettre. Te l'avouerai-je? c'était sincèrement, c'est-à-dire méchamment, pour faire souffrir un homme, parce qu'un homme me faisait souffrir, que j'aurais consenti à un mariage de vanité. Il me paraissait impossible de me sauver; je voulais me perdre davantage. Tu me parlais de devoir;

il fallait me parler passion. Et encore ! Si tu savais comme la passion me paraissait vide et basse, lorsque j'écoutais les commentaires de madame de Marval !

La figure de Céline s'assombrit tout à coup. Elle poussa un soupir :

— Oui, la guerre est arrivée à temps... J'aurais, par curiosité réfléchie et dépravée, couru quelque hasard de mariage et d'amour, pour effacer le souvenir d'un malheur causé par une curiosité naïve et inconsciente... J'avais revu M. d'Ambreville, dans ce milieu fatal aux sentiments. J'avais voulu, à l'annonce de son nom, montrer quelque repentir de la réception que je lui avais faite ici. Mais les coquetteries de madame de Marval, les fadeurs imposées par l'étiquette mondaine, l'embarras de M. d'Ambreville m'écœuraient et me desséchaient. Je fus odieuse d'ironie. Il, me paraissait d'une fatuité insultante, quand il me regardait avec une sévérité triste ; il me semblait d'une sentimentalité hypocrite quand il me regardait avec compassion. Quinze jours après cette rencontre, M. d'Ambrevile revint au château, en passant, disait-il. La guerre était déclarée. Il nous annonça les premiers désastres de l'armée et sa démission. Madame de Marval ne parut pas affectée de nos défaites. — Eh bien, dit-elle, ce

sera plus tôt fini. On va faire la paix ! — M. d'Ambreville me regarda. Mon sang de Française et
de fille d'officier brûla dans mes veines et envoya
une étincelle à mes yeux. — J'espère bien, au
contraire, m'écriai-je presque involontairement,
que ce ne sera pas fini de sitôt. — Madame de
Marval haussa les épaules. M. d'Ambreville me
regardait toujours avec une attention profonde
qui me gênait. Il attendait une réplique au haussement d'épaules, pour l'approuver, mais je ne
voulais pas de son approbation. Je me contrai-
gnis et baissai la tête. — Pourquoi donnez-vous
votre démission ? reprit madame de Marval. —
Parce que la diplomatie n'est plus qu'un prétexte
de sécurité personnelle quand on se bat. — Madame de Marval ouvrit de grands yeux et agrandit
sa petite bouche. — Vous allez vous battre ? demanda-t-elle avec un profond étonnement. —
Sans doute, répondit-il. — Il me sembla que cette
réponse s'adressait à moi. Je sentais, à travers
mes paupières baissées, le regard persistant qui
cherchait le mien. Je n'eus pas le courage de
témoigner pour l'homme qui allait faire son devoir. Je souris vaguement. Madame de Marval
interpréta ce sourire comme une adhésion. —
Vous voyez, reprit-elle, Céline est de mon avis.
— Non, dis-je brusquement, forcée par cette in-

terprétation arbitraire. — Tu conviendras du
moins, repartit madame de Marval, un peu pi-
quée, en affectant cette dignité de poupée qui la
rend si ridicule et si jolie, que ce n'est guère le
moment pour un fonctionnaire d'abandonner son
gouvernement, quand celui-ci est dans l'embarras. — La patience m'échappa. Je répliquai :
— Les gouvernements s'effacent devant la patrie.
— Je dis cela avec chaleur. Un petit rire de la
jolie petite bouche prétendit me donner la leçon.
J'osai regarder en face M. d'Ambreville, pour voir
s'il me vengerait de cette moquerie, lui que je
venais de défendre. Il souriait, mais je n'eus pas
le temps de commenter son sourire. Interrompant
sa gaieté moqueuse, madame de Marval disait :
— Quelle Jeanne d'Arc tu fais, ma chère Céline !
— Je devins pâle, et M. d'Ambreville rougit.
Pourquoi donnions-nous, l'un et l'autre, un sens
flétrissant à cette ironie? Je lui en voulus de l'injure secrète que lui et moi nous pouvions seuls
comprendre. Je lui tournai le dos. Il essaya de
ramener madame de Marval à son opinion et parla
pendant un quart d'heure des éventualités de la
guerre. Il rapportait l'opinion des étrangers, non
sur la bravoure des Français, restée incontes-
table, mais sur la folie de cette guerre, sur l'in-
suffisance des généraux. Il nous prédit tous les

malheurs qui suivent l'invasion. — Est-ce que vous croyez que les Prussiens viendront jusqu'ici? demanda madame de Marval, plus curieuse qu'effrayée. — J'espère bien que non. — En tout cas, reprit-elle gaiement, ne vous éloignez pas trop ; qu'on puisse vous appeler au secours. Dans quel régiment allez-vous faire campagne? — Je vais à Orléans, où l'on organise des compagnies de francs-tireurs ; je me présenterai dans l'une d'elles. — Comme colonel? — Non, comme simple soldat. — Tâchez au moins de ne pas vous faire tuer! — Il ne répliqua pas. Je me retournai, pour exiger qu'il répondît. Je surpris ses yeux levés en l'air d'une façon évasive. Ce regard prit tout à coup pour moi l'expression d'un vœu de mort. Je fus touchée et irritée tout à la fois. Quelque chose tressaillait en moi à l'idée d'un chagrin qui pouvait le pousser au suicide ; mais ma fierté se cabrait comme devant une menace faite à ma générosité. M. d'Ambreville laissa pendant quelques secondes planer son regard ; puis, l'abaissant, il dit, sur un ton de plaisanterie : — Je ferai tout mon possible, madame, si je suis blessé, pour me faire apporter ici. — Grand merci! vous m'embarrasseriez. — On installerait pourtant une belle ambulance dans ce château! — Quelle horreur! nous vois-tu, Céline, transformées en infirmières!

Elle éclata de rire ; mais moi je devenais sérieuse. Sa moquerie me faisait prendre l'engagement secret d'établir chez moi, si l'on se battait dans ce pays, ce qu'elle redoutait d'établir chez elle. Quand M. d'Ambreville prit congé de nous, je fis un pas vers lui. S'il m'avait tendu la main, je n'aurais pas résisté à la tentation de la lui serrer et de lui dire dans cette étreinte ce que j'éprouvais d'angoisse et d'embarras. Mais il me salua cérémonieusement, et je lui fis la révérence, le cœur serré, les tempes battues par une pulsation de fièvre. Il dut croire que je le laissais aller à la guerre, au danger, à la mort, froidement, avec une arrière-pensée de vengeance, et que, s'il se condamnait, je ratifiais la sentence... Si tu avais été là, peut-être m'aurais-tu poussée dans ses bras. J'y serais tombée en sanglotant, en criant, en demandant à le suivre !

Peu à peu, en faisant ce récit, Céline s'était soulevée, redressée, assise au bord de son lit, prête à suivre une ombre qui l'eût appelée.

Dans sa demi-nudité, les cheveux déroulés sur les épaules, le visage battu par un souffle intérieur qui colorait les joues, les yeux brillants, les bras unis, elle semblait une statue héroïque, rendue vivante par une transfiguration de l'amour et du patriotisme.

Elle se mit à marcher dans la chambre. Antonie voulut l'envelopper d'un châle ; mais elle
se dégagea, et, allant et venant, dans une atmosphère qui l'étouffait, elle reprit, d'un ton rapide,
saccadé :

— Je me vengeai sur madame de Marval de ma
maladresse et de mon sot orgueil. Tu sais comment je m'y prends, quand je veux être railleuse,
méchante, implacable. Elle partit pour Trouville
et offrit de m'emmener. J'acceptai, pour n'être
pas abandonnée par elle, pour me réserver la
malignité de la laisser, à mon jour, à mon
heure... Qu'aurais-je fait ici, où l'on ne se battait
pas encore ? Mais cette colonie de fugitifs et de
fugitives, qui promenaient sur la plage le désœuvrement de leur égoïsme, m'inspira bientôt un
dégoût qui m'eût rendue malade, qui m'eût tuée,
si je n'avais appris bientôt que Paris était investi
et que le Loiret était envahi. Rien alors ne put
me retenir, et personne ne me retint. Madame de
Marval, qui parlait de passer en Angleterre, me
dit seulement que j'avais bien tort de la quitter
et me donna en même temps des commissions
pour son château. Je devais recommander à son
jardinier, en passant, de murer l'argenterie et les
bons vins dans une cachette qu'il connaissait...
Je partis avec ma femme de chambre. J'avais,

par un mot, averti Martial, qui vint au-devant de
moi, et je rentrai ici, après avoir vu de loin les
bivouacs des Prussiens... Trois jours plus tard,
il m'eût été bien difficile de passer... Je t'ai re-
grettée, en faisant rouvrir les fenêtres du salon;
mais je pensais que, si tu n'étais pas là, pour
m'aider, pour m'exhorter, pour m'approuver, je
n'aurais que plus de mérite et de joie à agir
seule. J'établis des lits; je fis venir la religieuse,
le médecin; je m'entendis avec les autorités, je
hissai un grand drapeau blanc à croix rouge, au-
dessus de la porte, et j'attendis... Ah! si j'avais
pu faire dresser cet étendard assez haut pour
qu'il fût visible de vingt lieues à la ronde! Si
j'avais pu faire bâtir une tour, pour y monter et
appeler de tous les coins de l'horizon tous les
blessés, tous les soldats errants, je n'aurais
satisfait qu'à demi la fureur de dévouement qui
me possédait!... J'avais appris à Orléans que
M. d'Ambreville était attaché à l'armée de la
Loire. Je sus depuis qu'il s'était battu à Coul-
miers... Je rêvais d'aller le rejoindre sous un
déguisement masculin, de ne pas me faire connaître de lui, de me battre à ses côtés, de le
relever sur le champ de bataille, s'il tombait
blessé, de le blesser au besoin, pour l'emporter,
pour l'amener ici, pour le soigner, pour le

guérir, pour vivre de sa fièvre, dans un tête-à-
tête entrecoupé de bruits de canon lointains et
de cris d'agonie... Tu le vois, j'étais devenue romanesque. Je n'étais pas devenue meilleure...
Ne t'imagine pas que je faisais mon devoir avec
une soumission réelle ! Non, les soins que je
donnais aux autres hommes n'étaient pour moi
que l'apprentissage des fonctions que j'aspirais à
remplir seule, auprès de lui, à son chevet. Ces
blessés que je pansais avec un sang-froid si
étudié me faisaient presque horreur ; ils révol-
taient mon goût, mes sens, tous mes instincts.
Mais je me condamnais à la vue, à l'odeur de
leurs plaies, pour avoir à me réjouir plus tard,
quand le blessé que j'attendais me serait apporté.... Martial partait tous les jours en expédition, avec des hommes du pays devenus brancar-
diers. Le misérable me servait ponctuellement.
Le seul blessé qu'il n'ait pas rapporté, c'est celui
pour qui je recevais tous les autres, celui qu'il
a fait, celui qui m'a maudite en mourant, s'il est
mort, qui me maudit encore s'il souffre. Il a dû
savoir que le château des Épines était devenu
une ambulance ; que j'avais obéi à son conseil ;
mais il se sera dit que je faisais par orgueil, par
point d'honneur, par mode, ce qu'il voulait qu'on
fît par patriotisme et charité. Patriote ? Je l'étais,

je le suis. Charitable? Non. Car j'aurais voulu,
parfois, chasser tous ces blessés qui m'encom-
braient, tant j'avais peur qu'il ne me restât pas
de place pour celui à qui j'eusse offert le château
tout entier. En vérité, s'il était venu, je crois que
j'aurais fait immédiatement la solitude autour de
nous. J'interrogeais tous ceux qui arrivaient.
J'eus à diverses reprises des nouvelles de lui.
J'apprenais du moins qu'il n'était pas blessé.
J'ai su qu'on l'avait rencontré plusieurs fois, du
côté de la maison du garde. Alors, je conçus naturellement le projet d'envoyer chercher l'enfant;
mais je ne voulus pas l'installer ici; le piège eût
été trop visible... Ce n'est pas par sentiment maternel que j'ai agi. Je ne suis pas mère; je ne
veux pas l'être, si je ne suis pas aimée ..... Je
n'ai pas eu besoin de me contraindre, pour me
refuser à voir l'enfant. Je m'en suis fiée à Martial,
qui me répondait des gardiens placés auprès de
cette petite. Je voulais qu'elle fût bien cachée,
pour que M. d'Ambreville la cherchât, pour qu'il
vînt jusqu'ici me la demander... Toutes mes com-
binaisons ont échoué, toutes. Martial s'est souvenu des paroles échappées dans une heure de
dépit; il a cru me servir en me faisant la complice
d'un meurtre. Ah! le misérable! le misérable!
Quand reviendra-t-il? Je veux l'interroger encore;

il ne m'a pas tout dit, peut-être qu'il m'a épargnée !

Céline était revenue vers son lit. Elle frissonna. Son exaltation tombait. Antonie voulut la contraindre à se recoucher, mais elle refusa. Elle tenait à descendre, à être debout, pour recevoir Dontilly.

Madame de Sabaillan, qui attendait le retour de Martial et qui avait besoin d'être seule avec lui, n'insista pas et descendit la première.

Au moment même où elle mettait le pied dans le vestibule, elle aperçut, par la porte vitrée de la cour, Martial, qui entr'ouvrait avec précaution la grande porte et qui rentrait, tenant Julie bien enveloppée et endormie dans ses bras.

X

L'AVENUE DE PLATANES

Antonie alla au-devant du vieux soldat.

— Merci, lui dit-elle avec effusion, en lui enlevant son fardeau.

— Prenez garde, elle dort! répondit Martial d'une voix basse et haletante.

Il cédait à regret la petite fille. Il suivit jusqu'à la maison madame de Sabaillan, tendant machinalement ses bras, qui avaient gardé une impression de chaleur, offrant ainsi ses services.

Antonie lui donna des ordres pour ce qui était nécessaire à l'installation de Julie et remonta bien vite l'escalier du château.

Devant la porte de Céline, elle hésita. Entrerait-elle brusquement? Surprendrait-elle sa belle-fille, qui se rhabillait pour descendre? Lui posant brusquement Julie dans les bras, sur la poitrine, la forcerait-elle à un attendrissement subit, qui achèverait la guérison?

L'essai tentait sa bonté. Mais, si l'épreuve ne réussissait pas, ne deviendrait-elle pas par cela même une imprudence? Céline pouvait d'ailleurs attendre un peu; Antonie avait hâte de jouir encore, tout à son aise, de la maternité.

Elle passa et entra dans son anciennne chambre. La fraîcheur de cette pièce, fermée depuis si longtemps, la saisit. Elle serra l'enfant plus étroitement contre elle. L'obscurité ne l'intimida pas. Elle voyait par le souvenir. Elle alla droit à son lit, qui n'avait pas de draps et sur lequel les couvertures étaient repliées. Elle y déposa l'enfant, lui fit provisoirement un nid avec des oreillers, un édredon, ouvrit ensuite avec précaution les volets fermés ; d'un regard, d'un soupir, reprit possession de l'horizon qui s'étendait devant elle et referma la fenêtre pour venir contempler Julie dans son sommeil.

Au bout de dix minutes, Martial frappait doucement à la porte, apportant ce que madame de Sabaillan lui avait demandé, des provisions, du linge, du bois. Le serviteur farouche, le meurtrier fanatique, s'était transformé en un vieillard patient, inquiet de dévouement. Ses remords avaient peur de se laisser voir, pour ne rien troubler autour de cet enfant, devenu soudainement pour lui un centre lumineux.

Il marchait sans bruit. Il s'agenouilla devant l'âtre, prépara le feu, mit des sarments sur le bois, les alluma, et, quand la flamme pétilla, se retournant sans se relever, d'un ton qui était une prière :

— Que faut-il faire maintenant?

— Céline ne vous a pas rencontré?

— Non, madame la comtesse.

C'était la première fois, non seulement depuis le retour d'Antonie, mais depuis son mariage, que Martial lui donnait le titre de comtesse. Cet hommage était une réparation, une offre de vasselage que madame de Sabaillan comprit et accepta.

— Céline veut vous voir, vous interroger de nouveau, reprit-elle. Cherchez bien dans votre mémoire, Martial; avez-vous quelques renseignements à donner qui aient pu vous échapper tantôt?

Il réfléchit avec une bonne volonté presque touchante.

— Non, dit-il, en essuyant un peu de sueur qui lui était venue au front, j'ai dit tout ce que j'avais à dire.

— Dans ce cas, il est inutile que Céline vous

trouve sur son passage. Elle n'a que trop souffert.

— Comment va-t-elle? demanda timidement, honteusement, Martial.

— La crise est passée, mais il serait dangereux de la renouveler.

— Oui, oui, je comprends. J'ai eu bien peur.

— Il lui faut des forces pour le retour de M. Dontilly.

Martial baissa la tête avec confusion. Le danger éventuel de ce retour était une conséquence de son crime, car il se trouvait de bonne foi criminel.

— Je quitterai le château, murmura-t-il.

— Procurez-vous une voiture, et allez à la maison du garde. Si madame Bernard peut faire immédiatement le voyage, amenez-la tout de suite, elle et son enfant; annoncez-lui que Julie est retrouvée.

— Et qu'elle n'a pas souffert, ajouta Martial d'une voix suppliante.

— Si madame Bernard est incapable aujourd'hui de faire le voyage, restez là-bas. Veillez à ce que la pauvre femme ne manque de rien. Laissez-lui ignorer la part que vous avez prise dans la fatalité, et, dès qu'elle pourra venir, amenez-la.

Martial hochait la tête, à chaque recomman-

dation, pour attester son obéissance, pour remercier aussi d'avoir une expiation si douce.

— Martial, reprit Antonie, après un court
silence et avec une solennité intentionnelle, vous
avez beaucoup à réparer.

— C'est vrai. Commandez-moi, madame la comtesse.

— Je crains que M. Dontilly, dans une seule
course, n'ait pas trouvé la trace que nous cherchons. Vous la chercherez à votre tour, et il faut
que vous la trouviez.

— J'irai jusqu'en Allemagne, puisque vous gar-
derez mademoiselle.

— A nous deux, Martial, refaisons le bonheur
et gardons l'honneur de cette maison. Faites connaître la vérité à M. d'Ambreville, qui doit plus
souffrir de ses soupçons injustes qu'il n'a souffert de ses blessures. Il vous pardonnera, soyez-
en certain. S'il est mort, donnez-moi, à moi seule,
la preuve de cette mort, pour que j'agisse en
conséquence.

— Il ne doit pas être mort, madame la comtesse, ma main a tremblé quand je visais... je
suis un mauvais assassin.

— S'il est mort, continua Antonie, vous serez
quitte envers les vivants. Je me charge de continuer seule la tâche. En attendant une certitude,

soyez muet sur ce qui se passe. Si l'on vous demande à l'office, ou dans le pays, quelle est cette petite fille réfugiée au château, vous ne mentirez pas en disant que c'est l'enfant d'un franc-tireur, mort ou blessé, que nous avons recueillie... Si l'on ne vous interroge pas, si l'on paraît persuadé que c'est..... ma fille, ne détrompez personne.

Julie s'éveillait et par un petit cri, qui n'était pas une plainte, interrompait madame de Sabaillan.

Antonie courut vivement au lit, prit l'enfant, étonnée de se trouver dans cette belle chambre, revint au coin du feu, l'assit sur ses genoux et, la regardant avec ravissement :

— Bonjour, ma fille!

Julie ouvrait de grands yeux, regardait le feu, qui était bien plus beau que celui de la ferme Godard, cherchait sans doute dans l'âtre un petit chat qui devait être plus grand et plus beau aussi que celui qu'elle avait quitté, leva les yeux vers le doux visage de madame de Sabaillan, mais, comme elle le connaissait déjà, ne parut pas surprise, ni charmée, et regarda dans la chambre, cherchant probablement une autre maman qui devait être plus belle encore, puisque tout allait en grandissant dans son imagination.

Martial s'était agenouillé de nouveau pour être au niveau de sa petite maîtresse.

— Elle ressemble à sa mère, dit-il en tremblant d'émotion, en joignant les mains.

La veille, le matin, il eût juré avec la même conviction, mais avec fureur, qu'elle ressemblait à madame de Sabaillan.

Antonie ne le contredit pas. Dans sa maternité étrange, il lui plaisait d'être dépossédée par Martial, au profit de Céline, et d'être instinctivement reniée par Julie, au profit d'une mère idéale, qu'elle lui trouverait, qu'elle lui donnerait.

Si elle eût osé, madame de Sabaillan, en embrassant encore la petite fille, dans sa ferveur de tendresse désintéressée, eût formé ce vœu :

— Puisses-tu n'avoir jamais besoin de m'aimer comme ta mère !

Martial, encouragé par l'indulgence d'Antonie, approcha ses moustaches d'une petite main pendante de Julie et déposa un baiser si léger, si hésitant, que l'enfant ne retira pas sa main, et que le meurtrier s'épanouit, en lui-même, de n'avoir pas fait horreur.

Peut-être n'était-ce pas le premier baiser qu'il eût donné à Julie, et peut-être que, dans le trajet de la ferme Godard au château des Épines, il avait, à plusieurs reprises, familiarisé l'épiderme tendre de cette menotte avec le baiser religieux de sa grosse bouche, avec le chatouillement de ses grosses moustaches.

Antonie lui fit de nouvelles recommandations et le congédia.

La femme de chambre de Céline, qui avait été prévenue, vint offrir ses services à Antonie. Elle s'installa simplement dans sa chambre, reprenant avec douceur son rôle de maîtresse de maison, dans ce château d'où elle était sortie, chassée par l'indifférence des uns et le mépris des autres. Elle n'avait pas besoin de pardonner. La destinée lui donnait une revanche trop cruelle.

Tout en rangeant, en touchant les objets qui lui avaient été familiers autrefois, elle s'aperçut que des larmes lui venaient aux yeux. Les choses, restées à leur place, l'avaient attendue et lui faisaient accueil. Elle n'avait à remercier personne, et pourtant elle sentait un besoin invincible de reconnaissance, car elle ne voulait pas se glorifier. Alors elle s'interrompait dans ses rangements, pour aller à Julie, pour lui faire hommage de ce contentement mélancolique, pour l'embrasser avec transport, au risque d'étonner, de scandaliser la femme de chambre. Quand elle eut repris possession de son rôle entier de comtesse de Sabaillan, elle redescendit auprès de Céline.

Elle avait espéré, pendant son installation, que sa belle-fille, impatiente, serait venue la rejoindre, la chercher. Mais, soit par défiance du piège tendu, soit par désir de solitude, par apprentissage de mélancolie, Céline, après s'être habillée, après avoir effacé de son visage toute trace du désespoir qui l'avait surprise, volontairement refroidie à la surface, portant en elle le brasier de son cœur, était descendue dans la salle à manger, s'y était assise, ne voulant pas rentrer dans le salon, ayant pris subitement et réellement en dégoût les blessés, l'attirail et l'odeur de l'ambulance.

Antonie la trouva accoudée au bord de la table, le regard fixe, la bouche serrée par la réflexion.

— Et Martial? demanda mademoiselle de Sabaillan, dès qu'elle entendit entrer sa belle-mère.

— Il est revenu; il est reparti.

— Ah! tu ne veux pas que je lui parle?

— Parce que je ne veux plus pour toi d'émotion inutile. J'ai retrouvé ton cœur, cela me suffit. Martial n'a rien de plus à t'apprendre, je le sais.

— Où l'as-tu envoyé?

— A la maison du garde, pour rassurer madame Bernard, et, s'il le peut, la ramener.

— Comment? ici!

— Oui, cela me semble juste.

Antonie parlait avec placidité, mais avec résolution. Céline ne résista pas.

— Tu as raison, cela est juste ; je lui dois bien
l'hospitalité.

— D'ailleurs, reprit Antonie en attirant en haut
par un mouvement de la tête les regards de
Céline, j'ai besoin d'elle.

— Pour qui ?

— Pour Julie.

Céline fit un mouvement ; elle allait se lever.
Elle se contraignit à rester assise, et, remuant
seulement les doigts, pour dépenser l'électricité
qui l'agitait :

— Est-ce que Martial... ?

— Je te l'avais dit : ta fille ne pouvait rester
une heure de plus chez ces gens-là... Martial a
été la chercher.

Céline eut une demi-seconde d'hésitation, puis
avec anxiété :

— Où l'as-tu installée ?

— Dans ma chambre.

Céline eut encore la tentation de se lever, mais
encore une fois elle s'ordonna de rester assise ;
elle n'osait regarder sa belle-mère. Antonie se
pencha sur elle, lui mit un baiser sur le front et
avec le baiser des paroles qu'elle voulait faire pénétrer dans cette tête indécise et entr'ouverte :

— Viens la voir, lui dit-elle tout bas.

— Non, répondit Céline, sans révolte apparente, mais sans faiblesse.

— Martial trouve qu'elle te ressemble, ajouta Antonie d'un ton caressant.

— Tant pis pour elle, répliqua plus durement Céline.

— Il faudra pourtant bien que tu l'embrasses.

— Pourquoi le faudra-t-il?

— Cela te portera bonheur.

— Tu essayes de me rendre lâche et superstitieuse.

— J'essaye de te guérir plus vite de la peur de toi-même. Tu as toutes les vocations de la femme. Ne résiste pas à celle-là; sois mère.

— Non.

— C'est de la folie, ma pauvre enfant.

— Laisse-moi alors retrouver seule ma raison.

— Eh bien! va seule dans ma chambre. Je me priverai de la joie de voir tes larmes, si tu as honte d'y céder devant moi.

— Non, j'irai avec *lui*, ou je n'irai pas.

La condition, malgré l'énergie de la voix qui l'accentuait, loin de l'effrayer, rassura Antonie. C'était la dernière résistance de l'orgueil vaincu. Céline ne voulait pas tout accorder à la fois. Elle était peut-être naïve dans son refus. Il se pouvait

que dans cette nature violente l'éclosion de chaque
sentiment eût besoin de faire éclater l'écorce;
que le sens maternel ne se déclarât qu'après
celui de l'amour et que mademoiselle de Sabaillan, qui n'aimait encore que par le désir, ne de-
vînt la mère de son enfant que quand elle aurait
le cœur tout à fait rempli, ou tout à fait brisé.

— Attendons, répliqua Antonie.

Elles attendirent longtemps. La nuit vint, enveloppant le château et les resserrant dans une angoisse commune.

A plusieurs reprises, Antonie dut quitter Céline
pour monter auprès de la petite Julie, s'assurer
qu'elle ne manquait de rien, que la femme de
chambre qui la gardait jouait avec elle, et, à
chaque visite, madame de Sabaillan trouvait sa
chambre embellie, égayée par la lumière, le feu
et le rire de l'enfant, animée d'une joie qui conseillait l'espérance.

Quand elle redescendait dans l'obscurité, dans
la tristesse, dans le silence de la maison, Antonie
entraînait avec elle un peu du rayonnement d'en
haut, et, avec un empressement dont la grâce
sincère n'excluait pas le calcul, à chaque fois,
elle serrait les mains froides de Céline ou lui
donnait un baiser, pour faire filtrer dans ce cœur
plein d'ombres lourdes et noires quelques-unes

des lueurs qu'elle avait recueillies sur les joues
roses, sur la bouche, sur les jolis cheveux de
Julie.

Céline avait essayé de reprendre ses fonctions
d'infirmière. Mais les blessés, en la voyant apparaître un instant, pâle, préoccupée, silencieuse,
puis quitter brusquement le salon, sentaient que
les conditions de l'hospitalité étaient changées
pour eux. Un mystère était entré dans le château
et gênait tout le monde. Chacun comprenait qu'il
était un embarras et devait cesser de l'être.

Quand Céline avait fait plusieurs fois le tour
du salon, regardé sans rien voir, écouté sans répondre, ou répondu par un hochement de tête
sans avoir compris, elle rentrait dans la salle à
manger, dégonflait sa poitrine par un soupir ma-
ladif, allait dans le vestibule, dans la cour, écoutait, et si un petit rire, un petit éclat de voix descendait de la chambre d'Antonie, elle rentrait
brusquement, fermait la porte, et recommençait
à l'intérieur sa lente et incessante promenade.

Depuis que l'ambulance était installée au château des Épines, la religieuse prenait ses repas
avec mademoiselle de Sabaillan.

Ce soir-là, par discrétion, sans s'excuser, elle
empêcha qu'on ne mît son couvert à la table des
deux dames du château et se fit servir à l'office,

en même temps qu'elle prenait le dîner des blessés.

Céline lui sut gré tout d'abord de ce qu'elle la laissait en tête-à-tête avec sa belle-mère ; mais, dès qu'elle vit Antonie faire une petite part sur une assiette, préparer de l'eau rougie dans un verre, recommander à demi-voix à la femme de chambre, en lui remettant l'assiette et le verre, de remonter bien vite pour ne pas laisser seule la prisonnière, Céline se leva.

— Veux-tu qu'on te serve dans ta chambre? dit-elle, en dissimulant mal un tressaillement d'impatience.

— Oui, si tu viens dîner chez moi.

— Je n'ai pas faim.

— Ni moi non plus.

Il semblait logique qu'elles se levassent de table toutes les deux ; elles restèrent assises, Céline par bravade, Antonie par une opiniâtreté douce et une taquinerie touchante.

Elle choisissait avec affectation ce qui pouvait convenir le mieux à Julie ; elle coupait, avec un bruit agaçant du couteau sur l'assiette, les morceaux de la petite fille ; elle interrogeait la bonne qui servait, sur les ressources de l'office en sucreries, en laitage et friandises ; elle avait défendu à la femme de chambre de redescendre ; mais, en lui envoyant des messages, elle lui faisait demander si l'enfant mangeait bien ; si elle ne s'ennuyait pas ; si elle avait bientôt sommeil ; si l'on avait pris des précautions pour qu'elle ne s'approchât pas du feu, de la lumière, entremêlant chaque demande et chaque recommandation d'un mot sur la grâce, sur la gentillesse de Julie, tiraillant ainsi, avec une cruauté admirable, chaque fibre du cœur de Céline, espérant toujours qu'elle allait l'entendre se récrier.

Céline, contrainte par la présence de la servante, qui allait et venait, subissait ce supplice, sans en paraître émue, souriait machinalement, quand il fallait sourire, pour avoir l'air d'écouter et d'applaudir, restant morne et muette, quand on ne la voyait pas.

Antonie céda la première et se disposa à remonter chez elle, lorsqu'elle n'eut plus que des baisers à servir, pour le dessert de Julie.

— Demain, dit-elle à Céline, je m'arrangerai autrement.

Céline eut un mouvement d'effroi.

— Demain ?

Elle s'interrompit et reprit d'une voix frémissante, comme si elle interrogeait ou menaçait l'avenir :

— Oh ! demain ! demain !

Elle n'ajouta rien à cette exclamation. Savait-elle d'ailleurs ce qu'elle voulait répondre, sinon qu'elle était incapable de souffrir encore autant le lendemain de cette inquiétude et de cette taquinerie.

Antonie ne la pressa pas de s'expliquer et rejoignit Julie.

Céline, dès qu'elle fut seule, s'enveloppa d'un grand châle, dont elle se couvrit la tête, et sortit pour aller dans l'avenue au-devant de M. Dontilly.

Tout la blessait, ce jour-là, ce soir-là. A peine fut-elle entre les grands platanes nus et sinistres qui bordaient l'avenue, qu'elle se souvint du beau jour d'été où elle était sortie pour rejoindre M. d'Ambreville. Était-ce, ce jour-là, de l'amour méconnu ou inconnu qui la faisait agir? Si elle l'avait rejoint, que lui eût-elle dit? Comment l'eût-elle retenu, ramené? L'aveu dont elle n'avait pas conscience se serait-il échappé de sa bouche? Pourquoi s'était-elle arrêtée à écouter Martial? Pourquoi avait-elle si cruellement joué avec Roland? Pourquoi? Pourquoi?

Elle s'interrogeait avec colère et redoutait de se répondre. Qui rencontrerait-elle ce soir? Ne serait-il pas juste que ce fût M. d'Ambreville lui-même, revenant guéri, non pas consolé, car,

10

hélas ! il ignorait encore ce qui s'était passé dans le cœur de Céline, mais vaincu par l'obstination de son ami. Oui, cela serait juste, cela serait doux, et cette soirée d'hiver, froide et dure, rachèterait le crime de cette folle journée d'été.

S'il revenait, elle ne craindrait pas de s'humilier : elle mettrait son orgueil à s'agenouiller, là, dans l'avenue, sur le pavé glacé, à se faire relever par lui... mais non, pourquoi viendrait-il, puisqu'il n'était pas venu ? Ah ! les hommes les plus subtils, les diplomates, quand l'orgueil les tient, ne comprennent rien, ne devinent rien. Elle le haïssait trop, pour qu'il ne sentît pas qu'elle l'aimait. Il aurait dû faire cette découverte, comme elle l'avait faite elle-même. Il ne viendrait pas ; il refuserait de venir ; il croyait qu'elle avait commandé le meurtre ; il la maudissait. Eh bien, elle voulait recevoir son arrêt, à l'endroit même où son cri de colère, sans raison, avait été recueilli comme une sentence par Martial, son bourreau familier.

Elle marcha jusqu'à la barrière en bois sur laquelle, dix-huit mois auparavant, elle s'était appuyée, pour parler à Martial.

— Je resterai ici toute la nuit, s'il le faut, se dit-elle, et, si je suis condamnée, je ne rentrerai pas au château.

L'idée de suicide devait venir tout d'abord à cette âme fière, qui n'était encore que dans le noviciat de la passion et qui se croyait incapable des renoncements infinis, des voluptés de la résignation. L'enfant, son enfant à elle, qui l'effrayait et la gênait, au lieu de la rattacher à la vie, l'en chassait. Elle l'avait dit, elle n'était pas mère ; elle était tout entière à sa fièvre d'amour.

Elle s'accouda à la barrière et resta plus d'une grande heure dans cette attitude, contente de cette rigidité qui la pénétrait, avec cette vague et folle espérance que le froid irait jusqu'au cœur s'il le fallait, et qu'une mauvaise nouvelle la pétrifierait.

Il était plus de neuf heures à l'horloge du village, quand elle aperçut tout à coup devant elle un cheval et un cavalier qu'elle n'avait pas entendus venir.

C'était Dontilly. La lune, qui l'éclairait, le faisait reconnaître. Céline eut un spasme de colère contre elle-même de ne l'avoir pas aperçu de plus loin. Elle s'était privée de quelques minutes de plus d'agonie et les regrettait.

Le cheval paraissait bien las. On voyait monter de tout son corps une buée qui attestait sa fatigue ; s'il n'avait pas heurté un caillou sur le chemin, Céline n'eût peut-être pas encore été avertie de sa venue, tant il venait lentement. Charles avait abandonné à demi les rênes. Lui-même, courbé, se balançant au mouvement du cheval, ne le guidait plus et se laissait guider par lui, qui revenait d'instinct à l'écurie.

Céline voulut s'élancer. Une peur subite la retint et la fit s'appuyer avec plus de force à la barrière. L'orgueilleuse, l'héroïque, l'enfiévrée devint une jeune fille haletante et tremblante.

Quand Dontilly fit un détour pour entrer dans l'avenue, par l'intervalle laissé dans la barrière aux piétons et aux cavaliers, elle se recula et se blottit contre un platane ; pourtant le courage lui revint un peu, lorsqu'elle se sentit presque frôlée par le cheval.

— Monsieur Dontilly, balbutia-t-elle.

Charles, surpris, rassembla les rênes ; le cheval fit un écart et s'arrêta, en hennissant. Il avait reconnu sa maîtresse.

Céline rejeta le capuchon que faisait le châle sur sa tête et, découvrant son beau visage, rendu de marbre, par le froid, l'émotion et cette blanche clarté de la lune :

— Apportez-vous des nouvelles ? demanda-t-elle timidement.

Dontilly ne répondit pas. Cette apparition le

choquait. Il avait beaucoup songé à mademoiselle de Sabaillan pendant ses courses. Il revenait avec un âpre sentiment de colère contre
elle. Antonie n'avait pas été près de lui pour
plaider, comme elle le faisait toujours avec avantage, la cause de sa belle-fille. Pouvait-il deviner
ce qui s'était passé dans son absence, les révélations de Martial, l'explosion de Céline ?

Incertain, embarrassé, il salua et voulut continuer son chemin.

Elle reprit plus durement, en arrêtant de nouveau le cheval par la bride :

— Pourquoi ne me répondez-vous pas ?

Dontilly, frappé et blessé de l'accent, de l'insistance de Céline, croyait à une impatience haineuse, mais, ne pouvant, toutefois, sans impoli-
tesse flagrante, se dispenser de répondre, il dit
assez brutalement :

— S'il est mort, serez-vous satisfaite ?

— Mort !

Céline lâcha la bride du cheval, porta la main
à sa poitrine ; mais, tout aussitôt, secouant la
tête et faisant un pas, pour prouver qu'elle vivait
encore, que par conséquent d'Ambreville était
vivant :

— Ce n'est pas vrai, dit-elle, il n'est pas mort.

Dontilly la regarda sans comprendre.

10.

— Auriez-vous appris quelque chose ? demanda-t-il naïvement.

— Non, mais c'est une intuition, un pressentiment. Et vous, avez-vous la preuve qu'il soi mort ?

— Non.

— Vous voyez donc que vous avez mal cherché.

Elle se remit en marche, s'enveloppant de nouveau, se réchauffant, pour réchauffer en elle une espérance blessée que les premières paroles de Dontilly avaient ranimée au lieu de la tuer. Elle marchait vite, entraînant presque le cheval, qu'elle excitait du geste, irritée, mais non effrayée.

La grande porte était restée entre-bâillée. Céline la poussa du poing, laissa passer le cheval, puis refermant le lourd vantail, qui retentit dans la cour sonore, elle se dirigea vers le vestibule.

XI

LE FRANC-TIREUR

Antonie avait entendu venir Dontilly. Elle se trouva avec une bougie allumée, au bas de l'escalier, comme Céline rentrait.

— Eh bien?

— Il ne sait rien.

Mademoiselle de Sabaillan se débarrassa de son châle. Elle était horriblement pâle. Ses yeux trahissaient la fièvre. Antonie eut peur d'une nouvelle crise comme celle du matin.

— Pourquoi es-tu sortie? dit-elle en lui prenant les mains.

— Est-ce que je pouvais attendre tranquillement, toute seule dans cette maison?

Antonie ne songea pas à lui dire : « Il fallait attendre près de ta fille! » C'eût été un raffinement de fanatisme maternel.

Elle se contenta de répliquer :

— Tu as eu tort, mon enfant.

Elles entrèrent dans la pièce, sans destination précise, dont j'ai parlé, la bibliothèque sans livres : on y pouvait causer sans craindre d'être entendu des malades installés au salon ou sans être dérangé par les domestiques.

Charles, après avoir remis le cheval à un garçon d'écurie, se dirigea vers le vestibule. Antonie, sous prétexte de lui montrer le chemin, alla au-devant de lui, et, en l'abordant, elle dit vivement à voix basse :

— Prenez garde ! Elle l'aime ! Julie est ici !

Dontilly, troublé par cet avertissement, suivit madame de Sabaillan et fut tenté, en abordant Céline, de s'excuser tout d'abord de la brutalité avec laquelle il lui avait parlé.

A son regard de pitié, Céline devina qu'il était prévenu, et, pour le dispenser de toute formule :

— Je ne vous en veux pas, lui dit-elle avec empressement ; racontez-nous vite ce que vous avez fait.

— J'ai visité toutes les ambulances : Roland n'a été recueilli dans aucune. J'ai vu la place où le garde Bernard l'a rencontré.

— Dites, interrompit Céline, la place où Martial a voulu le tuer.

Dontilly, pour qui ces paroles étaient une révélation, regarda madame de Sabaillan. Antonie
reçut et détourna ce regard, qu'elle dirigea sur
Céline.

— C'est vrai, poursuivit celle-ci, dont la pâleur
redoubla. Vous ignorez que Martial, croyant me
servir et me venger, quand je l'envoyai chercher
l'enfant, l'a rencontrée dans les bras de son père
et, afin de remplir mieux la mission qu'il com-
mentait, a tiré sur le père, pour lui voler son enfant.

— Martial connaissait donc Roland ? demanda
Dontilly.

Céline, dont la bouche tremblait, répliqua :

— Je le lui avais désigné.

Dontilly eut un éclair dans les yeux, parut mesurer la portée de cet aveu fait avec une audace
qui était l'exagération d'un repentir, puis, se calmant, après une réflexion rapide :

— Martial, n'est-ce pas, vous avait mal comprise ?

— Sans doute. Si je voulais un crime, je ne me
fierais à personne pour l'exécuter.

Charles continua :

— J'ai suivi, j'ai imaginé la route que le blessé
avait dû prendre. Je suis arrivé à un carrefour où
les chemins s'entre-croisent ; je les ai fouillés

inutilement. J'ai visité les cimetières. Je serais de retour depuis longtemps si, dans une de mes dernières haltes, au bord de la Loire, je n'avais rencontré un franc-tireur de la compagnie même de Roland, qui l'avait vu depuis sa blessure.

Céline se pencha vers Dontilly avec une ardeur qui fit éclater le masque impassible qu'elle essayait de maintenir sur son visage.

— C'était, paraît-il, le lendemain de cette expédition d'un détachement prussien contre la maison du garde. Le franc-tireur en question, séparé de sa compagnie, redoutant de tomber entre les mains des ennemis, qui battaient les environs, s'était réfugié dans la grange d'une ferme abandonnée et se cachait sous la paille, quand il entendit une plainte. Un blessé, qui lui parut un mourant, était étendu à quelques pas de lui... C'était d'Ambreville. L'homme avait aussi peur de ce malade qui gémissait qu'il en avait compassion. Il eût voulu le secourir ; mais il tremblait d'être involontairement dénoncé par lui. Comment Roland était-il venu jusque-là, à plus de deux lieues de l'endroit où il était tombé ? Il est probable qu'il avait été apporté par les soldats que Bernard avait mis en faction près de lui ; mais pourquoi, au lieu de le déposer dans une ambulance, dans celle-ci, car ils ont dû passer

devant l'avenue du château, l'avaient-ils abandonné dans cette grange ?

Céline interrompit par un soupir, par un sanglot étranglé :

— C'est lui, dit-elle, qui n'a pas voulu être
amené chez moi ! Ah ! si j'avais su !

— Le franc-tireur, continua Dontilly, après un
court débat entre son égoïsme et son humanité,
et dès qu'il se fut assuré d'ailleurs qu'il n'avait
plus à redouter le passage des Prussiens, offrit à
Roland de le conduire à une ambulance. — Non,
balbutia celui-ci ; laissez-moi ici, je suis bien
pour attendre. — Était-ce la mort que mon pauvre
ami attendait? Le franc-tireur s'imagina, à l'insistance fébrile de Roland, que c'était un secours
promis, certain ; que le blessé avait été déposé
là pendant qu'on cherchait une voiture, un ca-
colet, et, comme il devait lui-même rejoindre au
plus tôt sa compagnie, il quitta le blessé, sans
avoir pu obtenir d'autres paroles que cette assurance réitérée : — J'attends! J'attends!

Céline se dressa, les dents serrées, hallucinée
par la vision de d'Ambreville, saignant et mourant.

— Le lâche! murmura-t-elle, pourquoi ne l'a-
t-il pas emporté de force! Cet homme ne vous a
pas tout dit, monsieur Dontilly. Dans sa peur des

Prussiens, il aura achevé ce que Martial avait commencé, il aura tué le mourant, que les Prussiens pouvaient entendre. Le lâche!

— Cet homme m'a tout dit, reprit Charles, car il pouvait ne rien me dire. Voici ce qu'il a ajouté. Comme il se glissait avec précaution dans la campagne, à une lieuè, à peu près de là, il aperçut une voiture qui lui sembla prendre la direction de la grange. Il ne douta pas que ce ne fût le secours attendu par mon ami d'Ambreville, et, la conscience rassurée, le soldat rejoignit la troupe.

— Vous a-t-il dépeint cette voiture? Avait-elle une croix d'ambulance?

— Il n'a pu que me donner des indications vagues; c'était une sorte de cabriolet: il ne croit pas qu'il eût le drapeau de Genève.

— Et cette grange, où est-elle située? Près d'ici, dites-vous; il fallait y aller.

— J'en reviens.

— Vous m'y conduirez.

— Je n'ai trouvé que des ruines. Ce jour-là même, les Prussiens y mirent le feu, pour se venger des francs-tireurs ou pour se chauffer.

Céline, glacée d'épouvante, joignit les mains. Dontilly se hâta d'ajouter:

— Non, non. Ne vous imaginez pas cela, mademoiselle!... Ce serait trop horrible; ne pen-

sons pas à cela ! Il n'était plus dans la grange, et,
si les Prussiens l'y ont trouvé, ils l'ont emmené
prisonnier.

Dontilly s'arrêta, étonné de réfuter avec tant
d'empressement une hypothèse épouvantable,
que sa raison repoussait, mais que les alarmes
de son amitié paraissaient admettre en la dis-
cutant.

— Non, dit-il après un court silence, il nous
reste assez de chances douloureuses à redouter.
Prenons garde aux chimères ! Roland a-t-il pu
supporter la fatigue d'un transport ? Où l'a-t-on
conduit ? Cette voiture rencontrée est-elle arrivée
à temps ? Allait-elle à sa recherche ? Le franc-
tireur n'a-t-il pas été facilement la dupe d'une
illusion charitable et n'a-t-il pas cru ce qu'il voulait croire ? Voilà le doute qui m'obsède.

Dontilly pencha la tête avec tristesse. Antonie
essuyait avec précaution deux larmes qu'elle
craignait de laisser voir à Céline. Mademoiselle
de Sabaillan ne pleurait pas. Son regard brûlant
se retirait dans la profondeur de ses yeux.

— Le doute ! dit-elle d'une voix glacée ; pourquoi me ménager ? Vous ne doutez guère, et vous
croyez qu'il est mort !

Dontilly fut ému de cette froideur, plus qu'il
ne l'eût été d'un accent désespéré, et, se redres-

11

sant avec des yeux emplis d'une lumière douce, le visage animé d'une résolution mâle :

— Je ne vous ménage pas, mademoiselle, parce que je sais maintenant combien ce serait vous faire injure que de ne pas compter sur votre courage.

— Et sur son amour ! ajouta Antonie, jalouse de se mettre à l'unisson.

Céline eut une rougeur d'orgueil à ce mot de sa belle-mère ; mais elle passa vite ; ce fut un reflet de lumière invisible sur du marbre.

— Si j'avais une certitude funeste, reprit Charles, je vous la ferais partager, comme je la ressentirais, avec un deuil profond, mais supérieur au désespoir. Nous sommes dans un temps fatal où l'on a besoin de se raidir contre la mort, en faisant, de toutes ses forces, même contre l'invraisemblance, un pacte avec l'immortalité. Le cœur de chacun de nous est une petite patrie, un fragment de la grande, qu'il faut défendre, comme on a défendu le territoire envahi, ou plutôt mieux qu'on ne l'a défendu. Ne nous laissons pas vaincre et ne nous trahissons pas nous-mêmes. Je vous ai raconté ce que j'ai appris. Je ne vous dissimule rien des présomptions graves qui peuvent faire redouter un malheur ; mais il faut tenir compte aussi des chances sérieuses que nous avons encore d'espérer.

Ce langage sincère, noblement exprimé par un homme qui avait rempli tous ses devoirs envers la France, était aussi la ressource ingénieuse d'un avocat qui voulait associer l'amour de Céline à sa vaillante amitié.

— J'écoute, et je vous remercie, dit mademoiselle de Sabaillan, devenue intrépide.

Alors Dontilly, parlant froidement de ce qui les tourmentait jusqu'à la douleur la plus aiguë, reprit :

— Il est singulier que d'Ambreville, blessé depuis un mois, n'ait fait faire aucune démarche pour avoir des nouvelles de sa fille, soit auprès de madame Bernard, soit ici même, s'il avait reconnu Martial.

— Martial s'était fait connaître, en me proclamant sa complice, dit Céline.

Dontilly réfléchit un instant et poursuivit :

— Les préventions de Roland, si douloureuses qu'elles fussent, n'expliquent pas son silence. Il pouvait....

— Me haïr, me mépriser, n'est-ce pas?...

— Il pouvait vous accuser, sans se désintéresser de son enfant, qu'il aime d'un amour profond.

— Mais s'il est prisonnier, en Allemagne ?

— Il m'eût écrit.

— Alors, c'est forcé, il faut conclure de ce silence qu'il est mort.

— Non, car, s'il était mort, depuis un mois, depuis quinze jours, depuis huit jours, la nouvelle en serait arrivée directement, officiellement à son domicile d'Orléans.

— Est-ce que la guerre n'expliquerait pas un retard, un oubli, une impossibilité ?

— D'Ambreville, vivant et combattant, n'est qu'un franc-tireur, qu'un soldat comme un autre. Mort ou blessé, il a une personnalité qui force l'attention. Son nom, ses fonctions diplomatiques, qu'il a exercées d'abord en Allemagne, le signalent.

— Oui, s'il a dit son nom, quand il pouvait parler, s'il a laissé un écrit, une preuve, quand il ne pouvait se nommer.

— Je sais par lui, dès le début de la guerre, qu'il avait pris ses précautions.

— Depuis, il a pu changer de sentiment. Il a pu vouloir, par un acte de désespoir ou de générosité suprême, mourir, disparaître, sans m'accuser, sans me dénoncer, sans me léguer des remords.

— En tout cas, mademoiselle, il se serait souvenu de moi ; il ne m'eût pas déshérité de ma douleur.

— Faut-il supposer alors qu'il vit, qu'il est guéri, qu'il sait que je l'aime et qu'il veut me torturer ?

— Tout est possible ; voilà pourquoi il faut douter.

— Je ne sais plus douter, monsieur Dontilly. Cela m'a perdue de débuter par le doute. J'ai besoin maintenant de croire ou de nier, d'estimer ou de haïr. Mais... vous m'avez exhortée au courage, j'en aurai, et, puisqu'il faut vivre dans cette obscurité terrible, j'y vivrai... Seulement ménagez-moi tous les deux. Je veux rester seule ici. La solitude m'a déjà été bonne ; elle achèvera ma guérison.

— Tu es guérie, dit Antonie.

— Non, car je suis encore injuste et je veux l'être.

— Injuste ! envers qui ?

— Tu le sais bien, toi qui veux me forcer à être mère, quand rien ne tressaille en moi à l'idée que Julie est mon enfant. Emmène-la. Je ne puis la voir, je ne puis l'aimer. Préjugé, folie, nomme comme tu le voudras cette peur qui ressemble à de la haine ! Je sais bien que c'est mal ; que ce petit être est innocent. J'ai besoin encore de le supposer coupable, responsable de ce qui m'arrive. Emmène-la. Si son père, qui l'aimait

d'un amour profond, M. Dontilly l'assure, d'un
amour exclusif, n'est pas mort ; s'il guérit, s'il
revient, qu'il la trouve près de toi... Je ne voudrais pas être témoin de ses premiers transports... Je suis jalouse d'elle ; c'est ma rivale ;
c'est elle qui empêchera peut-être que je sois
aimée... Oui, qu'il la trouve près de toi, puisque
c'est à toi seule qu'il eût voulu la céder. S'il est
mort, garde-la, puisqu'il te l'avait léguée... Vous
l'adopterez un jour, monsieur Dontilly et toi.

Antonie fit un geste de protestation.

— Est-ce que tu t'y refuses ?

— Non.

— Est-ce qu'il n'est pas tout simple que je
parle de votre mariage ?

Antonie effaça sous sa main la petite rougeur
qui lui était venue sur les joues et, en regardant
Dontilly, répondit :

— Ma fille, je resterai veuve, tant que tu le
seras.

— En tout cas, reprit Céline avec précipita-
tation, pour ne pas recueillir l'ombre d'une espérance heureuse, veuve ou mariée, tu feras de
Julie une honnête fille, une honnête femme. Moi,
je ne saurais comment m'y prendre. Je n'ai pas
de mérite à ce renoncement. Je voudrais en avoir
un. Je voudrais souffrir de te la céder. Je ne

souffre pas. Cette indifférence si voisine de la
haine me condamne. Je me vengerais sur elle
du châtiment que j'ai mérité... Je recommence-
rais envers elle les cruautés qui me font mépriser par son père... Ce serait trop. Emmène-
la ; tu la sauves et tu m'épargnes une honte de
plus... Tu me l'as dit en arrivant : je n'ai pas de
droits sur elle. Les apparences extérieures et la
réalité de ton amour maternel t'en donnent d'in-
contestables, de sacrés. Exerce-les même contre
moi, si jamais je faiblissais... Tu feras ce que je
te demande, n'est-ce pas ?

Toute contradiction eût été inutile, et, partant,
dangereuse.

— Je le ferai, répondit simplement Antonie.

— Merci ! Tu viendras me dire adieu. Je ne
veux voir que toi. Il se fait tard... Vous devez
être bien las... Monsieur Dontilly, vous camperez
auprès de nos blessés. Le drapeau de Genève fait
de ce château un abri contre toute médisance et
contre toute calomnie... A demain !

Céline en arrivait presque à sourire, tant elle
était résolue ; mais il ne fallait ni se fier à ce
calme volontaire, ni tenter de le faire fléchir.

Charles et Antonie n'essayèrent pas de l'attendrir. Ils comprenaient que dans les derniers paradoxes, dans les dernières résistances de son

orgueil, Céline disait pourtant une chose parfaitement juste : c'est que la solitude valait mieux pour elle, maintenant qu'elle avait le rayon intérieur d'un grand amour, que toutes les exhortations et que tous les pièges de l'amitié la plus ingénieuse.

Céline, je le répète, était un de ces caractères altiers et entiers qui ne se repaissent que d'un sentiment à la fois, le dévorant, sans se laisser distraire, s'enveloppant de haine farouche contre tout le reste.

L'entretien s'était achevé dans cette sérénité apparente, dans cette liberté factice de l'esprit qui dissimulait la contrainte des âmes opprimées par une énigme.

On se sépara pour la nuit.

Céline avait donné des ordres pour que, dans une pièce de l'ambulance, M. Dontilly eût une chambre spéciale. Antonie remonta dans la sienne, bien accablée, et pourtant se défendant mollement contre des promesses de bonheur qui la berçaient, la soutenaient, la reposaient, redoutant d'avoir la part trop belle et trop promptement faite par cette possession de la petite Julie, qui était bien à elle, puisqu'elle la possédait deux fois, par la vocation de son cœur, par l'abandon volontaire de Céline.

Madame de Sabaillan n'avait ni failli à son amour pour Dontilly, ni exagéré par entraînement les devoirs de sa sollicitude envers sa belle-fille, lorsqu'elle avait promis à celle-ci de rester veuve, aussi longtemps que Céline ne serait pas madame d'Ambreville.

Le sentiment profond, l'estime absolue et tendre qui la prédestinaient à Charles, lui montraient le mariage comme un des modes de l'intimité des âmes, mais non comme un but absolu.

Si elle méconnaissait les droits imprescriptibles de la nature dans une femme jeune; si elle se trompait sur l'excitation que la vue de Dontilly donnait à ses idées de sacrifice, elle était d'une bonne foi superbe, absolue, d'une chasteté sans pruderie et sans combats. La phase héroïque traversée par elle, côte à côte avec Dontilly, lui rendait possible et facile tout renoncement, et elle eût cru sincèrement faire injure à celui qui se dévouait à elle, que de ne pas le mettre de moitié dans son dévouement à Céline.

Quant à Dontilly, il la comprenait, n'avait pas besoin de l'excuser; mais, avec cette arrière-pensée que la qualité virile entretient toujours dans les sentiments naïfs, il se disait que, sans se parjurer, Antonie serait à lui, et qu'il pouvait bien faire avec elle un vœu que la force des

11.

choses, que la logique de la vie ne rendraient
pas perpétuel.

Céline affecta de veiller tard, jusqu'au milieu
de la nuit, parcourant le château, promenant
avec fierté, dans une sorte de somnambulisme,
son inquiétude, qu'elle redoutait d'installer chez
elle. Quand tout le monde fut endormi, elle se
résigna à entrer dans sa chambre, mais pour y
continuer de veiller, de durcir dans la nuit et le
silence la silencieuse volonté de son amour.

XII

L'ENFANT S'ÉVEILLE

Madame de Sabaillan avait fait installer, à côté de son lit, une couchette improvisée avec un canapé et des coussins. Avant de s'abandonner au sommeil qui la sollicitait, elle joua pendant une heure encore à ce jeu maternel, qui la ravissait, arrangeant la petite Julie sur son oreiller, la regardant dormir, l'écoutant respirer, s'émerveillant de ce souffle paisible, si léger, si joli, qui s'échappait comme l'arome de cette moue délicieuse que fait la bouche d'un enfant endormi.

Elle se demandait si elle n'avait rien oublié des précautions que doivent prendre les mères.

Julie s'éveillait-elle au milieu de la nuit pour demander à boire? Il faudrait bien, dans ce cas, satisfaire, au moins pendant quelque temps, cette mauvaise habitude dont elle la corrigerait plus tard, à la longue.

Elle souhaitait presque qu'il y eût beaucoup à corriger. Les défauts des enfants les font aimer, avant leurs vertus.

Antonie se disait, en étudiant les petits sourcils vaguement dessinés au-dessus des paupières veinées de la petite fille, que Julie aurait de la volonté, de l'entêtement comme sa mère. Tant mieux! Cette fois, l'institutrice s'y prendrait de bonne heure, pour diriger vers le bien cette volonté à peine éclose.

Trois fois, au moment de se coucher, madame de Sabaillan fit le tour de sa chambre, vérifia la lumière de la veilleuse, s'émouvant, comme d'une vision céleste, du rond vacillant que projetait la lumière au plafond.

Elle éteignit la bougie, pour mieux jouir de cette sorte de clair de lune intime.

Elle se déshabilla avec une modestie raffinée, craignant que l'enfant, en se réveillant, ne la surprît, troublée par ce petit être dont elle voulait faire une conscience.

En s'étendant dans le grand lit nuptial où elle ne pensait plus jamais veiller ou dormir, en retrouvant pour ainsi dire, dans les plis des vieux rideaux de lampas, les songeries graves qu'elle y avait laissées blotties, la dernière nuit de son séjour, quand, veuve, pauvre, reniée, elle devait quitter pour toujours le château, elle sourit à ce passé, en le défiant. N'était-elle pas riche, maintenant, accueillie, réhabilitée ? Ce veuvage de son âme, qui avait précédé la mort de M. de Sabaillan, qui datait de son mariage, de sa maternité d'adoption, n'avait-il pas cessé, maintenant qu'elle était réellement mère et qu'elle deviendrait réellement épouse ?

Par un scrupule naïf et chaste, elle ne voulut pas songer à Dontilly dans cette chambre nuptiale, maternelle. Elle voulut s'endormir avec le nom de Julie sur la bouche, avec la vision de l'enfant enclose sous ses yeux, avec le souffle pur de Julie, qu'elle percevait tout à la fois comme une harmonie et comme un parfum visible.

Elle dormit ; mais, malgré la lassitude du voyage, des courses, du piétinement, dans le château, des émotions, malgré cette béatitude engageante d'un écrasement physique de tout son être épandu dans un repos et dans un rêve charmant, elle dormit mal, d'un sommeil qui s'interrompait et s'entrecoupait lui-même, ou, plutôt, elle dormit bien, comme il lui paraissait indispensable qu'une mère devait dormir, de façon à s'éveiller au moindre bruit, à être toujours aux aguets, à ne laisser crier, ni se plaindre ni murmurer même l'enfant volontaire.

Pourtant la fatigue l'emporta pendant un intervalle qui lui parut avoir été bien long, quand elle s'éveilla brusquement, avec un remords.

Elle se pencha hors du lit, pour regarder la couchette de Julie ; mais, aussitôt, elle se crut le jouet d'une hallucination ; elle s'imagina qu'elle continuait un rêve, car ce qu'elle voyait dépassait toute réalité.

Une femme, agenouillée au bord du canapé, les mains jointes sur le dossier, immobile, contemplait l'enfant endormie.

Antonie referma et ouvrit les yeux à plusieurs reprises. L'illusion était tenace. Elle soupira. Ce soupir eut un écho, et l'ombre de femme agenouillée, vaguement éclairée par la veilleuse, releva la tête.

Pour le coup, Antonie eut un éblouissement. Un battement de ses paupières remua des milliers d'étincelles dans cette chambre obscure.

Se pouvait-il que cette apparition fût réelle, que la forme se précisât et que Céline fût agenouillée dans cette attitude d'adoration craintive devant son enfant ?

Antonie fascinée, le cœur palpitant, se laissa glisser lentement hors du lit, et se tenant droite sur le tapis, de l'autre côté de la couchette, regardait Céline dans une immobilité pareille à la sienne, avec une admiration aussi craintive, aussi attendrie, ayant peur comme elle de réveiller et de dissiper sa vision.

Céline soutint ce regard avec un sourire qui répandait une aurore autour d'elle. Dans cette transparente obscurité, les deux femmes, les deux sœurs, les deux mères, s'étreignirent des yeux, de l'âme, avant de s'éteindre des mains. Elles se voyaient distinctement ; elles se pénétraient avec une effusion sans contrainte, toutes deux stupéfaites, l'une de ce qu'elle voyait se réaliser un souhait lointain, l'autre de ce qu'elle réalisait ainsi ce qu'elle avait cru impossible à accomplir.

Céline rompit la première cette double extase. Elle se pencha sur l'enfant pour l'embrasser.

— Prends garde, lui dit Antonie à voix basse, tu vas la réveiller.

Céline redressa sa jolie tête, pâle encore, mais tout enluminée de l'électricité qui s'en dégageait, et, avec un sourire mutin, d'une voix moins basse :

— Eh bien ! quand elle s'éveillerait ?

Il fallait que son premier élan d'amour maternel fût encore égoïste et sacrilège.

Elle ajouta aussitôt :

— C'était ton sommeil que je ménageais ; mais elle, je la rendormirais.

— Est-ce que tu sais ?

— Je saurai, et puis il me tarde de l'entendre.

Avec un geste violent, presque brutal, elle prit Julie dans sa couchette, la leva en l'air pour laisser retomber le drap qu'elle avait pris avec elle, la serra sur son visage, se plongeant dans cette chair nue et moite, imprimant sur le front, sur les yeux, sur le cou, sur la bouche, sur les bras, sur la poitrine des baisers qu'elle promenait, éveillant, attisant la vie dans ce doux petit corps qu'elle flairait, qu'elle mangeait avec une gloutonnerie sublime.

L'enfant eût voulu se plaindre, gémir ; mais sa stupeur était combattue par ces chatouillements multipliés que provoquaient les baisers maternels, et, prenant son parti, Julie se mit à rire, d'un rire frais, guttural, abondant, qui chantait dans cette nuit entr'ouverte, en faisant palpiter les deux mères.

Mademoiselle de Sabaillan ne s'était pas déshabillée ce soir-là. Elle avait sur Antonie une supériorité, dans la libre allure de ses mouvements ; elle en profita pour emporter sa fille à travers la chambre, pour constater la possession, pour provoquer sa rivale.

Il n'y avait pas de rivale. Antonie n'était pas jalouse. Essayant de se reconnaître dans cette révélation subite qui avait devancé ses conjectures et continuait à l'émerveiller, elle cherchait à tâtons ses vêtements et disait à sa belle-fille :

— Allume la bougie, tu la verras mieux !

— Je la vois bien.

— N'est-ce pas qu'elle est jolie ?

Céline ne répondit pas. Elle étouffait. L'épithète de jolie ne lui suffisait pas. Elle eût voulu inventer un terme qui fût à elle, qui fût nouveau, qui traduisît d'une façon inouïe, éclatante, le jaillissement de son amour, l'affolement de sa tendresse.

Elle s'assit sur une chaise basse, près du guéridon sur lequel était posée la veilleuse. Comme Julie balbutiait des sons vagues, elle s'imagina que l'enfant avait soif. Ce n'était, après tout, qu'un prétexte pour s'essayer à lui donner à boire, pour se rassasier elle-même de bonheur de la voir tenir son verre de sa petite main. Le verre était trop plein : l'enfant voulait boire trop vite, ou Céline s'y prenait mal. L'eau sucrée déborda et inonda l'enfant, mouillant sa chemise, ses petits membres.

— Maladroite ! dit tendrement Antonie.

Céline, pour réparer sa maladresse, sécha, lécha, but sur le corps de sa fille l'eau répandue, et, l'enveloppant à nouveau dans sa robe, la berça de nouveau sur ses genoux, puis, penchant la tête, avec un sanglot, se mit à pleurer, versant maintenant ses larmes à boire à sa fille, qu'elle eût voulu voir altérée d'une soif filiale, égale à son ardente soif maternelle.

Antonie attendait ces larmes, qui consacraient le triomphe de la vérité.

Elle s'approcha, à peu près vêtue, et s'agenouillant devant Céline et devant Julie, les enveloppant toutes les deux de ses bras, les bénissant d'un baiser, qu'elle leur partagea :

— Enfin ! murmura-t-elle d'une voix qui vibrait sous les larmes, enfin t'y voilà venue !

— Oui, répondit Céline, et je serais bien heureuse si je n'avais pas tant de remords et tant de craintes !

— Comment cela s'est-il fait ? demanda modestement Antonie, qui ne voulait s'attribuer aucun mérite dans cette conversion.

— Je crois, reprit Céline, qu'il y a un aimant plus fort que tous les obstacles entre une mère et son enfant. Elle m'a attirée. Depuis que je la savais ici, j'étais inquiète ; j'avais peur ; je me faisais des raisonnements absurdes, méchants, criminels, pour résister à une curiosité dévorante. Je voulais la voir pour la braver, pour essayer de rester indifférente, haineuse devant elle! L'orgueil me reprend toujours, mais pour me faire trébucher. Ma haine était fausse, comme celle que je croyais avoir pour son père. Dès qu'on aime, je le sens bien, on ne peut plus rien réserver de son cœur, il faut tout aimer. Il est bien difficile d'être un monstre. Je me croyais une créature extraordinaire, je suis une créature comme toutes les autres, une fille qui a été séduite, qui aime son amant, qui aime son enfant, c'est tout simple, et qui ne veut vivre que pour les aimer. Oui, j'aime!.. J'aime de toutes mes forces, de toute mon âme, celui qui est peut-être mort, par ma faute, mais qui, vivant ou mort, me pardonnera. J'aime ma fille! Ma fille!... c'est la première fois que je me dis ce mot-là. J'avais peur de l'entendre. Vous me le disiez mal, pas toi! non. Mais je voulais apprendre seule à le dire. Ah! si tu m'as amenée au bord de ce piège, je t'en bénis. Je t'aime aussi. C'est maintenant, vois-tu, que tu es vraiment ma mère. Embrasse-moi. J'ai besoin d'embrasser. Julie ne me rassasie pas, et j'ai peur de lui faire mal.

Céline, dans le désordre, dans le quasi-délire

de son expansion, attirait Antonie, et, par-dessus
sa fille, lui donnnait, avec une sorte de fureur,
des baisers qui payaient en une minute tout un
arriéré de tendresse méconnue.

Elles étaient impatientes de confidences, et elles
les retardaient par ce cliquetis des lèvres, par ce
ramage des caresses, par ces silences expressifs
qui en disaient plus que toutes les paroles.

Céline continua :

— Quand j'ai été seule dans ma chambre, je
n'ai pu y tenir. Pourtant, vois jusqu'où peut aller
la lâcheté de la fierté ! Je me disais, en venant
ici : peut-être bien qu'Antonie se sera enfermée.
J'étais tentée de souhaiter que tu m'eusses, de
cette façon, empêchée d'entrer... Mais je me mentais encore. On se ment toujours, quand on ne se
laisse pas aller tout simplement à la nature. Ah !
dès que j'ai senti la porte céder, s'ouvrir, j'ai eu
un terrible frisson, de la tête aux pieds. Ma poitrine s'est ouverte aussi ; j'ai respiré ma fille...
J'avais envie de la prendre, de l'emporter dans
ma chambre, de te la voler... Je n'ai pas osé. Il
y a une heure que je suis là, et tu ne m'as pas
entendue... Je la voyais dormir ; cela me suffisait.
Je ne voulais pas la réveiller. Je jouissais de ma
victoire et de ma défaite. Que c'était bon ! que
c'était doux !... Mais ceci vaut mieux !

En disant cela, elle prenait sa fille, qui se rendormait, et la réveillait de nouveau sous ses baisers.

Julie se mit à crier très fort.

— Oh! la méchante! dit Céline. Va! crie tout à ton aise, que j'entende ta voix!

Elle l'agaçait maintenant, au lieu de l'apaiser, par ses caresses.

— C'est bon d'entendre crier son enfant!

— Oh! prends garde! murmura Antonie en intervenant, par compassion pour la mère autant que pour la fille.

— Oui, oui, tu as raison, je lui fais mal! je ne sais pas la tenir, l'embrasser, lui parler... Taistoi, ma chérie; pardonne-moi! commence à me pardonner. Tu n'auras pas fini de sitôt!

Et Céline, abaissant sa voix, berçant doucement sa fille, la calmait maintenant, ravie de cette puissance qu'elle avait de la faire sourire, quand elle l'avait fait pleurer.

Il ne fallait plus songer à achever la nuit autrement que dans l'effusion de ces deux cœurs, si diversement, mais si profondément féminins. Julie fut replacée avec précaution dans son berceau. Antonie et Céline s'installèrent près d'elle et chuchotèrent leurs confidences jusqu'au matin.

Céline possédait maintenant le secret d'une

mélancolie sans aigreur. Elle ne retenait plus ses
larmes, devenues faciles. La joie de se révéler
mère cédait maintenant à son inquiétude renou-
velée. Elle souffrait autrement que dans la première partie de la soirée ; elle souffrait d'une
façon plus délicate, mais aussi avec une force de
soumission, de résignation, qui était comme une
douceur, au fond de l'amertume.

Elle refit à Antonie le récit de la lutte secrète,
inconnue à elle-même, qui l'avait amenée, dans
la nuit, au berceau de sa fille. Elle s'admirait
naïvement, pour admirer la force de la nature et
de l'amour. Elle avait fait tout son possible pour
résister. Elle s'était crue supérieure aux instincts
des autres femmes. La pensée de sa fille, qu'elle
repoussait dédaigneusement devant les autres,
elle l'avait évoquée en secret, pour la railler, se
croyant bien sûre de la maintenir dans une sujé-
tion continue.

N'avait-elle pas entendu parler chez madame de
Marval, au courant de la conversation, de femmes
du monde qui avaient sacrifié à la dignité de leur
nom ou de leur rang une maternité accidentelle,
et qui vivaient sans remords, sans paraître au-
dessous de la nature, parce qu'elles laissaient leur
enfant à des mercenaires, parce qu'elles le con-
damnaient à un orphelinat perpétuel ?

Elle avait voulu faire comme ces femmes-là. Elle trouvait simple de ne pas fléchir sous une fatalité qui lui infligeait une honte, sans lui donner une vocation. Depuis qu'elle aimait M. d'Ambreville, ou plutôt depuis qu'elle voyait clair dans son amour, elle se croyait d'autant plus dispensée d'aimer sa fille. La passion égoïste venait en aide à ses préjugés.

Mais l'égoïsme dans les grandes passions n'est jamais qu'au début. A son insu, son cœur se livrait, en croyant se défendre.

Elle était disposée désormais (un peu embarrassée dans son analyse d'elle-même) à admettre la voix du sang, à proclamer un magnétisme spécial qui attire le cœur des mères.

Elle ne se faisait pas un mérite de sa conversion; elle la constatait, et, à mesure qu'elle y songeait, elle la rendait plus ardente et plus profonde; car la tendresse maternelle, en rachetant sa conscience, la fortifiait dans son autre amour et le complétait par la sensibilité.

Antonie n'avait plus de conseils à donner; à son tour, elle était à l'école. Elle écoutait; elle approuvait.

L'honnête femme était bien un peu confuse de découvrir que tous ses principes, que tous ses combats, que ses pactes avec le devoir et l'hon-

neur ne lui avaient servi qu'à s'élever progressive-
ment à la hauteur où d'un coup d'aile Céline était
parvenue. La passion vraie est donc un génie qui
supplée à tout et dont la vertu supprime, comprend et dépasse toutes les vertus?

Antonie était troublée de cette vision de la foi.
Sa raison perdait un peu pied. Elle avait arrangé
autrement, par des progrès logiques, la conversion de Céline. Ce foudroiement dépassait sa sollicitude, mais enchantait son cœur et la défiait
de s'abandonner, elle aussi, à son amour.

Quand il fit jour dans la chambre, Julie s'éveilla
tout à fait. La gourmandise la rendait matineuse.
Céline eût voulu qu'elle demandât sa mère : elle
demanda à boire et à manger. Mademoiselle de
Sabaillan fut plus ravie que déçue. Elle trouvait
aussi dans cet appétit une curiosité qu'elle trompa
et qu'elle satisfit par des caresses, par des leçons
de langage, tout en la lavant, en la peignant, en
l'habillant. Dès que l'enfant fut prête, Céline la
porta sur son bras et descendit avec elle.

Antonie n'avait pas voulu déférer aux sollicita-
tions de sa belle-fille et se reposer davantage.
Elle la suivait.

Dontilly eut les prémisses d'un tableau sublime.

Il était debout et se trouvait dans le vestibule, quand mesdames de Sabaillan descendirent.

Le jour pâle, qui entrait par les grandes portes vitrées, sembla tout à coup se colorer d'une lumière plus chaude, dès qu'il vit apparaître, au haut de l'escalier, Céline, apaisée, grave, recueillie, portant son enfant dans ses bras.

Toute sa beauté lui était revenue, augmentée d'un charme qui mettait l'harmonie entre les détails éclatants de cette beauté superbe. L'inquiétude qu'elle gardait adoucissait, sous la transparence de son voile, l'orgueil, plutôt grandi que diminué, du front, des yeux, de la bouche. La poitrine, d'ordinaire immobile, maintenant gonflée pour servir d'oreiller à Julie, se soulevait et s'abaissait dans une ondulation régulière.

Ce n'était plus Céline de Sabaillan ; ce n'était pas madame d'Ambreville. C'était, tant elle dépassait par cette splendeur tranquille le cadre de sa personnalité, l'incarnation et l'idéalisation de la mère.

Elle descendait lentement, s'arrêtant à chaque marche, pour descendre avec sécurité. Elle ne se tenait pas à la rampe, car il eût fallu disjoindre les mains unies sous son fardeau ; mais son pied tâtait le bord de la marche qu'il quittait avant de s'aventurer au-dessus d'une autre. Elle regardait devant elle, avec un regard long et

12

large qu'elle n'avait jamais eu, avec ce sourire permis à la douleur patiente, et rien n'égalait la douceur pénétrante de ce sourire.

Dontilly, avec l'injustice candide d'un amoureux, voulut faire hommage de son respect et de son éblouissement à celle qui pour lui était l'inspiratrice de toute bonté et de toute beauté morale. Il salua Céline avec stupeur, mais il regarda Antonie avec admiration.

Derrière sa belle-fille, madame de Sabaillan, volontairement effacée, souriant aussi, d'un sourire qui bénissait, refusa l'offrande de son ami et fit un signe de tête pour attester qu'elle l'avait compris, mais qu'il ne fallait pas lui attribuer cette merveille. Comme il insistait, elle leva les yeux au-dessus d'elle, pour entraîner dans l'infini cette admiration partiale.

— Bonjour, monsieur Dontilly, dit Céline d'une voix qui s'était veloutée pour effleurer les oreilles de l'enfant.

En même temps elle présentait Julie. Elle ajouta :

— Il n'y a qu'elle, cette nuit, qui ait un peu dormi ; encore l'ai-je réveillée plusieurs fois. Julie, dis bonjour à ton premier ami.

Charles eut peur du compliment qu'il était obligé de faire. Il prit une des petites mains de Julie et la porta à sa bouche.

L'enfant fut égayée par cette caresse.

— Elle vous reconnait, murmura Céline. Moi seule, je suis une inconnue pour elle.

Comme si elle eût entendu et compris le reproche, l'enfant, attirée par cette voix douce et chaude à son oreille, se retourna, regarda sa mère et s'appuya câlinement sur son sein.

— Vous le voyez! reprit Céline, vous pouvez me laisser maintenant dans ce vieux château, si vous voulez; j'y suis bien gardée.

— J'y reste aussi, dit madame de Sabaillan, qui avait descendu la dernière marche et qui tendit la main à Dontilly.

— Tu es jalouse? demanda Céline avec grâce.

— Non, mais je n'ai plus de raison de partir, et j'en ai de rester. Il te faudra une institutrice...

— Méchante!

— Il te faudra une mère, ajouta aussitôt Antonie d'une façon expressive.

— Dis une amie!

— Non, une mère! repartit madame de Sabaillan, en paraissant attacher une idée spéciale à ce mot, comme si elle eût demandé à couvrir, aux yeux indiscrets, cette maternité novice, et à s'offrir aux soupçons. — Elle ajouta, après un petit silence : — Pendant que vous continuerez vos recherches, mon ami, moi, je reprendrai ici ma

place. J'espérais bien revenir, et Céline m'attendait, car rien n'avait été dérangé dans ma chambre. D'ailleurs, voilà un petit être mystérieux qui
peut faire jaser beaucoup de monde. Nous ne
serons pas trop de deux, pour aviser au danger
des médisances.

— Je ne les crains pas! interrompit Céline.

— Sans les craindre, on doit les prévenir. Si
elles n'offensent pas ceux qu'elles menacent,
elles flétrissent toujours ceux qui les conçoivent.
Ayons pitié des médisants.

— J'accepte ma honte, comme une expiation.

— C'est trop d'orgueil. Tu n'as pas le droit de
disposer sans nécessité de ton honneur, qui est
aussi celui de ta fille. Il sera temps d'expier, si
tu n'es pas pardonnée.

Céline courba la tête.

— Je vois que j'ai encore beaucoup à apprendre, dit-elle avec soumission.

Elle poussa un petit soupir et entra dans la
salle à manger.

XIII

LA JUSTICE

On peut tout à la fois beaucoup souffrir et beaucoup espérer.

Les âmes qui choisissent et qui plient sous une douleur unique ou sous une seule joie sont les âmes faibles, en dépit de leur prétention. Les âmes fortes sont provoquées à un partage de la douleur et de la joie qui ne fait tort à aucun sentiment.

Mademoiselle de Sabaillan était passionnément heureuse de son amour maternel, mais elle était aussi passionnément effrayée de l'incertitude où l'avaient jetée les renseignements vagues rapportés par Dontilly.

La veille, elle sacrifiait sa fille ; elle ne voulait vivre que de son inquiétude d'amante. Mainte-

12.

nant, elle voulait, avec autant d'obstination, sourire à l'enfant et garder son angoisse devant l'obscurité de l'avenir.

Ce partage satisferait son courage, sans le
lasser.

Une tristesse profonde, mais sans révolte, la
tristesse acceptée comme un bienfait, mettait, sur
son visage, un voile transparent, que le moindre
rire d'Antonie entr'ouvrait, et qui retombait dès
que le rire avait cessé.

Elle reçut le congé des blessés qui se trouvaient
guéris. Elle ne permit pas à celui qui n'était que
convalescent de partir encore. La religieuse voulait aussi s'en aller ; Céline la retint de force, et,
comme l'infirmière se prétendait désormais inutile, Céline lui mit l'enfant dans les bras.

— Restez, ma sœur, pour faire maintenant de
l'ambulance une salle d'asile.

Dans la matinée, Martial revint de son expédition, ramenant madame Bernard et son fils.

La pauvre femme n'avait pu se mettre en route
la veille, se sentant encore trop lasse. Peut-être
aussi avait-elle voulu quitter son village au grand
jour, devant tout le monde, en jetant pour adieu
un regard méprisant à ceux qui avaient fait fusiller
son mari et qui l'avaient abandonnée dans sa solitude et son deuil.

Martial, en venant la chercher, n'avait pu et n'avait pas osé lui donner d'explications. Il s'était borné à lui dire : — La petite fille est retrouvée, elle est au château des Épines ; on vous demande pour la garder.

Par amitié, par fierté, par intérêt, la femme du garde avait répondu :

— J'irai.

La dernière nuit qu'elle avait passée dans sa maison incendiée, bien qu'elle l'eût passée dans une insomnie farouche, lui avait redonné des forces, et quand, le lendemain matin, Martial l'avertit de partir, il fut très surpris de la trouver debout, très pâle assurément, mais vaillante et disposée à partir à pied. Elle fut aise pourtant de monter dans la voiture que Martial avait amenée. Son départ fit ainsi plus de bruit dans le village.

Tandis qu'elle descendait de la carriole et que Martial, assez embarrassé, attendait et guettait madame de Sabaillan pour lui rendre compte de sa commission, n'osant se présenter à Céline, ce fut celle-ci qui parut dans la cour.

Elle venait de promener Julie à travers le château, pour lui faire prendre possession de son bien, pour réparer ses torts envers l'enfant exilée, pour la montrer aux souvenirs qu'elle voulait consoler.

En voyant la voiture et madame Bernard, Céline alla droit à la femme du garde, qui ne la connaissait pas, et, lui tendant sa fille :

— La voilà, madame Bernard! Vous l'avez pleurée, n'est-ce pas?

— Hélas! je ne pleure plus, mademoiselle.

Le ton grave de cette réponse et ce nom de *mademoiselle*, prononcé avec tant de respect, troublèrent Céline.

Elle souleva la petite Julie pour que la nourrice lui donnât un baiser. Elle fut tentée elle-même d'embrasser cette pauvre femme, qui avait tenu sa place et que la fatalité avait si mal récompensée. Elle n'en était pas jalouse; elle voulait partager son cœur maternel avec elle.

— Vous en avez eu bien soin! lui dit-elle avec émotion, je vous remercie.

Comme madame Bernard, étonnée, la regardait, bouche béante et les yeux agrandis, se demandant pourquoi mademoiselle de Sabaillan la remerciait des soins donnés à cette petite fille qui lui était étrangère, Céline lui dit avec une simplicité brusque :

— C'est ma fille!

Madame Bernard ne pouvait pâlir, mais elle recula et fit un geste naïf d'effroi, tant cette confidence imprévue et tant la façon dont elle était

faite déroutaient toutes ses idées de respect hié-
rarchique, de discrétion, de pudeur même.

Céline souriait. Elle jouissait de cette surprise.

— Vous ne le saviez pas ? demanda-t-elle.

— Non, ma...dame.

La nourrice avait hésité à dire madame, se repentant pourtant d'avoir dit précédemment mademoiselle. Céline sentit l'hésitation. Elle en fut
touchée. Un peu de honte lui monta au front. Bien
que l'on ne pût l'entendre de la maison, elle
baissa la voix, pour ajouter :

— Mon honneur était confié à des amis fidèles...
vous êtes de ceux-là, madame Bernard.

La femme du garde balbutia un remerciement,
mais se trouva plus gênée par cette affabilité.
Elle restait incertaine, la main appuyée sur la tête
frisée de son petit garçon, n'osant prendre Julie
dans les bras de sa mère, se demandant ce qu'elle
aurait à faire dans ce château où on l'accueillait
trop bien.

Céline, de son côté, pensait que sa franchise et
sa bonne grâce dépassaient l'attente de madame
Bernard. Elle eût voulu lui faire comprendre
qu'elle payait aussi la dette contractée par Julie
elle-même envers la veuve du franc-tireur.
N'était-ce pas l'enfant qui était la cause indirecte
du malheur ?

Mais mademoiselle de Sabaillan ne trouvait aucun terme pour traduire son remords : elle déposa Julie à terre, et, la poussant doucement vers le petit garçon :

— Embrasse ton frère, lui dit-elle.

Julie obéit et avança sa bouche vers la joue que tendait docilement le petit Bernard.

Antonie, qui arrivait en toute hâte, ayant entendu le bruit de la voiture, fit cesser cette contrainte.

— Elle sait que tu n'es pas la mère, dit Céline avec la même brusquerie.

Antonie haussa doucement les épaules, par un mouvement de gronderie tendre, et répondit :

— Elle sait alors que je suis la grand'mère.

— Ah! mes bonnes dames! reprit la femme du garde, attendrie par l'intervention d'Antonie, qui la soulageait de la hardiesse de mademoiselle de Sabaillan; je sais que vous êtes, toutes les deux, bien belles et bien dignes de porter bonheur à cette chère enfant.

On se dirigea vers la maison. Julie et le petit garçon se tenaient par la main et marchaient devant.

Martial, demeuré seul dans la cour, suivit les trois mères d'un regard douloureux et pensif. Il songeait que, par sa faute, elles étaient toutes les trois veuves, et, pourtant, il ne se sentait coupable que d'avoir voulu veiller sur l'honneur de son maître et que d'avoir voulu venger mademoiselle de Sabaillan.

On est donc criminel quand on ne veut que servir la justice? Oui, lui répondait sa conscience, quand on s'adjuge le droit d'appliquer soi-même la justice sans tout savoir ; oui, quand on se fait justicier par haine autant que par amour.

— Ah! si je pouvais lui retrouver son mari, à celle-là, soupirait-il en regardant Céline. Il n'est pas possible qu'il soit mort du coup : j'avais trop mal visé.

Cette réflexion le consola un peu, et, prenant le cheval par la bride, il reconduisit dans le village la carriole au paysan qui la lui avait prêtée.

Pendant que Céline installait madame Bernard dans une chambre près de la sienne et lui répétait que désormais elles ne se quitteraient plus, Dontilly avait un entretien avec madame de Sabaillan, pour lui faire ses adieux.

Ils envisageaient avec une mélancolie sans faiblesse une séparation qui forcément se prolongerait.

Antonie était redevenue comtesse de Sabaillan. Ce titre ne les effrayait pas ; mais les devoirs que

ce titre imposait suscitaient à leur union, facilement résolue, des obstacles sérieux.

Quand elle était libre, affranchie par l'ingratitude de Céline ; quand elle avait, à elle seule, la
petite Julie, que sa mère venait de reprendre, il
n'y avait entre eux, pour retarder leur mariage,
que les délais volontairement imposés par le deuil
de la veuve, par les scrupules de l'ami. Paris et
la pauvreté d'Antonie les unissaient.

Maintenant, madame la comtesse de Sabaillan
n'avait plus de motifs plausibles ou seulement
apparents pour repousser la part que l'amitié de
Céline lui faisait implicitement dans l'héritage
paternel. Sa fierté, à son tour, deviendrait de
l'égoïsme et de l'ingratitude. Son devoir maternel, le soin de veiller sur la réputation de Céline,
qui allait être désormais exposée à tous les com-
mérages, lui imposaient l'obligation stricte de ne
pas quitter le château des Épines, tant qu'on y
aurait besoin d'elle.

Pendant combien de temps?

Charles et Antonie ne voulurent échanger aucune conjecture.

Charles allait partir pour l'Allemagne. Quand
reviendrait-il?

Antonie, pourtant, essaya de faire la brave ; elle
lui dit :

— Il faudra bien que j'aille passer quelques jours à Paris, pour donner congé de mon logement et pour déménager mes livres de sous-maîtresse.

— Attendez! risposta vivement Dontilly.

Il s'arrêta; il craignit de paraître égoïste et vulgaire, s'il la priait d'attendre son retour, il réfléchit et continua :

— Attendez au moins la fin de la guerre civile qui se prépare.

— Vous y croyez donc?

— Oh! oui.

— Pourquoi?

— Ce serait bien long à vous expliquer. Il y a trop de haine qui fermente et qui n'a pu s'épancher pendant le siège.

— Je ne crois pas à la haine, mon ami. Vous avez vu, par ce qui s'est passé ici, qu'elle n'est souvent que le mensonge d'un amour inconscient.

— C'est possible. Mais, avant que la conscience se retrouve, la haine menteuse peut faire bien du mal. Nous l'avons vu aussi.

Antonie ne répliqua pas.

Charles voulait partir le jour même, dans la matinée; mais, au moment où Antonie cherchait Céline pour que mademoiselle de Sabaillan fît ses adieux à Dontilly, on entendit ouvrir la grande porte du château et une voiture entrer dans la cour.

Céline et sa belle-mère étaient au premier étage, dans le grand couloir que j'ai déjà décrit. Au bruit de la voiture, elles s'approchèrent d'une fenêtre et poussèrent, toutes deux ensemble, le même cri :

— Le docteur Vernon!

Elles se regardèrent et se prirent les mains avec une espérance subite qui flamba dans leurs yeux.

— Nous l'avions oublié! dit Antonie confuse. C'était mal.

Céline s'était remise au carreau de la fenêtre; elle tressaillit, et, sans se retourner, d'une voix trouble :

— Cette voiture du docteur, si c'était le cabriolet dont a parlé M. Dontilly?

— En effet, murmura Antonie, qui revint près d'elle.

Il semblait qu'elles dussent se précipiter dans l'escalier, courir. Mais non, serrées instinctivement l'une contre l'autre, elles attendaient que le docteur fût descendu de sa voiture, comme s'il eût pu masquer un compagnon qui allait apparaître après lui.

Le docteur se leva, chercha le marchepied à

reculons, descendit, laissa retomber le tablier et appela d'une voix brève, sèche, le domestique qui avait ouvert la porte et qui s'occupait de la refermer. Il parut lui donner l'ordre de la laisser ouverte et lui défendre de dételer son cheval. Puis, ces consignes données, il se redressa et chercha autour de lui.

Dans une sorte de houppelande grise, qui ressemblait vaguement à une capote de soldat, le docteur paraissait plus grand et plus imposant encore qu'il ne l'était habituellement. Sa figure était blanche et rigide. Mais n'était-ce pas sa physionomie ordinaire, et même, s'il apportait une bonne nouvelle, pouvait-il subitement s'épanouir? Antonie et Céline pensaient cela, et pourtant elles tremblaient.

Céline, surtout, eut peur dès qu'elle vit qu'elle avait été aperçue et reconnue par le vieux médecin, qui, d'en bas, dardait sur elle l'acier droit et inflexible de ses deux yeux.

Elle se souvint qu'elle avait ainsi regardé Martial, de l'endroit même où elle recevait ce regard, pour l'appeler et le traiter d'assassin. Le docteur l'appelait-il pour lui jeter le même reproche? Il semblait la défier, la frapper d'avance.

— J'y vais, murmura-t-elle, obéissant au magnétisme de ces yeux inexorables.

A la première marche de l'escalier, elle sentit ses jambes trembler. Elle s'appuya à la rampe.

Antonie voulut lui prendre le bras.

— Non, non, répondit mademoiselle de Sabaillan, ce n'est rien, c'est la surprise, ce n'est rien.

Elle se redressa pour quelques instants. Par épouvante, elle redevint la jeune fille intrépide et hautaine qu'elle avait été si souvent autrefois. Ses yeux s'allumèrent, sa bouche s'amincit; elle descendit en faisant résonner les marches sous ses talons.

Antonie la suivait.

Dans le vestibule, elles furent rejointes par Dontilly, qui avait aussi entendu la voiture. Il les devança dans la cour, tendant les deux mains au docteur.

Mais, chose étrange, impossible, M. Vernon, qui avait tressailli à sa vue, au lieu de prendre dans les siennes les deux mains de Dontilly, se croisa les bras derrière le dos et l'attendit, la tête haute, le buste en arrière, comme un juge qui voit venir un coupable.

— Vous apportez des nouvelles de Roland? demanda Dontilly.

— Non, répliqua brutalement le vieux médecin.

— Qu'avez-vous donc, docteur, pour m'accueillir ainsi?

M. Vernon le toisa :

— Martial, cette fois, vous a donc permis d'entrer?

— Docteur, je vous en conjure, donnez-moi des nouvelles.

M. Vernon aperçut Antonie, qui s'avançait avec mademoiselle de Sabaillan. Son masque rigide s'éclaira d'une lueur de pitié et de regret; il fit de la main un geste rapide pour imposer silence à Dontilly, et, saluant la comtesse :

— J'espérais, madame, que votre première visite dans le pays serait pour moi. Vous me l'aviez promise.

Antonie, aussi étonnée de ce reproche que l'avait été Dontilly de l'accueil étrange de M. Vernon, lui dit avec une douceur un peu fière :

— Vous me pardonnerez, docteur, d'être allée d'abord à ceux qui avaient besoin de moi.

— J'avais besoin de vous, madame.

— Vous venez me chercher?

— Non, pas vous !

— Ni moi? paraît-il, ajouta Dontilly avec une ironie douloureuse.

— Est-ce moi? demanda hardiment Céline, en écartant Charles et Antonie, pour se mettre face à face devant le docteur.

Sa figure avait pris tout à coup une transpa-

rence singulière; sous l'épiderme, qui filtrait la
lumière intérieure, on voyait un visage nouveau,
inconnu, monter, apparaître et s'étaler en rayon-
nant.

Le praticien sceptique se trompa à cette illumi-
nation soudaine; il crut à une menace. Il étouffa,
entre ses lèvres serrées avec force, une parole
méprisante qui s'était aiguisée pendant le voyage;
il piétina, en avançant pour se faire livrer passage,
et, passant entre madame de Sabaillan et Céline :

— Entrons, dit-il brusquement.

Il arriva le premier au vestibule, ouvrit la porte
du salon, vit qu'il était occupé par un blessé et
par la religieuse, se recula, ferma la porte avec
bruit sans saluer, entra dans la salle à manger,
qu'il traversa, et parvint à la salle de billard, où
des lits avaient été aussi dressés. Il haussa les
épaules, et, tandis que madame de Sabaillan et
Charles Dontilly le rejoignaient, il mâchonna :

— Il paraît qu'on a joué à l'ambulance... Voilà
bien des lits... Je ne vois pas un berceau.

Céline n'eut pas le temps de lui dire que le
berceau était au premier, à côté de sa chambre,
car, la regardant avec une colère qu'il ne dissimulait plus :

— Qu'est-ce que vous avez fait de l'enfant?

— Elle est ici.

— Tant mieux, j'aurai plus tôt fini.

Il s'adressa à madame de Sabaillan du même ton rogue, enveloppé pourtant d'une brume légère de respect.

— Voulez-vous bien, madame la comtesse, commander qu'on m'amène l'enfant?

— Je ne commande plus ici, docteur, vous le savez.

— Alors, qu'y faites-vous?

— J'aide ma fille, qui commande seule.

Antonie avait parlé avec douceur, mais avec fermeté. Le docteur se retourna vers Céline.

— Mademoiselle de Sabaillan, je viens chercher l'enfant.

— Ma fille!

— L'enfant que vous avez volée, au prix d'un meurtre.

— Ma fille! répéta Céline d'une voix vibrante, le cœur palpitant, car sous l'injure elle percevait une espérance.

Pour être si bien renseigné, le docteur venait au nom de d'Ambreville. Donc, celui-ci vivait.

Le docteur eut-il le sentiment de cette espérance, qu'il ne voulait pas encourager? Il reprit avec la même dureté, en appuyant sur les mots :

— Je viens chercher l'orpheline.

— De la part de qui? murmura Céline suppliante et joignant les mains.

— De ma part; cela suffit.

— Non, docteur, cela ne suffit pas.

— Je vous prouverai que j'ai seul le droit de disposer d'elle.

Dontilly intervint :

— Prenez garde, monsieur Vernon, vous êtes cruel!

— Moi! envers qui?

Céline essaya de sourire :

— Envers ceux qui n'ont jamais mérité, comme moi, votre mépris, dit-elle. Rassurez donc M. Dontilly; avouez que c'est M. d'Ambreville qui vous envoie.

Mademoiselle de Sabaillan avait pris un air de dignité à la fois grand et modeste. M. Vernon fut surpris; il fronça le sourcil, en homme contrarié par un phénomène qui déroute les pronostics du praticien.

Il ne voulut pas céder; il se raidit.

— Je viens, en effet, mademoiselle, au nom de l'homme que vous avez fait assassiner.

Dontilly voulut interrompre le docteur; Céline, qui souriait toujours, mais dont les dents claquaient d'une épouvante plus forte que son espoir, étendit la main.

— Laissez parler M. Vernon! Je puis tout entendre aujourd'hui.

— Je viens, reprit le docteur, au nom de l'homme que Martial a assassiné, chercher sa sa fille... qu'il m'a léguée.

Un frissonnement de Céline précéda sa réplique. Elle se sentait devenir veuve, elle voulait se relever mère.

— Sa fille qui est la mienne aussi!

— Vous vous trompez, mademoiselle de Sabaillan. Elle n'est pas à vous, elle ne peut être à vous.

— Je ne suis pas sa mère? C'est vous qui dites cela?

— Ce n'est pas moi, c'est l'acte de l'état civil, que j'ai signé, en déclarant sa naissance.

— Quelle étrange chicane!

— C'est la loi. Porte-t-elle votre nom?

— Elle le portera.

— C'est inutile; elle en a un autre.

— Que voulez-vous dire?

— Elle s'appelle Julie d'Ambreville.

— Depuis quand?

— Depuis que son père l'a reconnue, dans un acte authentique, que j'ai là.

— Je puis aussi la reconnaître, n'est-ce pas, monsieur Dontilly?

13.

226   LE CRIME DE MARTIAL

Dontilly s'inclina.

— Vous ferez ce qu'il vous plaira de faire, continua le docteur, dont le ton s'était refroidi et qui restait aussi implacable sans provocation aussi directe ; en attendant, j'ai reçu un legs, que je réclame ; vous me le disputerez plus tard.

— Un legs? répéta Céline toute tremblante ; ainsi il est mort?

Pour une seconde, le regard du docteur Vernon redevint féroce.

— Regrettez-vous de ne pouvoir plus le faire souffrir?

— Ayez donc le courage de me dire tout, répliqua Céline.

— Il n'est pas mort, reprit gravement le vieux médecin. Mais peut-être vaudrait-il mieux pour lui que Martial vous eût plus adroitement servie.

Céline eut un éclair ; elle éleva ses mains toutes frissonnantes ; elle ne faisait pas attention à l'injure de la réponse ; elle n'en comprenait que ceci : Roland vivait.

— Il n'est pas mort, répéta-t-elle, en regardant, avec une sorte de sourire hésitant, Dontilly et Antonie.

— Non, continua M. Vernon, il n'est pas mort, mais il est fou.

Céline, brusquement frappée, chancela. Elle

serait tombée à la renverse si sa belle-mère ne
l'eût reçue et soutenue.

Dontilly avait pris la main du docteur et, d'une
voix basse, précipitée, lui demandait des détails.

— Il a depuis trois semaines un délire dont je
commence à désespérer...

Céline se redressa, se ranima, poussa un cri :

— C'est pour cela que vous venez chercher sa
fille ?

— Oui.

— Il l'appelle, n'est-ce pas ? Si c'est pour cela,
partons vite.

Elle voulut s'élancer vers la porte, mais elle se
sentit faiblir. Elle dit à Antonie :

— Appelle madame Bernard ! Qu'on descende
Julie !

M. Vernon fut surpris d'entendre nommer la
femme du garde.

— Comment ? elle aussi, elle est ici ?

— Sans doute, répliqua simplement Céline. Il
ne manque que *lui*. C'est pour lui que j'avais installé ici une ambulance.

— Et Martial ? demanda méchamment le docteur.

Céline retrouva toutes ses forces. Revenant à
M. Vernon, dont elle saisit les deux bras, et
approchant son beau visage du visage du vieux

médecin, pour lui communiquer sa flamme, pour
le forcer à refléter la vérité qui s'exhalait en lumière :

— Vous pouvez, lui dit-elle d'un ton haletant,
saccadé, me répéter à satiété que Martial est un
assassin. Je ne suis pas sa complice, entendez-
vous? J'ai repris ma fille parce que je l'aime, et je
la conduirai à son père parce que je veux le
sauver, et je le sauverai, parce que je l'aime!

Pour le coup, M. Vernon fut brûlé de cette
électricité débordante. Il recula sous ce regard
magnifique, qui l'intimidait.

— Est-ce vrai? demanda-t-il sans douter de la
réponse.

— Vous auriez dû voir cela tout de suite en
entrant, répartit Céline, au lieu de nous torturer,
de nous faire attendre la vérité. Oui, je suis mère;
je ne veux pas être veuve, entendez-vous? Ce que
vous n'avez pu faire, je le ferai. Je vous dis que
je le guérirai. Il est fou. Je lui rendrai la raison
en lui montrant la vérité. L'essentiel, c'est qu'il
vive! Et il vit! Rien n'est perdu.

Le docteur Vernon sentait craqueler et tomber
cette carapace dont il s'était armé pour venir. Sa
bonté le débordait. Il lui restait pourtant un ancien levain de méfiance envers l'orgueilleuse
jeune fille qu'il s'était habitué à mépriser. Il ne

voulait pas, par vanité de juge, l'absoudre trop
tôt. Il dit à Dontilly :

— C'est donc pour cela que vous êtes ici?

— Vous leur en vouliez, n'est-ce pas? reprit vivement Céline, à cet ami si noble, si dévoué; à
madame de Sabaillan, que je n'avais pas su retenir; vous leur en vouliez d'être chez moi, la fille
sans cœur, qui avait renié son enfant, son amant.
Ils ont été plus généreux que vous; ils n'ont pas
désespéré de moi; ils ne se sont pas lassés. Mais je
ne les avais pas attendus pour souffrir, et, toute
seule, je me suis vaincue. Vous savez tout maintenant. Estimez-les toujours, et essayez de me
mépriser encore, si vous pouvez !

Le docteur Vernon n'était pas prompt à l'enthousiasme; mais la science et la pratique de la
vie l'avaient rendu prompt à choisir une solution
dans les cas difficiles.

Avec une gravité qui donnait du charme à
son excuse muette, il s'inclina devant Céline.
Mademoiselle de Sabaillan ne voulut pas se contenter de ce respect. Elle lui tendit le front, et le
vieillard, souriant à cette coquetterie du repentir,
lui donna un baiser paternel.

Madame de Sabaillan était sortie pour aller
chercher elle-même la petite Julie. Elle rentra
presque aussitôt, essoufflée, portant l'enfant dans

ses bras. Céline le lui enleva et dit au médecin :

— Partons maintenant!

Comme le docteur la regardait sans bouger :

— Ah! je comprends, reprit Céline avec mélancolie. Vous vous demandez s'il n'est pas dangereux que M. d'Ambreville me voie et me reconnaisse. Pourtant, si je vous promettais de rester cachée, invisible... Mais non, je ne mérite pas cela.

Elle soupira, donna plusieurs baisers ardents à Julie, et, la poussant doucement vers M. Vernon :

— Tenez! je vous la donne... je vous la prête. Emmenez-la, emmenez-la vite, si elle doit guérir son père comme elle m'a guérie. J'attendrai; je veux souffrir de son absence et de mon inquiétude.

Elle était irrésistible de soumission, de grâce, de douleur vraie et résignée.

Le stoïque ne cacha pas une larme qui trembla au bord de ses paupières, et d'une voix qui redevenait brusque par précaution, non plus par méchanceté, il dit :

— Je vous emmène aussi !

Céline le regarda avec un sourire béant.

— Oui, reprit-il, nous partirons tous les trois; non, tous les quatre, ajouta-t-il, en tendant la main à Dontilly. Madame de Sabaillan nous rejoindra dès que l'ambulance sera fermée.

XIV

LA REVANCHE DU DOCTEUR

Pendant qu'on faisait les préparatifs de départ et qu'on essayait d'atteler à la berline du comte de Sabaillan le cheval du docteur et celui du château, M. Vernon déjeunait debout, comme il avait l'habitude de le faire depuis qu'il courait les champs de bataille, et donnait les explications qu'il était si décidé à refuser en arrivant.

— Vous ne pensiez pas à moi, disait-il avec sa rondeur bourrue, et je vous pardonne à tous, maintenant ; car je vous avoue que, de mon côté, dans les premiers temps de cette abominable guerre, je vous avais tous oubliés, oui, même vous, madame de Sabaillan ; et j'étais excusable ! De quoi me serais-je inquiété ? Vous vous arrangiez pour faire votre devoir de femme, de Fran-

çaise, de patriote. Ma clientèle se trouvait singu-
lièrement agrandie. Je devais ma sensibilité et
mon bistouri à ceux qui se battaient et se faisaient
tuer pour la France. M. d'Ambreville, dès que
l'ennemi s'approcha d'Orléans, rattacha le fil que
mon égoïsme patriotique et professionnel avait
rompu, en me venant voir, en me parlant de vos
petites histoires dramatiques et sentimentales,
qui ne m'importaient guère dans ce moment-là...
Laissez-moi me dégonfler un peu du passé, vous
dire tout haut ce que je pensais. Cela achèvera plus vite de vider l'abcès qui vient de se
crever.

Enchanté de son allusion chirurgicale, le docteur s'arrêta, porta son verre à sa bouche, et,
après une petite gorgée :

— Il ne restera rien désormais de la colère, du
dépit que vous m'avez tous donné. Je vous en
voulais, à vous, madame, qui dépassiez la bonne
opinion que j'avais toujours eue des femmes ; à
vous, mademoiselle, qui me sembliez dépasser la
mauvaise. Quant à vous, mon cher Dontilly, vous
m'agaciez doublement. Je vous trouvais trop dé-
sintéressé dans votre amitié, jusqu'au jour où je
vous ai trouvé trop intéressé à affronter des coups
de fusil pour être estimé de madame de Sabaillan.

Le docteur s'interrompit encore, pour jouir de

son effet ironique. Son scepticisme, en se dissi-
pant, se satisfaisait une dernière fois.

Charles, Antonie et Céline supportèrent bravement cette boutade d'un cœur qui grinçait un
peu en s'ouvrant. Ils sentaient bien tout ce qu'il
y avait d'estime et d'amitié promises dans cette
confession.

Le docteur reprit avec un soupir d'allégement :

— C'est bon de pouvoir dire à d'honnêtes gens
qu'on leur en voulait, et qu'on ne leur en veut
plus ! C'est la paix faite, sans concession, comme
on ne la fera pas avec les Prussiens. Je reviens à
eux !... Si je n'avais pas eu ma trousse de chirur-
gien à prendre, j'aurais pris mon fusil, et je vous
avoue que, bien des fois, j'ai été tenté de jeter la
trousse pour la giberne... Mais il y avait assez de
vieux patriotes dans les rangs. Ce sont les jeunes
qui ont manqué... J'étais neutralisé par fonction.
J'étais un sauveteur international, et, aux plus
beaux moments de rage patriotique, il m'arrivait
des Prussiens à panser, que je soignais absolument comme des Français. J'avais même un
plaisir particulier à les guérir. C'était une bonne
revanche. Ceux qui sont morts dans mes ambulances n'auraient pas été guéris dans les ambulances allemandes. A chaque fois qu'il en partait

un pour la grande émigration, je l'absolvais du forfait de la guerre, en souhaitant qu'il allât porter témoignage... quelque part, contre la folie et la cruauté des hommes !

Le docteur était redevenu grave. Debout, grandi par le geste qu'il faisait en montrant le plafond, il avait l'aspect plus que sacerdotal, c'est-à-dire religieux.

— Excusez-moi, monsieur Dontilly, continua-t-il doucement ; vous êtes un homme moderne, vous, un libre penseur probablement, en tout cas un partisan des méthodes nouvelles, qui jugent la vie sans regarder au delà... Moi, j'ai beau faire, si je me suis affranchi de pas mal de croyances et de superstitions, j'ai gardé cependant de vieux préjugés provinciaux et des habitudes de médecin de campagne. Je suis de ceux qui baptisent par précaution les petits enfants qu'ils mettent au monde, et je ne suis pas bien certain, quand une âme m'échappe, qu'elle soit un feu follet, invisible, qui se dissipe dans l'air. Les atrocités que nous avons vues, celles que nous verrons donneraient trop de dégoût de la vie, si l'on ne croyait pas un tantinet à quelque chose d'immortel. Voilà ma profession de foi. Si elle n'est pas très scientifique, elle est humaine, et elle me soulage de la science. Elle vous expliquera pourquoi je m'entête dans certains traitements moraux ; pourquoi les saignées, les douches et le reste ne me suffisent pas dans certains cas; pourquoi je viens chercher cette bambine, afin qu'elle m'aide à sauver son père. Vous n'êtes pas disposés à rire, n'est-ce pas? et je puis bien me permettre de vous dire sérieusement que l'amour, qu'il soit paternel, conjugal, patriotique ou seulement idéal, est une sorte d'influence de l'immortalité sur la vie mortelle. C'est comme les paillettes d'or dans les élixirs de longue vie.

Le docteur riait de lui-même, pour qu'on n'en rît pas, et rien n'était plus étrange que cette échappée sentimentale du froid et méthodique docteur Vernon, écoutée avec une attention sérieuse.

Il satisfaisait ce petit besoin de poésie que tout homme ressent, au moins une fois dans son existence, après de grandes émotions. Il trouvait le moyen de s'attendrir sans paraître trop bonhomme.

Son rire superbe, accompagné d'un claquement de langue, faisait filtrer en lui le rayon dont il venait d'éblouir ses auditeurs. Il continua :

— M. d'Ambreville avait un chagrin profond, sincère, qui me l'a fait plaindre tout à fait, mais qui d'abord, je le confesse, me le faisait mépriser. Je l'avais jugé sévèrement autrefois, et je ne lui

avais pas dissimulé ma sévérité. Ses qualités
mêmes de galant homme, la dignité avec laquelle
il était venu demander mademoiselle de Sabaillan
en mariage quand il pouvait croire qu'il se dévouait
à la réparation d'une faute, son amour enfin qui
était venu à la suite du remords, me le faisaient
considérer comme un homme de bon ton, de délicatesse mondaine, mais d'étoffe médiocre... Je
lui faisais tort. L'étoffe est solide, malgré les
trouées par où la folie est entrée... C'est que la
déchirure a été brusque et profonde. Je suis devenu aujourd'hui son ami, autant que vous l'êtes,
monsieur Dontilly. Je l'estime autant que vous l'es-
timez. Ce n'est pas un héros, c'est un citoyen. Ce
n'est pas un martyr, c'est un brave. Ce n'est pas
un génie dupe de son enthousiasme, c'est un
homme, dans la bonne et saine acception du mot,
comme vous êtes une vraie femme, mademoiselle
de Sabaillan. Cela réconcilie avec les diplomates...
quand ils cessent de l'être. D'Ambreville, au début
de la guerre, avait quelque velléité de suicide. Au
fond, ce qu'il voulait tuer en lui, c'était le vieil
homme : il a réussi; mais, quand on a la fibre
patriotique, on ne se tue pas, devant le péril des
autres. On fait son devoir, sauf, si le dégoût persiste, à refuser plus tard la part de la honte ou du
triomphe qui suit la bataille. D'ailleurs, je ne suis

pas bien convaincu que M. d'Ambreville ne gardait pas au fond de son désespoir une espérance plus forte que sa douleur et son ressentiment...

Céline poussa un cri, prit les mains du docteur, et, les yeux étincelants :

— Ah! c'est comme cela que je voulais être aimée, même à travers la haine et le mépris !

— Oh! vous étiez bien exigeante, mademoiselle, reprit le docteur en secouant la tête. En tout cas, si M. d'Ambreville attendait quelque chose de l'avenir, il n'attendait plus rien depuis le jour où Martial...

— Ainsi, vraiment, il a cru que c'était moi? s'écria de nouveau Céline... il m'a crue capable...

— Pourquoi aurait-il douté? Les apparences, la logique de votre haine, l'affirmation de Martial qui se vantait de vous obéir, tout devait le convaincre.

— Docteur, vous interrogerez vous-même Martial !

— A quoi bon? Ce n'est pas moi qu'il faut persuader.

Céline était redevenue très pâle. Elle demanda en tremblant :

— Comment lui prouver la vérité?

Elle avait perdu son assurance. Son amour, en grandissant, était devenu craintif; il avait dépassé les hauteurs de l'égoïsme héroïque.

M. Vernon ne répondit à la question que par un geste vague, qui promettait au moins de tout tenter.

Dontilly intervint :

— Vous avez parlé de folie, docteur ; mais il me semble que le délire d'une fièvre cérébrale, si redoutable qu'il soit, n'a pas le caractère irrémédiable de la folie.

— J'ai prononcé le mot le plus facile à comprendre, répondit M. Vernon, et j'ai surtout exprimé une crainte : c'est que le délire, qui s'explique par la fièvre, ne persiste, quand il n'y aura plus ni fièvre ni plaie.

— Pourtant, balbutia Céline, vous croyez qu'il y a une chance, puisque vous venez chercher sa fille pour le guérir.

Le docteur fut ému, plus qu'il ne l'avait été jusque-là, par l'humilité tendre et l'anxiété de cette remarque.

— Je crois, dit-il modestement, que j'ignore bien des choses, et que la nature est plus puissante que nous; je crois qu'il faut lutter contre l'invraisemblable. Je suis venu chercher *votre fille*, parce qu'il pensait à elle, quand il pouvait encore penser.

— Il fallait venir la chercher plus tôt, prévenir cette crise.

— Je n'étais pas libre. Je redoutais d'ailleurs pour lui cette émotion, qui est maintenant une épreuve suprême. Puisque je n'ai plus rien à craindre, je puis tout tenter.

— C'est vrai, murmura Céline découragée, vous êtes venu comme un exécuteur testamentaire.

— Pardonnez-moi ma brutalité, mademoiselle.

— Hélas! docteur, quand j'ai envoyé chercher Julie pour la cacher près de moi, c'était pour que M. d'Ambreville vînt me la réclamer. J'étais jalouse d'elle. Je suis bien punie d'avoir été mauvaise mère!

— Nous sommes tous punis, mademoiselle. Ce que je fais aujourd'hui, j'aurais dû le faire il y a un mois, et quand, après m'avoir remis l'acte de reconnaissance de l'enfant, ainsi qu'un testament, M. d'Ambreville est parti pour cette expédition dangereuse, j'aurais dû aller à sa place. Je courais moins de risques, si je tombais dans un détachement prussien. J'avais un brassard tout prêt, pour me servir de passe-port, et Martial ne m'eût pas disputé l'enfant de la même manière. Mais je blâmais cette démarche; je la trouvais inutile; l'enfant, selon moi, n'était exposée à aucun danger. Je soupçonnais dans M. d'Ambreville une intention de défi à votre égard, qui sait? peut-être, un désir de vous rencontrer, qui me mettait de mauvaise humeur. Seulement, par scrupule, je promis d'aller audevant de lui. J'y allai. Je lui avais fixé à mi-chemin un rendez-vous, auquel il ne vint pas, mais où je reçus son messager.

Dontilly interrompit le docteur, pour hâter son récit, en lui racontant à son tour ce qu'il avait appris du franc-tireur rencontré au bord de la Loire.

— Oui, tout cela est exact, reprit M. Vernon. On vint m'avertir de sa part qu'il était blessé, qu'il ne voulait être transporté dans aucune ambulance du pays; qu'on l'avait laissé mourant dans une grange, bien mal placée pour lui servir d'asile ou seulement d'abri; car, quelques jours auparavant, des Prussiens avaient été surpris là et tués par des francs-tireurs. Il était présumable que les Allemands reviendraient à la première occasion, pour se venger au moins sur les bottes de paille et de foin, s'ils n'avaient pas de Français à brûler... Il y en avait un. J'ai failli arriver trop tard. L'homme qui m'a vu passer avait bien fait de déguerpir de la cachette. S'il était resté dans la grange, il eût été surpris. On ne lui eût pas fait grâce, puisque ces citoyens allemands haïssent par-dessus tout les soldats volontaires,

et il eût dénoncé d'Ambreville. Mais les Prussiens, voyant la ferme vide, la sachant déjà
pillée, se contentèrent de cette exécution stupide,
de cette expiation illusoire. La plus grosse part
de la vaillance des Allemands s'en ira en fumée.
Ils jetèrent du feu dans la paille et s'envolèrent.
Comment ne m'ont-ils pas rencontré, retardé,
car ils ne m'auraient pas arrêté? Comment ai-je
pu atteindre la grange avant que la flamme
jaillît ?... Je crois vraiment que la fumée m'attirait et m'aspirait... Je connais maintenant une
torture comparable à celle du condamné sous
le couperet de la guillotine. Je tordais ma tête
en dehors du cabriolet, tout en faisant galoper
mon cheval, comme si le nuage épais et noir
qui venait au-devant de moi eût dû s'abattre et
m'écraser. Enfin, j'arrivai; je poussai la porte
de la grange; je n'eus pas besoin d'appeler; je
me heurtai à d'Ambreville, qui me tomba, à
demi asphixié, dans les bras. Je l'emportai; je
fus cause du flamboiement de la grange, qui
tardait. En ouvrant la porte, j'avais fait entrer le
vent. Je n'eus que le temps de faire reculer mon
cheval; pendant que je hissais le blessé dans
le cabriolet, la flamme jalouse, la flamme prussienne s'allongeait jusqu'à nous. Nous partimes.
D'Ambreville s'était évanoui. A un quart de

14

licue, je le pansai, et, en tourmentant un peu
sa blessure, je le réveillai. On vit par la douleur,
mes amis; c'est un fait. La blessure était au
sommet de la poitrine, grave, mais non forcément mortelle. Martial pouvait atteindre l'enfant;
la balle a dû effleurer les cheveux de la petite
Julie... le coquin! Je fis, jusqu'à mon ambulance,
le voyage au pas. Je n'avais plus peur; je ne
craignais plus les mauvaises rencontres. Je dis
que je ranimai M. d'Ambreville. Il reprit connaissance, en effet, pour une heure environ. Il eut
un intervalle de lucidité absolue, dont il profita
pour me raconter ce qui s'était passé. Il ne vous a
haïe, s'il est capable de haine, que pendant cette
heure-là. Je m'en suis trop souvenu en entrant
ici, et encore je ne suis pas sûr que, dans la vivacité de son ressentiment, il n'y ait pas eu je ne
sais quelle admiration monstrueuse, involontaire,
pour la férocité dont il vous accusait. Il paraît
qu'en amour (saviez-vous cela, Dontilly, et vous,
madame de Sabaillan?) on pardonne plus à la
fureur d'une injustice qu'à l'apparente générosité
de l'indifférence. Au bout d'une heure, le cerveau s'embarrassa. Ce fut avec le délire que je
l'installai dans mon ambulance. C'est ce délire
que vous trouverez, continu, incessant, presque
acclimaté. Voilà ce qui m'effraye et ce que je veux

combattre par d'autres moyens que ceux de la science. Tant que j'avais de la fièvre à guérir, je ne songeais pas à sortir de la médecine. Je savais que l'enfant était dans les environs ; je n'avais pas besoin, mademoiselle, de vous signifier les résolutions prises à son égard par son père ; j'avais le temps. Aujourd'hui, je suis au bout de mon grec et de mon latin. Essayons du sentiment, des secousses morales. Je suis venu, dans une indignation très sincère, chercher l'enfant. Je ne m'attendais pas à le trouver ici, ni à trouver M. Dontilly et madame de Sabaillan. Vous avez vu ma surprise et ma déception. La femme de grand courage et de grande dignité, dont j'avais été le confident, jusqu'à l'investissement de Paris, me semblait être devenue fort mal à propos la complice de cette jeune marâtre, et mon ami Dontilly, que j'attendais, me paraissait avoir fait halte trop tôt. Vous m'avez pardonné cette surprise, qui tient à l'imperfection de ma philosophie. Je souhaite de n'être pas plus infaillible, quand j'ai peur de ne pouvoir guérir mon malade. Voilà ce que j'avais à vous dire ; maintenant la voiture doit être prête : en route !

Le récit du docteur fut suivi d'un assez long silence. Que pouvait dire Céline, qui retenait ses larmes ? Dontilly pensait avec terreur que, si la tentative de cette visite échouait, son pauvre ami était condamné. Antonie plaignait de toute son âme celle qui devenait de plus en plus sa fille à mesure qu'elle s'élevait dans l'atmosphère pure de sa tendresse.

Quelques soupirs, les mots vagues qui soulagent la politesse, sans empiéter sur l'échange des idées sérieuses, servirent de transition pour quitter la salle à manger et passer dans la cour, où la berline était attelée.

Martial était rentré, quand les voyageurs se préparaient à monter en voiture.

Le docteur, en l'apercevant, laissa échapper un grognement qui contenait peut-être un juron et l'appela d'un signe impérieux. Dès que l'ancien jardinier se fut approché :

— Tu sais, lui dit-il, que je puis te faire arrêter comme un assassin.

— Je le sais ! répondit le soldat

— C'est une satisfaction que je me donnerai, coquin, si je ne guéris pas ta victime.

L'œil morne et à demi fermé de Martial se rouvrit pour laisser passer un éclair. Il se redressa.

— Est-ce que tu veux recommencer, malheureux ? demanda le docteur, qui devinait un sentiment tout opposé.

— Non, ce n'est pas cela.

— Alors tu te repens ?

— Oui.

— Te laisserais-tu étrangler par M. d'Ambreville, s'il lui prenait la fantaisie de se faire justice
lui-même ?

Martial regarda M. Vernon d'un air de grand
étonnement et aussi de reproche. Il trouvait pro-
digieux et injuste qu'un juge comme le docteur
se moquât de lui, à propos de ses remords. Cependant, il ne voulut pas rester au-dessous de
cette raillerie atroce et répliqua :

— J'aimerais mieux qu'il me tirât, à bout portant, un coup de fusil.

— Tu es fier, pour un assassin !

Martial baissa la tête.

— On ne te laissera pas le choix, continua le
docteur.

L'ancien soldat laissa tomber ses deux bras le
long de son corps et resta dans cette attitude soumise, résignée.

M. Vernon le laissa ainsi, pendant quelques
secondes. Il aidait Céline, qui portait sa fille, à
monter dans la voiture ; il insistait pour que Dontilly prît place avant lui. Quand ce fut son tour
de monter, il pirouetta sur le marchepied, et brusquement :

14.

— Suis-nous, commanda-t-il à Martial.

— Où donc?

— Chez moi, où je veux te confronter avec ta victime.

— J'irai.

— Emprunte un cheval, ou viens à pied.

— J'irai à pied.

— Dis-toi bien en route que tu vas au supplice!

— J'irai!

Le docteur lui donna son adresse et monta dans la berline, qui s'ébranla, sortit de la grande cour, emportant Céline et Julie, Dontilly et M. Vernon. Mademoiselle de Sabaillan n'avait voulu confier à personne le fardeau de sa fille ni les soins à lui donner.

Antonie fit un effort pour sourire aux voyageurs, en leur disant adieu. Son sourire valait une prière. Quant à Martial, il se mit en marche, derrière la voiture.

Il ne se retourna pas pour saluer d'un dernier regard le château, qu'il pensait ne plus revoir. Il allait d'un pas ferme, d'un pas de soldat, regardant la voiture, qui s'éloignait, bien sûr de la suivre, même quand il ne la verrait plus.

Pendant ce temps, le docteur disait à Dontilly :

— Si l'amour échoue, nous essayerons de la

haine. C'est peut-être Martial qui sauvera votre
ami, en lui rendant le souvenir!

Céline tressaillit. Était-il besoin dé faire venir
Martial, pour tenter sur le malade l'effet du ressentiment? Si d'Ambreville la voyait, ne pouvait-il pas se souvenir tout à coup, dans un accès
de fureur?

Le docteur devina la douleur de ce tressaillement. Pris d'une pitié attendrie, il caressa de
deux doigts les petites joues de l'enfant, qui
s'amusait beaucoup du roulement de la voiture.

— Après tout, dit-il, Martial a moins de chances
de réussir que cette jolie petite fille. Nous pour-
rons peut-être lui pardonner, sans avoir besoin
de lui être reconnaissants.

XV

LA LUTTE POUR LA VIE

La maison du docteur Vernon pouvait humilier le château des Épines, par son air de jeunesse et de vigueur, bien qu'elle fût presque aussi ancienne.

Elle était le surmoulage robuste et gai d'un caractère solide, l'effigie d'une vieillesse ouverte. Elle avait, comme son maître, une gravité simple, une bonne humeur toujours visible, quoique toujours tempérée. Elle était la demeure d'un distributeur de santé, et la santé physique et morale y éclatait dans les murs bien clos, bien peints, dans les meubles commodes, dans les chambres confortables et claires.

Riche, surtout par la modération de ses besoins personnels, n'ayant pas d'enfants, travailleur par

vocation et par tentation humaine, faisant le bien
sans prodigalité, administrant avec ordre une for-
tune qui s'augmentait, sans devoir déborder jamais,
le docteur, qui s'habillait comme un quaker, qui
mangeait comme un paysan, qui n'avait aucun besoin de luxe pour lui-même, dépensait très régulièrement une majeure partie de son revenu à entretenir élégamment son jardin, à avoir des serres
qu'on vantait à Orléans et des fruits qu'on cou-
ronnait aux expositions, à acheter les livres de
science les plus nouveaux, les livres d'art les plus
sérieux, et aussi à l'occasion des meubles de prix,
c'est-à-dire des meubles intéressants pour l'histoire.

Comme tout homme de valeur qui s'est astreint
à une discipline routinière et qui ne veut pas se
laisser tenter, il s'était donné un vice innocent,
pour satisfaire et tromper l'incorrigible vocation
de dépense que sa raison le forçait d'enchaîner.

Il était devenu un collectionneur émérite de
tous les systèmes d'horloges, de pendules, qui
pouvaient servir à dépecer, à émietter, à bluter le
temps. Il en faisait venir de tous les points du
monde, et sa collection eût valu à elle seule les
honneurs d'une expédition prussienne.

Seulement, par égard pour ses hôtes, qu'ils
fussent malades ou valides, pour rendre sa manie

inoffensive, il ne permettait qu'à quatre pendules, dans la quantité, de fonctionner continuellement. Celle du salon devait rappeler l'heure, à propos, aux visiteurs incommodes. Celle de la salle à manger empêchait qu'on ne s'oubliât à table. Celle de son cabinet lui donnait la pulsation du temps, et celle de sa chambre à coucher maintenait son exactitude à se lever avant l'aurore.

Hors de ces quatre régulateurs de sa vie, il ne permettait à aucun système d'abuser de son perfectionnement. Dès qu'il avait acquis une pendule nouvelle, il l'observait, en démontait et en remontait les rouages, faisait avec passion son autopsie, consignait les observations, puis lui cherchait, selon sa forme, une place convenable, l'étiquetait et la condamnait au sommeil.

Une pendule qu'il eût été impossible d'arrêter l'eût étrangement embarrassé; mais il n'y croyait pas, ne la redoutait pas. Sa foi dans l'immortalité de l'âme n'allait pas jusqu'à croire à l'immortalité de la mécanique.

Cette manie, qui lui servait à cacher son originalité vraie, en le montrant original, lui donnait le droit de tout dire, que n'eût pas obtenu sa conscience. On pardonnait à l'homme aux cent pendules de vouloir régler l'esprit des autres; c'était le complément de sa manie.

Il habitait à deux lieues d'Orléans, au bord de la Loire. Sa clientèle comprenait les principaux châteaux des environs, et, s'il affectait de se donner pour un médecin de campagne, parce qu'il ne résidait pas dans la ville, il eût été forcé d'avouer cependant qu'il était le doyen et le plus illustre des médecins du département, membre correspondant très sérieux de l'Académie de médecine, et qu'il ne se faisait aucune opération grave, qu'il ne se traitait aucune maladie difficile d'Orléans à Tours, sans qu'il fût appelé en consultation.

Pendant la guerre, il avait installé au milieu de son jardin une ambulance, d'après un système qui lui était personnel, mais qu'il traitait d'américain, pour n'en pas prendre le brevet. Il isolait les malades dans des baraquements destinés à être brûlés plus tard. L'expérience lui avait donné raison, et la rapidité avec laquelle il guérissait les blessés démontrait la supériorité de son système, qu'il chargeait les jeunes médecins, devenus ses aides, de propager, quand la guerre serait finie.

D'Ambreville, par exception, avait été logé dans la maison du docteur; mais il ne jouissait du privilège d'un appartement spécial que depuis que sa blessure pouvait être considérée comme guérie, depuis que le docteur n'avait plus que le délire du convalescent à soigner.

C'était une horloge à étudier, à rectifier, à régler, et qui, au contraire des autres, l'impatientait quand elle menaçait de devenir silencieuse.

La berline n'arriva qu'à la nuit tombante. M. Vernon installa Céline et son enfant dans une belle chambre, éloignée de celle qu'occupait d'Ambreville, mais il permit à Dontilly de camper dans un grand cabinet, à côté de son ami.

Céline, en un jour, était devenue méconnaissable ; non pas que ses traits eussent changé ou perdu de leur éclat. Mais sa beauté luisait dans une atmosphère qu'elle n'avait pas eue jusque-là et qui prolongeait son rayonnement. Ce qui restait encore à amollir de son orgueil avait fondu dans la chaleur communiquée par Julie, qu'elle avait tenue constamment sur ses genoux, appuyée contre sa poitrine, et qui semblait, à chaque nouveau sommeil commencé pendant la route, endormir quelque chose d'aigre et d'insoumis dans le cœur qui battait à son oreille, tandis qu'à chaque réveil elle éclaircissait de son sourire et de son babillage quelque chose d'obscur qui flottait encore autour du front de sa mère.

Céline tremblait, en sortant de la berline ; elle regarda avec un peu d'effroi la belle maison hospitalière. Le docteur, changé aussi à son égard, devenu caressant et paternel, lui dit qu'il remet-

tait au lendemain, au plein jour, la tentative pro-
jetée sur l'imagination du malade. Elle approuva
cette remise avec empressement et trouva dans
la lassitude prétendue de Julie un prétexte pour
aller s'enfermer dans sa chambre, où elle pleura
tout à son aise, avec abandon.

Le docteur alla faire sa visite à d'Ambreville ;
lorsqu'il revint trouver Dontilly, il lui dit :

— Toujours le même état; peut-être est-il plus
agité. Je ne me plains pas. Son agitation nous
permet une bataille et nous laisse espérer une
victoire.

Pour abréger le récit, pour épargner au lecteur
les effets d'une mise en scène qu'il prévoit et qui
serait un piège vulgaire tendu à sa sensibilité,
j'emprunterai à la correspondance de Dontilly
avec madame de Sabaillan les détails des diverses
expériences tentées par le docteur Vernon.

Charles avait promis d'écrire. Cette promesse
fut remplie simplement, discrètement. Le charme
qu'il trouvait, à travers son inquiétude, à s'entretenir avec Antonie, ne lui faisait pas oublier un
seul instant qu'il écrivait pour l'informer des douleurs et des angoisses de son amitié, non pour lui
parler des espérances lointaines de son amour.

Dontilly, le lendemain de son arrivée à la
maison du docteur, informait madame de Sa-

15

baillan de leur installation, après un voyage sans
accident, parlait en quelques mots de l'hospitalité
du docteur Vernon, de l'aspect nouveau que prenait l'excellent homme dans sa belle maison, et
disait ensuite :

« Je ne suis séparé de Roland que par l'épaisseur d'une porte. J'ai réclamé le droit de le veiller
aussi. Je vous avoue, d'ailleurs, surtout après les
ristes expériences de ce matin, que j'ai l'ambition de faire concurrence à notre vieil ami.

» Puisque la science s'avoue presque vaincue,
l'ignorance a le devoir d'invoquer les miracles de
l'amitié.

» Ce serait une fatalité terrible (vous diriez
vous, madame, qui êtes la justice idéale, un châtiment trop rigoureux) que cette condamnation
sans appel d'un homme jeune, intelligent, aimant,
qui est guéri du mal physique et qui ne pourrait
se guérir de cette mélancolie tumultueuse, quand
il a près de lui la femme qui l'aime, son enfant et
son meilleur ami !

» Je ne l'ai pas excusé, mais je l'ai toujours
aimé, même quand mon estime était attristée. Je
faisais crédit à cette noblesse de cœur, que j'avais
connue au collège, et qui devait se retrouver à un
moment donné dans l'homme gâté par le monde
et par la politique. Pour bien juger les hommes,

il faut les avoir connus enfants. J'étais sûr que
Roland voudrait racheter sa faute, l'expier. Je
n'étais pas aussi sûr que l'amour naîtrait du malheur qui avait été la profanation de l'amour. Il
faut le dire, madame, à l'honneur du couple que
nous aimons, les désastres de la patrie ont été
pour beaucoup dans ce complet développement,
dans ce rapprochement de deux êtres que leur
fierté séparait. Ce qui brûlait en eux de tendresse
profonde et de sympathie mutuelle s'est échappé
par la grande déchirure faite à leur orgueil national.

» Maintenant qu'ils ont l'un et l'autre épuré
leur sentiment égoïste, maintenant qu'ils nous
donneraient le spectacle de l'amour dans le repentir et de la passion dans le devoir, ces deux
cœurs resteraient désunis? Mademoiselle de Sabaillan aurait cette torture d'offrir vainement son
amour, sa beauté, toute son âme transfigurée à
celui qui n'a le délire que pour l'avoir attendue et
désirée à travers tout?

» Quoi! ce malheureux qui souffre, qui pousse
des cris déchirants, parce qu'il y a entre elle et
lui une vapeur, un nuage, un lambeau d'obscurité, ne retrouverait pas la raison errante, ne
s'éveillerait jamais de ce cauchemar, resterait
toujours indifférent au sourire de sa femme, à
celui de son enfant?

» Non, cela n'est pas possible ! Nous les sauve-
rons ; je le sauverai. Qu'il vive seulement, et, si
le docteur échoue, eh bien ! je reprendrai sa
tâche ; je l'emmènerai à Paris, je trouverai des
médecins plus ingénieux, des philosophes, pour
lui rendre sa raison perdue...

» Vous le voyez, je répète ce que disait hier
mademoiselle de Sabaillan, ce qu'elle n'ose plus
dire aujourd'hui ! C'est à mon tour à me sentir
animé de cette foi ardente que vous aviez pour
votre fille d'adoption, de cette foi dont je doutais
et qui a triomphé de moi. Vous me l'avez communiquée. Je suis jaloux de votre intuition. Vous avez
triomphé ; je veux triompher à mon tour. Vous
avez fait un serment qui m'a bien affligé, mais
que j'ai subi et que je suis tenté d'accepter maintenant sans crainte. Vous m'avez dit que vous
resteriez veuve aussi longtemps que mademoiselle de Sabaillan le serait. Je ratifie ce vœu, et
j'ai la présomption de croire que je vous délivrerai
bientôt de ce serment.

» Roland semble tourmenté d'une terreur qui
ne se traduit par aucune parole précise. Les
dents serrées, l'œil à la fois brillant et voilé, pâle,
fantastique d'aspect, avec sa barbe longue, le
front toujours baigné d'une sueur qu'un geste ma-
niaque essuie ou étale à chaque minute, il regarde

avec embarras, ne connaît personne, ayant peur
de reconnaître, et marche comme une bête fauve
sans se lasser, en tournoyant dans sa chambre.

» Est-ce le souvenir indistinct de l'incendie de
la grange qui persiste et qui donne à son visage
cet air d'effarement? Est-ce une idée vague qui
se symbolise par un spectre? Voit-il Martial tirant
sur lui? Croit-il voir mademoiselle de Sabaillan
dirigeant l'arme de Martial?

» Toute la nuit, je l'ai entendu s'agiter dans
son lit, pousser des gémissements, courts, hale-
tants, qui me faisaient craindre un sursaut violent, une crise. Je me levais, j'entrais dans sa
chambre.

» Il a près de lui un infirmier qui ne le quitte
ni jour ni nuit, mais qui, familiarisé avec cette
trépidation perpétuelle, dort bercé par elle. C'était
lui que je troublais dans son sommeil, à chacune
de mes visites; Roland ne s'apercevait pas de mes
apparitions.

» Ce matin, j'ai été introduit par le docteur.

» Il ne reconnaît pas M. Vernon plus que les
autres, mais il le subit avec une soumission
quasi-enfantine; la grosse voix que prend le docteur l'intimide, le calme pour une minute.

» — Voici votre ami Dontilly qui vient vous
voir, lui a-t-il dit en m'introduisant.

» Roland a fait un mouvement des sourcils, comme s'il allait chercher dans sa mémoire; puis une douleur l'a arrêté brusquement. L'arc contracté s'est détendu. Il m'a regardé. J'ai cru qu'il ébauchait un salut, par une habitude machinale; le mouvement de sa bouche, de ses mains, le grelottement de tout son corps, à peine interrompu, a recommencé. Il a passé devant moi, pour reprendre sa promenade dans sa chambre. J'ai écouté, m'imaginant qu'il balbutiait mon nom. Mais c'était le murmure monotone, indistinct, qui reprenait.

» J'étais navré. L'effet de cette indifférence absolue, de cette atonie intellectuelle est accablant.

» Les ingrats qui raisonnent pour nous chasser de leur cœur sont moins horribles. Ils ont une hypocrisie qui peut laisser une espérance. Quelque chose tressaille en eux, en dépit d'eux-mêmes; il leur reste souvent, pour parer ce reniement, une politesse vaine qui est un dernier scrupule. Mais revoir, vivant dans la mort, un ami de sa jeunesse qui comprenait autrefois votre silence autant que vos paroles, qui vous devançait par la pensée, qui se vantait du pressentiment de votre venue, lorsque vous n'aviez pas annoncé votre arrivée, et qui vous regarde maintenant sans vous voir, qui vous écoute sans vous

entendre, qui retire sa main avec peur, quand
vous essayez de ranimer le magnétisme de l'amitié, c'est là une douleur plus écrasante que toutes
les autres, parce qu'elle humilie en vous toute
notion humaine, autant qu'elle afflige le sentiment. Quoi! ce mannequin dont les gestes per-
dent leur élégance, leur rythme humain, c'est
l'homme dont on a reçu les secrets, dont on a
partagé les rêves, les remords, cette machine
bestiale qui n'a pas même cet odorat instinctif de
la brute pour flairer l'ami, pour tressaillir au
moins de son attouchement, s'il est incapable de
se reconnaître?

» Le docteur ne parut pas surpris de l'inutilité
de cette première épreuve, le prologue des autres.

» — Vous n'êtes que son ami, m'a-t-il dit, sans
mettre d'ironie dans ses paroles.

» Alors on a amené la petite fille. Julie avait
été placée devant la porte, qui s'est ouverte brusquement.

» On lui avait fait la leçon, à cette mignonne;
elle l'avait comprise et retenue. Elle a couru de
son petit pas chancelant, balancé, ainsi qu'on lui
avait dit de courir, vers le *monsieur*, et, en arrivant à lui, elle a tendu ses petites mains, levé de
toute la longueur de son cou sa petite tête brune
et articulé nettement : « Papa, papa ! »

» Il a regardé l'enfant ainsi qu'il m'avait regardé. Il a eu la même contraction légère des
sourcils; puis, comme l'objet vivant qui lui bar-
rait la route était plus extraordinaire sans doute
qu'un obstacle de mon espèce et de ma taille, il a
fait un geste peureux, enfantin, s'est écarté brusquement et a repris son tournoiement dans la
chambre.

» Le docteur, qui avait beaucoup hésité avant
de permettre à mademoiselle de Sabaillan d'in-
tervenir, alla cependant lui ouvrir la porte et,
d'une voix haute, claire, qui vibrait :

» — Entrez, madame d'Ambreville, lui dit-il,
en regardant Roland.

» Il ne bougea pas; son nom lui est devenu
aussi inconnu que le mien. Il ne bougea pas,
mais il regarda.

» Elle était admirablement belle. Je crois
même que la façon dont le docteur l'avait annoncée lui donna encore des étincelles dans le
regard et doubla l'auréole que je lui vis autour
du visage. Ses yeux s'ouvraient démesurément ;
sa bouche entr'ouverte était prête pour un sourire, pour un baiser.

» Oserai-je, madame, à vous qui comprenez
tout, et dont la dignité ne s'offense d'aucune
étude, avouer que par une prouesse de coquet-

terie, qui cette fois devenait touchante et presque
sublime, mademoiselle de Sabaillan avait voulu
être belle, autrement que par sa douleur, son
amour et son repentir? Tout ce que la nature lui
a départi de grâce, de charme attirant, de force,
dans l'harmonie d'un corps digne de la statuaire,
était en saillie, en floraison, en épanouissement
sensuel autant qu'idéal.

» Elle alla vers lui, lentement, le magnétisant
de son sourire, du rythme doux et embaumant
de sa démarche. Elle tenait la tête droite, vous
savez, madame, comme cela lui arrive dans ses
heures de révolte féminine, de mutinerie ; mais,
cette fois, la domination douce qui s'exhalait de
cette figure s'insinuait et ne s'imposait pas.

» Il était impossible qu'un être tenant encore
à l'humanité par la chaleur du sang, par un
appétit même inconscient de la vie, ne subît pas
le prestige de cette femme, qui voulait tout à
coup être désirée. J'espérai. Je jetai un coup
d'œil au docteur. Il s'était croisé les bras, pour
s'empêcher peut-être d'applaudir, de déranger
par un geste quelque chose du courant magné-
tique qui venait de s'établir.

» Mademoiselle de Sabaillan, rencontrant sa
fille, qui se reculait désappointée, ne la prit pas
par la main, mais la recueillit, pour ainsi dire,

15.

dans un pli de sa robe, l'ajouta comme une grâce
de plus à l'ampleur émouvante de sa démarche,
et s'avança vers d'Ambreville, qu'elle arrêta,
qu'elle obligea, en le regardant, à la regarder
en face.

» Il n'eut pas de contraction des sourcils. Ses
yeux, au contraire, parurent grandir et se dilater.
La sueur de son front sécha dans un éclair, qui
sembla passer sur sa peau. Il subit le rayonnement de cette grande clarté, qui l'enveloppa, le
pénétra par tous les pores. Il resta en arrêt, en
extase. Elle crut qu'il la reconnaissait.

» — Roland! lui dit-elle d'une voix douce.

» Mais la voix, au lieu d'ajouter au prestige,
irrita le malade. Il fit un geste presque menaçant, pour empêcher cette belle chose qui venait
à lui de parler comme une vision vulgaire. Mademoiselle de Sabaillan, se méprenant à ce geste
de colère, qu'elle prit pour un éveil de la raison
et du ressentiment, répéta :

» — Roland! Roland!

» Il parut chercher autour de lui à qui s'adressait ce nom, se redressa, passa sa main dans ses
cheveux, qui lui brûlaient la tête, et, tout à coup,
emporté par un délire effrayant, avec une sorte
de rugissement bestial, il prit les deux mains de
Céline et se pencha sur elle.

» J'ai cru que c'était le salut. C'était un épouvantable vertige qui pouvait le tuer.

» Le docteur s'était approché en même temps que mademoiselle de Sabaillan ; il fit un signe à l'infirmier, et, tout à coup, prenant Roland à bras-le-corps, le détachant avec force des mains de mademoisslle de Sabaillan, le terrassant sous son regard, sous son souffle, il le fit reculer en nous disant : « Sortez ! sortez ! »

» Mademoiselle de Sabaillan ne voulait pas sortir. Elle s'obstinait. Elle croyait que le médecin jaloux lui prenait la gloire de cette guérison. Elle se rapprocha, essaya d'écarter le docteur, en répétant : « Roland ! Roland ! »

» Le malade se débattait avec un râle et des convulsions horribles, dans les bras robustes de M. Vernon. Je vis qu'une écume blanchâtre était montée à ses lèvres. Je devinai confusément ce qui se passait. J'intervins, à mon tour, pour éloigner mademoiselle Céline, pour l'empêcher d'entendre quelques mots d'une brutalité singulière qui échappaient à l'impatience du bon docteur et qui l'eussent cruellement offensée.

» Surprise de mon intervention, qu'elle ne pouvait suspecter, mademoiselle de Sabaillan se recula. Je l'entraînai hors de la chambre. Elle ne voulait pas aller plus loin. Elle s'appuya contre la porte refermée, y collant presque sa bouche, agitée d'un tremblement nerveux, qui me fit craindre pendant quelques instants une attaque de nerfs, n'entendant pas sa fille, qui se mit à pleurer, écoutant à travers la porte ce qui se passait, le rugissement du malheureux, qui cette fois était bien fou.

» Nous restâmes ainsi presque un quart d'heure, terrifiés, muets, en face l'un de l'autre. L'enfant s'était calmée d'elle-même, et, n'étant prise par personne, s'était assise sur le plancher, pour jouer avec le bord de la robe de sa mère.

» Mademoiselle de Sabaillan, que je soutenais, pour ainsi dire, de mon regard, se remit peu à peu, c'est-à-dire arriva à une anxiété moins fébrile.

» Que se passait-il entre le pauvre insensé et le docteur?

» La voix de celui-ci finit par dominer, par couvrir, par absorber celle du malade, et, quand le silence se fut rétabli, je dis tout bas à mademoiselle Céline :

» — Retirons-nous; si le docteur sortait, il nous gronderait.

» — Je voudrais pourtant savoir ce qu'il pense ! murmura-t-elle timidement.

» — L'accès paraît passé, répliquai-je.

» — Qu'avait-il donc? demanda-t-elle avec une candeur qui rachetait sa coquetterie.

» Je redoutais pour elle la première explication de M. Vernon. Je faisais bien; car plus tard le docteur me donna sur les causes et sur les dangers de cette crise des détails qui eussent été pour mademoiselle de Sabaillan un châtiment féroce et superflu :

» Elle ne pourra prolonger son séjour ici. Le docteur s'est déjà prononcé à cet égard, dans l'entretien que je viens d'avoir avec lui. En attendant, il m'a chargé de transmettre la défense d'approcher de la chambre du malade. J'ai fait ma commission, et la docilité avec laquelle elle se soumet me prouve que nous ne rencontrerons aucune difficulté, lorsqu'elle devra, demain sans doute, partir pour vous rejoindre.

» Martial est arrivé, hier au soir, très tard. Il a redouté de passer avec sa victime la nuit, sous le même toit. Il n'est pas entré. Ce matin, à la première heure, en ouvrant la grande porte, on l'a trouvé debout, en sentinelle. Il était là comme à un poste, depuis la veille. Je l'ai plaint, et, à vous je ne crains pas de l'avouer, je l'ai presque admiré. Il y a de la grandeur vraie dans son repentir, autant qu'il y avait de l'abnégation sauvage dans son zèle pour la maison de Sa-

baillan. Cette conscience obstinée n'a que deux
points fixes : tout oser, même le crime, pour
prouver son dévouement ; tout subir, pour expier
son crime !

» Voilà, madame, le premier bulletin de notre
douloureuse expédition ; ce sera peut-être le dernier, l'unique, car je ne sais si le docteur voudra
me souffrir ici. Je lui suis inutile, et, s'il m'a
pris pour confident, dans la première efferves-
cence de sa mauvaise humeur, il ne continuera
pas ce rôle, auquel mon amitié ne peut d'ailleurs
se résigner, quand j'ai encore des devoirs patriotiques à remplir.

» Au revoir donc, madame, puisqu'il est convenu que ce mot ne nous engage à aucune
désertion et tient la place du mot *adieu*. »

Ce que Dontilly avait trouvé difficile d'expliquer dans sa lettre à Antonie, ce qu'il essayait
de lui faire entendre et deviner, lorsqu'il insistait
sur la beauté capiteuse de mademoiselle de
Sabaillan, reste très délicat à préciser pour le
lecteur anonyme.

Céline s'était enfermée dans sa chambre. Dontilly avait promis de lui faire parvenir des nouvelles, et il ne manqua pas de lui envoyer à
diverses reprises des bulletins, dont les derniers
étaient moins alarmants. Le malade avait fini

par tomber dans un engourdissement qui ressemblait au sommeil. Il lui restait un grand ébranlement cérébral; mais, en évitant une nouvelle secousse, on pouvait espérer qu'il reviendrait à son délire précédent. C'était une espérance presque dérisoire; c'était la seule qu'on pût formuler.

Dans sa conversation avec Dontilly, après ses soins donnés à Roland, le docteur Vernon, mécontent de lui, furieux de la part de responsabilité qu'il avait assumée dans cette crise formidable, fut ironique et s'abandonna à cette misanthropie qui le reposait et le soulageait de se dévouer à l'humanité.

— Ce que vous avez vu là, lui dit-il, c'est l'amour, l'amour sans phrase, l'amour au naturel.

Dontilly protesta. Le vieux praticien lui fit quelques démonstrations physiologiques, et conclut avec énergie :

— Admettez, si vous le voulez, que c'est la singerie, la caricature de l'amour. Mais la caricature est le relief d'un défaut qu'on ne voyait pas. Ce qui m'a fait peur et ce qui n'effrayait pas mademoiselle de Sabaillan, est-il bien différent de ce qui s'est passé, il y a deux ans, au château de Marval? Oh! je sais bien! l'homme alors était moins laid; la femme était aussi belle; si je n'étais pas intervenu, le dénoucment eût été le même.

Dontilly eut une rougeur pudique. Le docteur éclata d'un rire aigre, méchant.

— Voilà un supplice que les moralistes et les poètes n'ont pas inventé, mais qui pour l'intimidation des coquines et des coquettes en vaudrait un autre; condamner les filles et les coupables à subir l'étreinte des fous qu'elles ont faits! Ah! mes belles dames, vous jouez avec la raison, avec l'honneur, avec les sens, avec le cerveau d'un homme, et, quand le patient que votre coquetterie a enfiévré est dans le délire, vous croyez qu'il suffira d'un mot, d'une œillade pour dissiper ces excès d'ivresse, pour le rendre de nouveau capable de souffrir, pour ramener assez de raison, d'honneur, de conscience, que vous puissiez troubler de nouveau? Non, non, mes fières Circés, il vous faut un veuvage rigide, si vous aimez vos martyrs, ou bien il vous faut subir les galanteries brutales des êtres que vous avez métamorphosés en brutes!

— Docteur, vous méconnaissez un repentir profond, un amour sublime.

— Sublime après avoir été odieux. Et si le contraire a lieu maintenant, si le cœur généreux devient le tortionnaire infâme, n'est-ce pas juste?

Non, je ne méconnais rien; mais ce repentir, si noble, si sincère, si pur qu'il soit devenu, a-t-il empêché mademoiselle de Sabaillan d'entrer dans la chambre de M. d'Ambreville avec l'ambition perverse de le fasciner encore?

— Pourquoi permettre alors cette entrevue?

— C'est vrai, j'ai eu tort. J'aurais dû m'en tenir à ma première défiance. Mais que voulez-vous! Cette jeune fée m'a aussi ensorcelé. Si vieux que je sois, je suis encore un peu homme, c'est-à-dire un peu bête. J'étais si ravi de lui trouver du cœur, que j'ai oublié qu'elle était une effroyable coquette, coquette d'instinct, de race, une vraie femme, enfin. Là-bas, dans son ambulance vide du blessé qu'elle espérait, elle m'avait parue presque vénérable, tant sa jeunesse rayonnait dans un cadre austère. Pendant notre voyage, a-t-elle été douce, maternelle! Je comptais sur un peu de honte, sur un attendrissement qui eût amolli la fibre du malade, au lieu de l'embraser. Mais, quand j'ai vu qu'à travers sa douceur elle arborait l'incendie, quand j'ai vu qu'elle voulait conquérir ce sauvage, comme elle avait conquis le diplomate, j'ai compris que j'avais fait fausse route, que j'étais un niais, qu'on peut avoir été le confesseur de bien des filles séduites, de bien des femmes coupables, sans avoir le dernier mot

du génie féminin. Je ne lui en veux pas, à elle.
Je m'en veux à moi. Une nouvelle furie d'amour
comme celle-là...

— Je vous en prie, docteur, n'appelez pas cela
de l'amour.

— Amoureux que vous êtes! reprit le docteur
avec un haussement d'épaule indulgent. Eh bien,
un nouvel accès comme celui de tantôt rendrait
tous nos soins inutiles. Nous n'aurions plus qu'à
mettre la camisole de force à votre ami.

Dontilly passa la main sur ses yeux.

— Oui, c'est hideux sans doute à supposer, repartit le médecin. Mais la laideur dans la vie est
aussi vraie que la beauté. Si nous le tirons de là,
nous raconterons plus tard à M. d'Ambreville la
peur qu'il nous a donnée; ce sera le complément
de son expiation. Il pourra roucouler tout à son
aise; il se souviendra qu'il a hurlé; cela mettra
de la gravité et du respect dans son amour.

Le soir de cette même journée, le docteur,
remis de son émotion du matin, ayant dépensé
dans ses sarcasmes avec Dontilly le fiel nécessaire à la vie, dont il était un peu tourmenté de
temps en temps, alla trouver mademoiselle de
Sabaillan.

Il avait le visage placide et paternel, le regard
bon. Il n'adressa à la coquette jeune fille aucun

reproche de sa témérité. Elle-même était chan-
gée; toute étincelle était éteinte. Il se borna à lui
dire que le lendemain il la ferait reconduire au
château.

— Pourquoi me renvoyez-vous, docteur?

— Parce que vous me gênez.

— Moi qui ne demande qu'à vous obéir !

— Prouvez-le, en essayant de lutter contre une
prescription sage !

— Je resterai dans ma chambre enfermée ; laissez-moi ici.

— Et cette petite-là, la tiendrons-nous enfermée ?

Céline regarda sa fille, et avec une légère hésitation :

— Si c'est à cause d'elle que vous me chas-
sez !...

— Vous ne l'aimerez plus?

— Non, mais je la renverrai à sa nourrice.

— Ne faites pas ce sacrifice. C'est à cause de
vous.

— Vous doutez donc de mon courage, de ma
bonne volonté?

— Non, pas plus que je ne doute maintenant
de votre amour et que je n'ai douté de votre
beauté. Mais un hasard, une imprudence peut
tout compromettre.

— Si vous m'éloignez, c'est qu'il est perdu.

— C'est pour lui garder une chance de plus de ne pas l'être que je vous renvoie.

Céline interrogea M. Vernon de son regard profond, anxieux.

— Ayez confiance en moi, reprit le vieux médecin, non pas en ma science, qui est fort déconcertée, mais en mon amitié, qui est plus clairvoyante. Je vous renvoie dans votre intérêt, dans celui de votre enfant, dans celui de mon malade.

— Je n'ai peur que pour lui, docteur. Est-ce que son état s'est aggravé ?

— Non, nous n'avons rien gagné, mais nous n'avons rien perdu; seulement, nous avons failli tout perdre, en voulant tout gagner.

— Il me hait donc bien? demanda Céline avec une ingénuité qui n'était pas feinte.

Le docteur, stupéfait de la question, regarda Céline pendant deux secondes, puis sourit.

Son scepticisme recevait un démenti dont sa bonté naturelle était enchantée. La coquetterie la plus dangereuse a donc sa candeur? Le génie féminin est donc naïf dans sa rouerie et innocent dans sa perversité apparente?

— Il ne vous hait pas, répondit-il avec douceur.

Comme il crut saisir un éclair de triomphe, il se hâta d'ajouter :

— Pas plus qu'il ne vous aime. Mais, sans être un grand devin, je puis vous prédire qu'il vous aimera, quand il sera guéri.

— Cependant, cette fureur de ce matin?...

Le docteur se mordit la lèvre et reprit :

— Ce n'était ni de la haine, ni de l'amour; c'était... de l'ivresse.

— Je ne comprends pas, murmura Céline, qui croyait ne pas comprendre et qui rougit cependant, car une lueur lui pénétrait dans la concience.

— Il n'est pas nécessaire que vous compreniez. Moi-même je serais assez embarrassé de vous expliquer ce qui s'est passé. Ce que je puis vous certifier, avec assurance, c'est qu'il y a un danger dans votre séjour. Cela doit vous suffire.

— Ah!... si je m'installais au dehors, tout près d'ici?

— Le danger ne serait pas assez éloigné. Il y a des aromes si subtils qu'ils peuvent traverser les murailles.

Céline fit un geste de reproche douloureux.

— Vous vous moquez de moi, docteur?

— Eh bien, parlons très sérieusement, dit-il d'une voix plus grave. Retournez auprès de madame de Sabaillan. C'est votre devoir, croyez-moi.

Céline sentit qu'il devenait difficile de discuter et que, quand le docteur parlait moins sévèrement, ce n'était pas qu'il fût moins décidé à se faire obéir. Elle essaya de tourner l'ennemi.

— M. Dontilly restera, lui !

— Ne soyez pas jalouse. Je n'aurai pas besoin de le renvoyer. Il s'en ira aussi. Je ne garderai que Martial.

— Pourquoi?

— D'abord, pour vous en débarrasser. Le malheureux souffrira moins avec la perspective d'être étranglé, au premier accès de fureur de M. d'Ambreville, qu'il ne souffrirait au château des Épines, devant le reproche continu de votre douleur, même silencieuse et fière... Et puis, il me servira comme infirmier, comme jardinier. Je m'imaginerai que c'est un Prussien de plus que j'ai recueilli dans mon ambulance.

Céline chercha une dernière raison à faire valoir, n'en trouva pas et, cédant avec un grand soupir :

— J'aurais pourtant voulu le guérir !

M. Vernon lui tapa doucement sur la main :

— Si vous étiez encore la méchante et hautaine jeune fille à laquelle je me suis heurté, au château de Marval et au château des Épines, e vous dirais de vous contenter de l'avoir rendu malade. Mais à mademoiselle de Sabaillan bonne et soumise, je dis : Contentez-vous d'espérer son amour; vous n'avez pas besoin de sa reconnaissance.

— Ah! je ne lui demanderais pas de reconnaissance; je voudrais expier.

— Vous n'êtes pas au bout de vos épreuves, mademoiselle, et la plus digne de votre repentir, c'est de vous séparer de mon malade; c'est de vivre pour votre enfant, à côté de cette amie que vous avez longtemps méconnue, mais qui achèvera de vous perfectionner en douceur et en patience.

— S'il ne devait pas guérir! s'il devait rester ainsi toujours! repartit Céline avec un frémissement et un éclair de sa violence d'autrefois.

— Si cela arrivait, répondit gravement le docteur, est-ce que vous devriez moins à son souvenir, à son enfant, que vous ne devez à l'espoir d'être heureuse avec lui?

— Je me considérerais comme sa femme; je pourrais le garder, le veiller.

— Vous le garderiez mal, vous le veilleriez inutilement; mais nous n'en sommes pas là, fort heureusement. Laissez-moi faire.

— Ainsi, j'ai eu tort de venir?

Le docteur était tenté de dire oui; il répondit non et ajouta :

— Vous l'avez vu : cela vous donnera du courage.

— Comme il est changé !

— Qu'un éclair de raison lui vienne ; nous le ferons raser, et vous le retrouverez comme vous l'avez aimé, repartit vivement le docteur.

— Je l'aime comme je le vois maintenant, dit Céline avec une compassion charmante.

Elle reniait avec franchise le beau diplomate dont elle s'était jouée, pour offrir son amour repentant à celui qui souffrait par elle et pour elle.

Le docteur était menacé d'attendrissement. Il continua de lutter contre son émotion.

— Je lui conseillerai, alors, de ne pas couper sa barbe, dit-il gaiement.

Le lendemain, de bonne heure, Céline fut prête. Elle n'avait fait aucune tentative pour revoir Roland.

Elle sut par Dontilly comment il avait passé la nuit.

Le docteur, qu'elle cherchait, pour qu'il reçût ses adieux, vint la trouver, en costume de voyage.

— Vous venez avec moi ? lui demanda Céline touchée et confuse.

— Sans doute, je réponds de mes hôtes. Il y a encore des ennemis dans le pays !

— Mais vos malades, docteur ?

Ceux que je laisse sont dociles. Ils ne se permettront pas de guérir pendant mon absence; je les retrouverai en rentrant. Personne que moi n'a le droit de vous conduire.

— Mais Martial !

— Il n'est plus à votre service; il est au mien. Ne faut-il pas d'ailleurs que je ramène ma voiture laissée chez vous en otage ?

Dontilly ne partait pas encore. Céline n'en était pas jalouse. Elle était bien aise, au contraire, qu'il tînt sa place. Il écrirait à Antonie. Les nouvelles à donner du malade seraient le prétexte de sa correspondance avec madame de Sabaillan.

Une sorte d'attendrissement d'une nature nouvelle se mêlait, dans le cœur de Céline, à l'émotion de quitter la maison du médecin. Elle pensait confusément que son inquiétude servirait l'amour de Dontilly et d'Antonie, et cette idée du bonheur des autres, devenant solidaire du sien, lui donnait, en dépit de sa volonté, une consolation et une espérance.

XVI

Le mois de février s'écoula lentement au château des Épines.

Il n'y avait plus trace d'ambulance. Les grandes pièces du rez-de-chaussée avaient repris leur aspect solennel et aristocratique. Le rire et les jeux de la petite Julie animaient à peine cette maison silencieuse, où toute l'activité se trouvait concentrée dans l'esprit recueilli de deux femmes, dans celui d'Antonie, qui attendait l'achèvement de sa destinée, dans celui de Céline, qui attendait le commencement de la sienne.

On recevait, tous les cinq ou six jours, une lettre de Dontilly. On l'attendait avec anxiété, on l'ouvrait avec espérance. Les deux femmes la lisaient ensemble et la relisaient, ensuite, chacune en particulier : car, bien qu'elle fût toujours aussi réservée que la première lettre dans les passsages qui concernaient particulièrement Antonie, aussi vague dans les passages relatifs à la santé de Roland, chacune espérait mieux lire entre les lignes, entre les mots, quand elle lisait seule, et s'imaginait pouvoir dégager le secret que Charles avait pris soin, croyaient-elles, de ne pas dire.

Dontilly restait chez le docteur Vernon plus longtemps que le vieux médecin n'avait permis d'abord qu'il ne restât; mais les tracas de sa clientèle avaient repris M. Vernon. Depuis que l'armistice était signé et que la paix se négociait, les fuyards revenaient. Ceux qui étaient restés dans le pays songeaient enfin à eux. Les émotions de la guerre portaient leurs fruits. On était malade de la peur ressentie, de la peur étouffée, et ceux qui n'avaient pas eu peur étaient malades de leur héroïsme.

Le docteur remettait en mouvement, disait-il, toutes les cervelles détraquées, toutes les horloges humaines. Très satisfait de la collaboration de Dontilly, pour les soins à donner à d'Ambreville, il finissait par borner sa part à une visite le matin, pendant qu'on attelait son cabriolet, à une seconde visite le soir, pendant qu'on dételait.

L'état de Roland était le même.

Peut-être cependant pouvait-on se flatter d'avoir conquis une apparence d'espoir. Charles avait le droit de s'attribuer le mérite de ces symptômes, bien faibles, bien incertains encore.

Il avait cru remarquer, un jour, que la présence de Martial entamait cette indifférence trouble que d'Ambreville gardait devant les autres personnes. Le malade examinait l'ancien soldat plus attentivement qu'il ne regardait son ami, qu'il n'avait regardé sa fille ; il cherchait évidemment à se souvenir. Il y avait dans son attitude le tâtonnement d'une volonté commençante, et, chose singulière, cet effort ne le fatiguait pas sensiblement et ne l'irritait pas.

La première fois que ce phénomène s'était produit, le docteur en avait été plutôt alarmé que rassuré. C'était pour le physiologiste la menace d'une insensibilité prochaine. Mais Charles, plus philosophe, plus dégagé des idées reçues de la science, ne s'embarrassait d'aucune théorie, croyait à la possibilité d'un éveil de la conscience de son ami, par un travail lent, qui n'aurait pas le ferment d'une passion.

— Docteur, disait-il à M. Vernon, vous spéculiez sur l'amour, sur la paternité et sur la haine. Il n'y a plus guère d'amour, quand il n'y a plus l'idée d'un sacrifice. La paternité de Roland était un rêve à travers un autre trop nouveau pour l'émouvoir par le souvenir...

— Eh bien, il devrait haïr son meurtrier !

— Il ne le connaissait pas, avant de l'avoir entrevu. Il n'a pas eu le temps de le haïr. Ce n'est pas lui, vous le savez, qu'il rendait responsable de cette tentative de meurtre. Martial ne peut évoquer en lui que la notion confuse d'un fait, d'un événement dramatique. Je ne prétends pas qu'après l'avoir reconnu il ne souffrirait pas ; mais jusqu'à ce qu'il lui dise : — C'est vous qui avez tiré sur moi ! — il s'interroge et cherche à se rappeler où il a vu ce visage qui le rend curieux. Si le feu prenait à votre maison, je voudrais traverser l'incendie avec Roland ; je suis persuadé qu'il se souviendrait tout à coup de l'instant où vous l'avez enlevé de la grange qui flambait.

— Ne faut-il pas que je brûle mes pendules et ma maison pour le guérir ?

— Non.

— C'est heureux.

Le vieux praticien, tout en raillant ce qu'il appelait le système du feu, opposé au système de l'eau, ou des douches, qu'il ne pratiquait pas, était involontairement porté à croire Dontilly, bien qu'il ne le comprît qu'à moitié et que celui-ci ne se comprît qu'aux trois quarts. Le spiritua-

16.

lisme du médecin faisait crédit aux utopies, aux paradoxes de l'avocat.

— Vous traitez mes clients, répondait le docteur en plaisantant, comme vous traitez les vôtres. Vous plaidez pour les sauver. Amusez-vous à cela ; je n'y vois pas d'inconvénient ; mais j'aimerais mieux que M. d'Ambreville eût un beau jour l'envie d'étrangler Martial ; je serais plus rassuré, et Martial ne serait pas étonné ; il s'y attend.

C'était après une conversation de ce genre que Dontilly s'était décidé à prolonger son séjour.

Comme, après tout, il était une compagnie aimable pour le docteur ; comme il le dispensait d'écrire deux fois en huit jours aux châtelaines du château des Épines, celui-ci le gardait près de lui, en le retenant même, toutes les fois que Charles manifestait l'intention de retourner à Paris.

L'existence était donc d'une monotonie parallèle au château des Épines et à la maison du docteur. A la distance de quelques lieues, on vivait dans la même inquiétude patiente, dans le même supplice silencieux.

Charles faisait un sacrifice de patriotisme à l'amitié. Il s'était interdit de lire aucun journal. Il avait peur d'être distrait de cette observation minutieuse de son ami.

Sans croire qu'il eût fini sa tâche, parce qu'on ne se battait plus contre les Prussiens, il se donnait facilement un congé, tout disposé à trouver un accord entre les deux devoirs qui le sollicitaient.

Faut-il avouer quelle faiblesse subtile se cachait dans ce dévouement !

Il lui était plus facile de sacrifier quelque chose de son devoir civique à l'amitié qu'à l'amour. Il se paraissait moins égoïste ; sans compter toutefois que, pendant les longues journées passées auprès de Roland, il s'absorbait dans l'évocation d'Antonie et qu'il trouvait, dans le plus imperceptible incident de cette garde muette et obstinée auprès de son ami, des raisons d'écrire à madame de Sabaillan.

Céline avait bien de la peine à se maintenir dans le calme de sa tristesse ; elle était touchante de bonne volonté.

Elle s'appliquait à son apprentissage maternel, non plus follement, avec transport, mais avec piété, soulevant, pour ainsi dire, un à un, les mystères de ce culte, ainsi que dans un tableau de Raphaël on voit la mère soulever délicatement, de peur d'un sacrilège, le voile qui couvre l'enfant.

Céline feignait de partager avec madame Bernard. En réalité, elle ne lui laissait pas sa fille plus de quelques minutes, pendant le jour, et elle la lui prenait pendant la nuit.

Quand elle paraissait la lui céder, c'était pour aller s'enfermer dans sa chambre, pour s'y jeter dans un fauteuil, y pousser quelques cris étouffés dans ses mains jointes, se tordre dans un désespoir rapide, qui la soulageait de son expérience ; ou bien pour se promener à grands pas dans le jardin, jusqu'à la haie d'épines par-dessus laquelle son regard fouillait avec menace, avec rancune, l'horizon devenu froid et morne de cette riante vallée du Loiret.

Quelquefois Antonie la surprenait agenouillée devant sa fille endormie, ainsi qu'elle l'avait surprise une nuit, et toujours elle la trouvait versant de grosses larmes dont elle n'avait ni orgueil, ni honte, ou bien, si Julie était éveillée, plongeant ses yeux dans les yeux de l'enfant pour chercher, au fond de ce miroir magique, une image, une vision, une évocation.

D'autres fois, quand madame de Sabaillan, qui ne quittait guère sa belle-fille, tardait à la rejoindre, Céline s'échappait vivement de cette contemplation de son enfant, courait à sa belle-mère, l'embrassait avec abandon et lui disait :

— Donne-moi encore de la force, de la patience ; car je sens que ma provision s'épuise.

Antonie, habituée à ne laisser rien déborder
des bouillonnements secrets de son âme, toujours
égale à elle-même, toujours prête pour ces as-
sauts de tendresse qui lui étaient secrètement nécessaires, car ils renouvelaient aussi sa force et
sa patience, la calmait, la berçait de douces paroles, la renvoyait chercher Julie, et les deux
mères, alors, prenant l'enfant par la main, s'en
allaient, ou visiter les pauvres, dont la guerre
n'avait pas diminué le nombre, ou se promener
dans la campagne, pour fuir les impressions sentimentales de la maison et du jardin, en fatiguant
leur mélancolie, en apprenant à marcher à leur
enfant.

Personne, dans le pays, ne paraissait offusqué
de la présence de la petite fille au château. Madame Bernard suffisait pour expliquer ce qui
avait besoin d'explication. On avait recueilli dans
la noble ambulance la veuve d'un franc-tireur avec
ses enfants. D'ailleurs les visites étaient nulles.
Les domestiques, changés et peu nombreux,
n'étaient guère interrogés, et, si quelque médisance s'essayait à voleter autour du vieux manoir,
elle le heurtait de l'aile, sans susciter au dehors
le plus petit écho et sans être entendue au de-
dans.

Céline, dans cette vie tout à la fois paisible et

douloureuse, achevait l'évolution commencée. Son caractère épurait sa fierté. Son orgueil s'enveloppait de douceur. L'amour, longtemps haï et redouté comme une faiblesse, était maintenant aimé, caressé, traité comme une vertu.

Ce poème que fait la jeune fille chaste, avec un fiancé chaste et loyal, Céline, qui avait débuté par la chute cynique et sans excuse, le sentait poindre, fleurir et s'épanouir au fond de sa pensée.

D'autres jeunes filles, belles et ardentes comme elle, commencent par les balbutiements innocents d'un désir qui s'ignore, puis tout à coup s'élancent vers la passion, comme au sommet d'un cratère, et s'y jettent éperdues, pour s'y anéantir.

Céline, par une curiosité de coquetterie, par une titillation imprudente de ses sens et de son esprit, avait affronté tout d'abord le volcan. Elle en redescendait avec un appétit de fraîcheur, avec une ambition d'innocence qui effaçait peu à peu toute souillure et virginisait son âme.

Sa beauté se complétait, comme sa conscience. Je n'entends pas seulement dire que l'inquiétude contenue donnait une lumière plus attrayante à son regard, un sourire plus brillant et plus charmant à sa bouche; mais son corps, oublié dans cette mélancolie, s'assouplissait naïvement et pre-

nait des contours plus amples, avec une grâce
plus parfaite.

Vers la fin de février, Dontilly annonça qu'il
partait pour Paris et que le docteur consentait à
ce qu'il emmenât le malade.

M. Vernon s'avouait vaincu. Il ne se croyait
plus le droit de retenir d'Ambreville, ne se sentant pas assez habile pour découvrir un moyen
nouveau à tenter. Tout ce que la science avait pu
faire, il l'avait fait. Un médecin de Paris, ou un
charlatan, par beaucoup d'audace, trouverait
peut-être la solution cherchée. Paris seul, avec
son intelligence ambiante, avec sa provocation
continue à l'esprit, avec les relations mondaines
qui accueilleraient Roland, achèverait peut-être
l'œuvre commencée. Le voyage lui-même serait
une distraction.

« J'emmène Martial, écrivait Dontilly à madame
de Sabaillan. Lui-même comprend qu'il doit
garder son poste, et qu'il ne peut se soustraire à
ce tête-à-tête, dont l'effet lent, inégal, nous a cependant donné un premier résultat appréciable.

» Je ne placerai pas Roland dans une maison
de santé. Je l'installerai chez lui, dans ce joli
pied-à-terre de la rue de l'Université, et je m'y
installerai avec lui. Son état, j'en ai la certitude
maintenant, à moins d'une rencontre que je vous

demande de lui épargner encore, bien qu'elle soit notre but final, son état n'exige aucune des précautions brutales qu'il faut prendre envers les fous. Il n'est pas fou. C'est là toute la raison de mon courage. Il ne le deviendra pas. Il a un délire tenace, mais qui peut céder; je n'ose plus dire avec autant d'assurance qui doit céder.

» Mon pauvre Paris est, lui aussi, en convalescence. Il cherche aussi à ressaisir la pleine possession de son sens commun, un peu dérouté par les déceptions du siège et par les maladresses actuelles. Je veux le revoir. Je n'ai plus les appréhensions dont je vous avais parlé. Il en sera, je l'espère, de la guerre civile comme des crises que nous avons redoutées pour notre malade. Il y a dans l'air, il s'exhale des plaies béantes du pays, un besoin de santé morale qui s'impose et dont Roland prendra sa part... »

Dontilly donnait encore quelques explications sur le régime d'activité auquel il voulait soumettre son ami. Il promettait d'écrire aussi régulièrement que par le passé et semblait croire que son éloignement du château des Épines, pour y songer au milieu de Paris, était un rapprochement.

Céline, après la lecture de cette lettre, dit à sa belle-mère :

— Partons aussi.

— Il n'y a pas de raison, répondit Antonie, pour braver à Paris la défense de M. Vernon.

— Tu vois bien que le docteur se trompait, puisqu'il abdique et qu'il laisse M. Dontilly libre de consulter d'autres médecins.

— Si M. Dontilly jugeait notre présence nécessaire, il nous appellerait.

— Il n'oserait pas.

— Pourquoi?

— Parce qu'il aurait l'air de nous appeler toutes deux pour te faire venir.

Antonie eut un sourire indulgent.

— Tu nous calomnies, ma chère enfant. M. Dontilly ose toujours ce qui est son devoir, et je ne refuse jamais le mien. Quand il jugera que ta présence est nécessaire, je ne lui ferai pas peur.

Elle dit cela avec une douceur fine, en honnête femme et en femme mondaine.

Depuis qu'elle se sentait libre de penser et d'agir, avec la certitude de n'être plus suspectée par sa belle-fille, Antonie ne gênait pas son esprit.

— De quel étrange amour vous vous aimez!

— Ce n'est peut-être pas de l'amour! repartit madame de Sabaillan d'un ton fier et modeste.

Céline n'insista pas. Elle fut quelques jours plus triste, plus silencieuse. Elle attendit avec

17

une impatience qu'elle cachait mal la première
lettre datée de Paris ; comme si le premier mot
de Dontilly dût être de s'avouer embarrassé et de
les appeler toutes les deux à son aide.

Dontilly raconta son voyage, qui s'était effectué
sans encombre, et son installation dans l'appartement de d'Ambreville. Les médecins de Paris
approuvaient tout ce qui avait été fait jusque-là.
Ils croyaient inutile de soumettre le malade à un
traitement spécial. La vie entrevue sous le voile
que le délire mettait sur les yeux et sur l'intelligence de Roland pouvait le ramener insensiblement à la réalité.

Vers le milieu de mars, mademoiselle de Sabaillan dit un matin à sa belle-mère :

— Si tu partais seule pour Paris ?

— Sournoise !

— N'est-ce pas tout simple ? C'est moi, n'est-ce
pas, qui puis être funeste à Roland ? Mais il n'y
a aucune défense du docteur Vernon, et il n'y en
aura pas d'un autre pour toi. Va le soigner ;
j'aurai plus de confiance en toi qu'en M. Dontilly. Je ne serai pas jalouse de toi. Tant que tu
me diras de rester ici, j'y resterai, sans songer
à te désobéir.

Antonie interrompit Céline par un baiser sur
le front.

— Décidément, tu es la femme prédestinée d'un diplomate! Ton piège est ingénieux.

— Quel piège? reprit Céline en rougissant.

— Tu sais que je ne puis me séparer de toi. Tu espères qu'une fois à Paris je m'y sentirai retenue et que je t'y ferai venir, pour ne pas y rester seule. Le sacrifice que tu m'offres, je te le fais volontiers. Restons.

— Mais enfin Paris ne nous est pas interdit!

— Non.

— Nous y serions plus libres de souffrir, sans rien tenter pour souffrir moins.

— Attendons.

— Prends garde! je m'évaderai.

— Je t'en défie!

— Comme tu abuses de ma soumission et de ma volonté d'être soumise!

— Et toi, comme tu t'exerces à savoir s'il reste encore en toi quelque chose de la révoltée d'autrefois!

Dans les premiers jours du mois d'avril, Céline, qui se plaignait de ce que les lettres de Dontilly devenaient plus rares et plus courtes, remarqua dans madame de Sabaillan une gêne, une contrainte inaccoutumées, qu'elle ne parvenait pas toujours à dissimuler.

Elle crut s'apercevoir que sa belle-mère trouvait des prétextes pour sortir seule tous les jours, pour faire dans le village des visites ou des courses dont elle ne lui parlait jamais et dont elle revenait en hâte, essoufflée, agitée.

Que se passait-il?

Céline voulut d'abord interroger Antonie. Mais si Antonie était, d'ordinaire, incapable de mentir, ne pouvait-elle pas, par héroïsme, imaginer une fable? Ne pouvait-elle pas plutôt refuser de répondre, ainsi qu'elle avait fait autrefois, quand M. de Sabaillan l'avait interrogée, et lorsqu'il s'agissait de son propre honneur et de sa vie?

Le souvenir de ce drame détermina d'abord Céline à une lutte contre elle-même. Elle voulut ne pas s'effrayer et ne pas s'étonner de ce qui n'était peut-être qu'un mystère de bienfaisance. Elle se raisonna.

Il était de toute évidence, qu'à moins de se faire adresser des lettres en dehors du château, d'aller retirer elle-même à la poste celles que Dontilly lui écrivait, madame de Sabaillan ne recevait, au sujet de Roland, aucune nouvelle particulière. Or c'était là ce qui devait intéresser surtout Céline. Si courtes et si rares que fussent devenues les lettres de Dontilly, elles étaient cependant formelles, explicites. On ne pouvait admettre qu'il eût imaginé ainsi des bulletins

mensongers, dans lesquels il faisait entrevoir une
espérance de guérison, quand la tactique la plus
vulgaire, la prudence la plus banale lui eussent
commandé au contraire, en cas de péril, de préparer Céline, par insinuation, à l'annonce d'un
nouveau malheur.

Ce n'était pas la santé de Roland qui préoc-
cupait à ce point madame de Sabaillan. Qu'était-
ce donc?

Cette douce puritaine souffrait-elle enfin de
l'inquiétude qu'elle avait voulu calmer et disci-
pliner dans sa belle-fille?

Cet amour paisible, discret, modèle, qu'elle
affectait d'appeler d'un autre nom que celui
d'amour, devenait-il l'amour vulgaire, jaloux, impatient? En voulant attiédir Céline, Antonie
s'était-elle embrasée?

Mademoiselle de Sabaillan eut une palpitation
d'orgueil à cette idée, qui lui promettait la revanche de la passion sur le sentiment modéré.

Elle ne songea pas à accuser Antonie d'hypocrisie. Elle trouvait tout simple que celle-ci dissi-
mulât son angoisse, pour garder l'apparence de
l'autorité sur son élève. Elle ne lui en voulait
pas; mais elle désirait la prendre en flagrant
délit de contradiction.

Pendant huit jours, craignant de l'interroger,

cherchant à la surprendre, elle l'embrassait avec
des fougues de tendresse qui faisaient tressaillir
Antonie; elle lui demandait des nouvelles de sa
santé, avec une curiosité haletante, qui, pour un
instant, ramenait madame de Sabaillan à sa douceur d'autrefois, en l'avertissant qu'elle se trahissait.

Céline eût voulu lui dire :

— Tu crains de te démentir, en m'avouant ta
faiblesse. Tu as peur de perdre le fruit de tes
leçons de sagesse, si tu n'es pas plus raisonnable
que moi. Va! ne crains rien, je t'admirerai, je
t'aimerai, je t'écouterai davantage, si tu aimes
ton fiancé, comme j'aime le mien, si tu te dé-
mens pour proclamer l'amour.

Antonie se sentait observée; elle veillait sur
son secret; mais elle ne pouvait empêcher la
pâleur qui envahissait tout à coup son visage,
quand elle se laissait aller par hasard en présence de Céline à une courte rêverie. Alors, pour
prévenir une question, pour échapper au double
péril de se trahir elle-même ou d'être obligée
de se confesser, elle parlait avec une volubilité
qui ne lui était pas habituelle et feignait une
bonne humeur qui donnait à son joli visage une
contraction grimaçante.

J'ai dit que les visites étaient rares. Cependant

le curé, le médecin du pays, par habitude et par convenance, venaient de temps en temps sonner à la porte du château. Céline se dispensait le plus souvent de les recevoir, et, après un salut rapide, les laissait en compagnie de sa belle-mère.

Mais elle tint à leur faire accueil dès qu'elle crut s'apercevoir, un jour, que son entrée imprévue dans le salon interrompait une recommandation faite par Antonie au médecin, qui sembla remettre vivement un papier dans sa poche de portefeuille.

Ce médecin, bien qu'il fût un ancien ami de la maison, n'était au courant de rien, pas plus à propos des secrets du cœur d'Antonie qu'à propos de ceux de Céline. Évidemment, la conversation interrompue avait trait seulement à des événements généraux.

Pourquoi alors Antonie laissait-elle Céline en dehors de ce secret? Quel événement pouvait-on lui cacher, s'il ne menaçait ni sa fille ni M. d'Ambreville?

Depuis le retour de madame de Sabaillan, depuis qu'elle avait Julie près d'elle, Céline avait fermé de toutes parts l'horizon de son âme, pour en concentrer l'ardeur sur la double pensée de sa fille et de son amant. Son patriotisme avait déposé les armes. Le monde extérieur n'était plus que l'élément vague où s'agitait l'unique objet de sa vie.

Elle ne s'était pas désintéressée de la question politique par lassitude. Du jour au lendemain, cette question avait cessé d'exister pour elle. Sa passion n'eût pas été sincère et logique, dans cette période du désir et du regret, si elle n'eût pas été égoïste.

De temps en temps, quand il fallait donner un aliment banal à la conversation, Céline demandait :

— Où en est-on? La paix est-elle faite? La guerre va-t-elle recommencer?

Le plus souvent, elle n'attendait pas la réponse d'Antonie, et, avant que celle-ci lui eût donné les renseignements recueillis au dehors, elle se retournait vers sa fille, si Julie était là, pour lui sourire et l'embrasser, ou bien elle se retournait vers l'absent éloigné, pour se le représenter dans l'agitation monotone de sa vie, dans le désert intellectuel qu'il traversait et qu'il ne parviendrait peut-être pas à franchir.

Céline ne supposait donc, en aucune façon, que l'état moral de sa belle-mère pût tenir aux bruits de paix ou de guerre, tant il lui eût paru impossible qu'Antonie accordât la moindre attention à ces tumultes de la haine, quand elle avait comme elle le cœur plein d'amour.

Toutefois, sa curiosité, qu'aucune conjecture ne satisfaisait, s'irrita de plus en plus, et elle résolut de savoir à quoi s'en tenir.

XVII

LA POLITIQUE DES FEMMES

Un matin qu'Antonie sortait, selon l'habitude prise depuis quelques semaines, à l'heure où Céline était ordinairement occupée de la première toilette de sa fille, mademoiselle de Sabaillan, habillée et préparée pour cette expédition, sortait derrière sa belle-mère et la suivait à distance.

Antonie marchait vite; elle paraissait attendue. Un mantelet serré autour de sa taille, elle allait en courant, presque. Dans l'avenue de platanes, elle prit un sentier qui conduisait plus directement au village.

Devant l'église, elle s'arrêta, comme si elle allait entrer; une vieille femme balayait les deux marches du perron, et, voyant venir madame de

Sabaillan, se recula et se tint immobile pour la laisser passer.

Céline, stupéfaite, se sentit désappointée.

Sa belle-mère s'évadait-elle uniquement du château pour aller faire sa prière, à son banc? Ne lui suffisait-il plus des élans solitaires de son cœur, et fallait-il à cette amoureuse dévote des prières dans l'endroit spécial, officiel? Faisait-elle brûler clandestinement un cierge? Accomplissait-elle un vœu?

Ce tressaillement de dédain ne dura pas plus que le regard jeté par Antonie au porche de la vieille église. Si elle avait besoin de prier, madame de Sabaillan s'était satisfaite d'un coup d'œil lancé par la porte entre-bâillée; elle soupira et continua son chemin.

Le village n'avait pas de bureau de poste proprement dit; mais un débitant, à la porte duquel la boîte aux lettres était posée, vendait des timbres, faisait des commissions officieuses, extraréglementaires, auprès du piéton, et recevait des journaux qu'il vendait.

La boutique en question était sur la place du village, en face de l'église. Antonie entra et ressortit presque aussitôt, tandis que la sonnette attachée à la porte, et qu'elle avait agitée en ouvrant, se balançait encore avec bruit. Elle n'avait pas besoin d'une longue station; on savait ce qu'elle venait chercher, et son achat était préparé d'avance. Elle n'avait qu'à prendre et à s'en retourner; deux minutes suffisaient.

Sur le seuil, en sortant, madame de Sabaillan s'arrêta, déplia vivement un journal, le parcourut, parut attristée de ce qu'elle venait de lire, froissa le papier, laissa retomber avec découragement le bras qui tenait la feuille ouverte et traînante, puis, la tête courbée, elle se remit en marche.

Céline s'était approchée et lui barra la route.

— Qu'est-ce qu'il y a dans ce journal? demanda-t-elle brusquement.

Madame de Sabaillan releva la tête, regarda sa belle-fille avec une stupeur qui dissipa l'émotion produite par la lecture du journal et répondit en interrogeant :

— D'où viens-tu?

Elle croyait que le hasard pouvait expliquer cette rencontre.

— Je viens, comme toi, du château.

— Est-ce que tu m'as suivie?

— Sans doute.

— Pourquoi?

— Pour savoir le motif de tes sorties quotidiennes et de ton inquiétude, que tu dissimulais mal.

Antonie fut étonnée et un peu confuse de s'être laissée observer et surprendre.

— Comment! tu avais remarqué?...

— Oui ; donne-moi ce journal.

Antonie le tendit lentement à sa belle-fille.

Céline le parcourut, le retourna, mais sans le lire. Son impatience avait besoin que la nouvelle cherchée jaillît en caractères lumineux. Les lignes noires, régulières, les titres : *Nouvelles de Versailles, Nouvelles de Paris,* ne lui annonçaient rien.

Elle fronça ses grands sourcils ; ses yeux s'assombrirent, répugnant à s'occuper d'une recherche qui retardait de quelques secondes la découverte de la vérité.

— Qu'y a-t-il? demanda-t-elle en rendant le journal.

— On se bat devant Paris, qui est assiégé.

— Les Prussiens recommencent?

— Non, cette fois, ce sont les Français entre eux.

— Quelle horreur!

Après ce cri sincère, Céline parut se demander comment ce malheur public pouvait compliquer sa destinée particulière. Elle n'eut pas l'effronterie d'un sourire ; mais son regard, qui se dilata, semblait visiblement confirmer l'égoïsme de sa passion et dire à sa belle-mère :

— Tant pis pour les autres ; mais nous ?

Antonie continua :

— La Commune est proclamée ; elle fonctionne.

Céline répéta le mot *Commune*, qui ne lui apprenait rien.

Elle regarda sur la place une espèce de remise, surmontée d'un étage où la hampe d'un drapeau déchiré était restée et que l'on appelait la *maison commune*.

Ce qui se passait à Paris avait-il quelque rapport avec l'idée attachée à cette masure de son village ?

Antonie saisit le sens de cette nouvelle question, comme elle avait compris l'autre. L'ignorance, après l'égoïsme, lui inspira un peu de dépit et de confusion.

Elle plia vivement le journal, et, prenant le bras de Céline, qu'elle entraîna dans la direction du château :

— Rentrons, lui dit-elle ; je vois que j'ai une leçon d'histoire à te donner. Tu ne comprends pas ?

— Je n'ai pas besoin de comprendre, s'il ne s'agit pas de ceux que nous aimons. Explique-toi tout de suite.

— Ce qui se passe, répartit Antonie, est bien plus horrible que la guerre étrangère ; les journaux que je viens chercher ici tous les matins donnent des détails navrants. Dieu sait comment cela finira! J'ai peur.

— Tu as peur pour M. Dontilly? interrompit Céline, dont les yeux s'embrasèrent, car elle songeait à d'Ambreville.

— Je suis inquiète, au moins.

— Quel danger peuvent-ils courir?

Elle associait les deux amis dans sa pensée.

Antonie fit un mouvement de la tête qui pouvait exprimer tout autant son effroi que son embarras d'avouer pourquoi elle était effrayée.

— Nous en avons vu bien d'autres! dit Céline.

— Nous n'avons rien vu de pareil.

— Pourtant, il y a trois mois, vous viviez au milieu du bombardement, M. Dontilly et toi.

— Ce n'est pas des bombes que j'ai peur...

Céline s'offusqua de cette réticence.

— Parle donc! Crois-tu que je te reproche ta faiblesse? Laisse-moi voir que tu trembles pour M. Dontilly.

— Je t'expliquerai tout cela, plus tard, à la maison. Je te ferai lire les journaux que j'ai gardés.

Tout en faisant cette réponse dilatoire, Antonie se demandait s'il était prudent d'éveiller dans ce cœur impétueux une alarme pareille à la sienne; elle pressait le pas.

Céline l'arrêta en raidissant son bras.

— Encore une fois, je veux savoir ce qui t'épouvante.

— Dans une guerre civile, répliqua madame de Sabaillan avec tristesse, le devoir n'est pas simple. Il faut choisir son ennemi.

Instinctivement, Céline pensa en elle-même que Roland était préservé de l'embarras de choisir.

Elle reprit d'une voix conciliante, pour ne pas abuser de cet avantage :

— On peut rester neutre.

— Dans une bataille?... C'est difficile.

— M. Dontilly est prudent.

— La prudence suffit-elle, quand la conscience est provoquée? Ah! si j'avais su!

— Il fallait les empêcher d'aller à Paris, n'est-ce pas!

— J'aurais dû le savoir, j'aurais dû prévoir ce que M. Dontilly lui-même m'avait annoncé.

— Comment! il prédisait la guerre civile?

— Oui, mais ensuite il a eu confiance. Il désirait tant conduire M. d'Ambreville à Paris, qu'il s'est persuadé que Paris se calmerait.

Céline crut sentir un reproche dans cette remarque.

— Pourquoi m'as-tu caché tout cela?

— A quoi eût-il servi de te troubler de nos préoccupations?

— Tu me traites toujours comme si j'étais encore l'indifférente et l'égoïste d'il y a un an. Tu oublies que je suis fille de soldat et que, pendant la guerre, j'ai agi comme une femme française. Rentrons vite. Je veux être aussi inquiète que toi et apprendre ce que tu sais. Je rougis de n'avoir pas songé que tout n'était pas fini, parce que les Prussiens ne brûlaient plus de chaumières et ne fusillaient plus de francs-tireurs!

En quelques minutes, madame et mademoiselle de Sabaillan furent de retour au château. Antonie conduisit Céline dans sa chambre; tira d'une armoire un paquet de journaux.

— Voilà ce que je vais chercher tous les matins, depuis plus d'un mois, dit-elle avec un soupir d'allégement. Le docteur, M. le curé reçoivent aussi des journaux d'Orléans. Nous comparons les récits, les informations. Il y a dans ce tas deux ou trois feuilles venues directement de Paris qui contredisent si absolument les renseignements de Versailles, que, par moments, je ne sais où trouver la vérité, non pas la vérité sur le droit des combattants, mais sur leurs chances! Ce qu'il y a de positif, c'est qu'on se bat, c'est qu'on se tue

sans pitié, c'est qu'on refuse de s'entendre, c'est
que tout effort de conciliation échoue.

Céline appliquait toute son attention à saisir le
sens intime des paroles de sa belle-mère.

— Mais, dit-elle, il n'y a donc pas de femmes,
pas de mères, pas de filles, de sœurs, d'amantes,
pour se jeter entre ces Français qui s'égorgent et
leur crier de poser les armes?

Céline s'exaltait. La rivalité entre elle et sa
belle-mère, que le dépit de son ignorance avait
brusquement suscitée, voulait se satisfaire et dépasser la raison d'Antonie par l'enthousiasme.

Son amour, qui avait conseillé la charité pendant la guerre, lui conseillait maintenant l'héroïsme. Quand elle parlait des Parisiennes qui
devaient se jeter entre les combattants, elle avait
la vision éblouissante d'une intervention sublime
qui l'eût rachetée tout à fait devant sa conscience.

Elle revint à plusieurs reprises sur cette idée
que les femmes devaient étouffer la discorde,
puisque, parmi les hommes, il ne se trouvait pas
de bonne volonté assez énergique pour tenter
cette œuvre patriotique.

Elle lut et se fit lire les détails donnés par les
journaux de Versailles et par ceux de Paris. Elle
prit dans cette lecture, non de la crainte, mais
de la colère. Sa violence native, comprimée par

l'amour et si longtemps haineuse se réveillait dans une indignation héroïque.

Antonie avait une opinion. Céline n'en avait pas. Madame de Sabaillan n'était si profondément attristée que parce qu'elle partageait les idées de Dontilly et qu'elle souffrait ce qu'il devait souffrir. Mais Céline, qui n'avait rien étudié d'avance, qui n'avait pas le loisir d'étudier ni d'apprendre, ne s'inquiétait pas de mesurer les torts. Cette brusque révélation de la guerre civile lui envoyait une buée de sang humain qui la suffoquait. Elle songeait uniquement à l'impiété du conflit. La tendresse furieuse qui haletait depuis si longtemps en elle se soulevait et débordait. Le remords même du meurtre tenté par Martial sur d'Ambreville se mêlait comme une goutte grossissante à cette marée de meurtres.

Elle se leva brusquement, repoussa d'un geste de dégoût les feuilles assemblées devant elle, et, ouvrant toute grande la fenêtre de la chambre de madame de Sabaillan, elle y resta pendant quelques minutes, aspirant l'air du printemps, semblant écouter si elle n'entendrait pas à travers le silence de la campagne le bruit du canon, le cri désespéré d'une agonie humaine. On eût dit que cet orage lointain l'attirait.

Elle fut pendant toute la journée dans une agita-

tion extraordinaire, mais muette, ne permettant pas
à Antonie de lui parler encore de ce qui se passait
à Paris, comme si elle eût été prise tout à coup de
la peur d'en savoir trop et de ne plus pouvoir résister à une tentation folle qui lui donnait la fièvre.

Le lendemain arriva une lettre de Dontilly qui,
répondant à une question précise posée quelques
jours auparavant par madame de Sabaillan, donnait des détails sur l'état de Paris et ajoutait un
bulletin politique au bulletin de la santé de
d'Ambreville.

La raison du malade semblait voleter plus près
du nid pour y rentrer; mais le délire parisien augmentait visiblement. Dontilly, pour la première
fois, dissimulait mal son amertume profonde, à la
vue du spectacle dont le dénouement lui apparaissait doublement sinistre.

Il comparait la patience avec laquelle le premier siège avait été supporté à l'impatience qui
le tourmentait maintenant. On espérait, même
contre l'espérance, pendant le premier siège.
Que pouvait-on espérer pendant le second? De
quel côté la victoire serait-elle clémente, et quand
la victoire viendrait-elle? C'était un devoir de la
souhaiter prochaine, mais quel devoir pesant
que celui qui hâtait l'heure des répressions ou
des représailles!

Cette lettre fit pleurer Antonie, qui eut quelque douceur à laisser voir ses larmes. Céline réfléchissait. D'Ambreville paraissait s'éveiller dans cette tourmente, et elle n'était pas là pour guetter ce réveil.

Madame de Sabaillan dit à sa belle-fille :

— Je puis te l'avouer, ce que je redoutais plus que les balles et les bombes, c'était cela, cette flétrissure que laisse à un esprit généreux un pareil supplice. Les balles font des déchirures qu'on guérit ou qui vous tuent tout entier. Mais les désenchantements de la guerre civile creusent des plaies qui ne se cicatrisent pas. Je devinais bien qu'il me cachait ses angoisses... Plusieurs fois, à ton insu, je lui ai écrit pour le supplier de me parler franchement. Il dissimulait, sachant bien que je réclamais ma part d'une grande douleur. Il me la donne aujourd'hui, parce que la sienne déborde. Comme il doit souffrir ! Je souffre tant !

Céline se jeta au cou de sa belle-mère :

— Partons pour Paris !

Elle buvait de ses baisers, sur les joues d'Antonie, ces larmes qui étaient pour elle la rosée d'un grand amour, comme elle le comprenait.

— Y songes-tu ? répondit madame de Sabaillan, en se dégageant avec un effroi qui prouvait bien qu'elle-même y avait songé.

— Pourquoi hésiter? repartit vivement Céline. M. Dontilly a besoin de ton courage; Roland va retrouver sa raison. Il faut que celui qui faiblit et celui qui guérit nous trouvent près d'eux pour les soutenir et les aimer.

— Tu exagères, murmura madame de Sabaillan. M. Dontilly n'a que de la tristesse, et M. d'Ambreville n'est pas encore en convalescence.

— Faisons alors un voyage inutile pour eux, j'y consens; mais je veux voir de près, moi, cette révolution terrible.

— Tu emmèneras ta fille?

— Non, je la laisserai à madame Bernard.

Antonie joignit les deux mains sur sa poitrine pour en comprimer les battements.

— Non, dit-elle après un instant de réflexion, le voyage serait une témérité qui offenserait peut-être M. Dontilly, car j'aurais douté de lui, et qui compromettrait peut-être la guérison encore incertaine de M. d'Ambreville.

— Ah! tu aimes trop le martyre! s'écria Céline dépitée.

— Et toi, tu aimes trop la gloire!

Céline bondit sous ce reproche.

— La gloire?

— Oui, tu vois le péril à affronter, autant que le secours à donner, et le péril qui te plaît te persuade que le secours est utile. Sois plus forte que cela. Dans cette épreuve monstrueuse, notre rôle est fatalement borné à la résignation. Prenons garde, en voulant nous dévouer, de n'écouter que notre égoïsme. Restons.

— Tu ne l'aimes pas encore assez ! dit Céline.

— Alors je ne l'aimerai jamais davantage, répliqua Antonie d'une voix troublée par les larmes.

— Ne pleure donc pas, si tu veux me tromper et me faire croire à ta patience.

Antonie essuya ses larmes, et, souriant :

— Je ne pleurerai plus.

Céline la quitta pour aller disperser dans une course rapide à travers le jardin cette phosphorescence d'enthousiasme, de dépit, d'amour, d'héroïsme, qui s'exhalait de tout son être.

Quand elle rejoignit madame de Sabaillan, elle était calme, froide, dédaigneuse, résolue à ne pas se laisser dépasser en fierté devant cette nouvelle menace de la destinée.

A partir de ce jour-là, l'existence silencieuse du château des Épines fut sourdement agitée d'un frémissement que chacune des deux femmes essayait secrètement de comprimer en présence de son émule, mais qui se trahissait par des soupirs, par des mots rapides.

Elles n'échangeaient plus de confidences, et

pourtant elles se partageaient les nouvelles. Les
journaux, qu'il n'était plus nécessaire d'aller
chercher, arrivaient régulièrement au château.
Leur lecture était la grande occupation de la matinée. On faisait pour eux ce que l'on avait fait
antérieurement pour les lettres de Dontilly. Après
que toutes les deux les avaient lus, penchées ensemble sur la table, suivant du doigt chaque ligne
pour se maintenir au même point, elles relisaient
séparément, minutieusement, le journal déjà lu,
faisant à l'écart leur provision d'angoisse.

Dontilly cessa d'écrire. Ce silence était expliqué
par les journaux de Versailles, qui racontaient la
surveillance exercée dans Paris sur tous ceux qui
prétendaient communiquer avec le dehors. Mais
cette explication, qui devait convaincre la raison
d'Antonie, ne suffit pas à convaincre son cœur.

Ainsi qu'elle l'avait promis, ses yeux n'avaient
plus de larmes; seulement sa pâleur augmentait,
et sa douceur s'affinait jusqu'à la faiblesse. Quand
le regard de Céline se posait sur le sien, Antonie
rougissait, détournant la tête. Elle était devenue
l'élève, dominée par cette passion qui faisait, pour
ainsi dire, la leçon à la sienne et qui la défiait de
rester contenue.

Céline souffrait autant, mais avec plus de vaillance. Elle n'avait pas renouvelé sa proposition

de départ. Elle n'y renonçait pas ; mais, prise de pitié et en même temps de rancune jalouse pour cet amour qu'elle voyait insensiblement s'élever à la température du sien, elle attendait un triomphe et se dévorait en silence.

Les rôles étaient intervertis. Céline représentait l'activité pratique. Antonie, insensiblement, abandonnait la direction du ménage, ou, quand un remords la lui faisait ressaisir, c'était avec une force si fragile qu'il valait mieux pour elle ne pas tenter l'effort.

Quand elles se parlaient, c'était avec une douceur calculée. Céline avait peur de ranimer le stoïcisme de sa belle-mère, si elle le provoquait, et Antonie redoutait l'étincelle toujours prête à se dégager de cette activité nerveuse de sa belle-fille.

Qui se souvient du printemps de 1871, autrement que comme d'une ironie de la nature, ajoutée à des douleurs inoubliables? Le mois d'avril passa lentement; le mois de mai semblait interminable. Je sais des gens qui affirment sérieusement que ce printemps-là les hirondelles ne sont pas venues à Paris. Ils n'en ont pas vu. Peut-être ne les ont-ils pas regardées. C'était le vol du plomb que l'on suivait dans le ciel.

Le jardin du château des Épines, négligé, délaissé, mais plein de sève pourtant, donnait au

18

hasard des fleurs, que Céline ne cueillait pas et qu'Antonie détachait avec mélancolie; car la langueur qui s'était emparée d'elle la menait aux dévotions sentimentales envers la nature. Dans les premières roses qu'elle respirait, elle cherchait la pure et faible caresse d'un amour infini qu'elle n'osait matérialiser par une image. La chasteté de sa vie, la virginité de ses sens, même après son mariage avec M. de Sabaillan, ne l'avait pas préparée à cette fièvre, qu'elle essayait de tromper par des extases.

Le souvenir et la vue de Céline l'avertissaient à toute heure des pièges de l'amour physique. Elle en avait une telle peûr qu'elle ne pouvait s'empêcher d'y songer toujours, et, parce qu'elle les cachait sous une jonchée de fleurs, elle s'imaginait les fermer. Il suffisait d'un souffle pour la réveiller de ce rêve, pour vaincre sa patience, pour dissiper son illusion.

Le souffle fut bien naïf.

Un jour, dans l'après-midi, elle était assise sur la terrasse du château. Elle regardait, par-dessus les arbres du jardin, la petite haie d'épines que Dontilly franchissait pour venir aux rendez-vous innocents. Elle songeait à l'erreur tragique de M. de Sabaillan. Aimait-elle déjà Dontilly, sans le savoir, quand elle se défendait contre l'accusation de son mari?

Elle fut interrompue dans cette rêverie par la visite du curé du village, qui lui apportait la lettre d'un prêtre échappé de Paris.

On peut supposer en quels termes le narrateur racontait son épouvante. Bien que la stricte réalité fût déjà assez pénible, elle était ornée de détails atroces, hyperboliques.

Antonie n'avait rien lu de pareil dans les journaux de Versailles arrivés le matin. Elle avait trop besoin de terreur pour ne pas croire tout ce que contenait cette lettre, pour ne pas amplifier encore cette amplification. Elle s'était habituée à la physionomie monotone que les choses imprimées donnent aux idées. Elle vit tout à coup les détails officiels s'illuminer d'un incendie. Elle crut que par prudence, pour dissimuler les difficultés du siège, les journaux du gouvernement se gardaient de révéler tout ce qu'ils apprenaient. Ce qu'ils disaient était cependant fort effrayant.

Antonie se sentit tout à coup enveloppée d'une atmosphère brûlante qui la pénétrait. Elle rendit la lettre au curé, se leva du banc, et, sans trouver un mot à prononcer, sans prendre congé du visiteur autrement que par un geste, un hochement de tête, elle courut, comme si elle eût porté des torches avec elle, jusqu'à la chambre de Céline.

Quand elle fut à la porte, elle eut un éblouissement, chercha à tâtons la clef dans la serrure, ne put la tourner et frappa. Céline vint lui ouvrir et la reçut dans ses bras.

— Qu'y a-t-il? demanda mademoiselle de Sabaillan stupéfaite.

Antonie, étranglée par un spasme, fut deux secondes sans répondre; elle se débattait; enfin, d'une voix rauque :

— Partons pour Paris!

Céline poussa un cri, l'entraîna, en la portant à moitié, dans sa chambre, la contraignit à s'asseoir, pour s'agenouiller devant elle, et lui baisant les mains :

— T'y voilà venue, toi aussi!

Elle répétait l'exclamation d'Antonie, quand celle-ci l'avait surprise au berceau de Julie.

— Oui, reprit madame de Sabaillan en luttant contre l'émotion qui la suffoquait; c'est toi qui as raison, avec ta folie; c'est moi qui ai tort, avec ma prétendue sagesse.

Céline l'embrassa avec frénésie.

— Diras-tu encore que ce n'est pas de l'amour?

— Oui, c'est de l'amour, balbutia Antonie, en rendant à Céline son étreinte et en prononçant ce mot d'amour avec ravissement.

Il y eut, pendant un quart d'heure, entre ces deux créatures, autrefois si dissemblables, maintenant transformées et unies par l'amour, un échange de confidences confuses, interrompues d'exhortations, de caresses, de larmes aussi qu'entrecoupait une espèce de gaieté nerveuse.

Antonie voulait raconter comment la lettre apportée par le curé l'avait décidée tout à fait; mais Céline ne la laissa pas achever.

— C'est bien, c'est bien, lui dit-elle, ne t'excuse pas, ne te justifie pas. Tu l'aimes; tu veux le voir, c'est tout simple, nous allons partir.

— Je crois aussi que c'est mon devoir! repartit madame de Sabaillan.

Céline rit d'un rire superbe de révoltée.

— C'est juste, ma chère pédante; il faut bien que tu dises cela pour la paix de ta conscience! Oui, c'est ton devoir d'être femme comme moi, d'aimer comme moi. Tu le niais hier, ce devoir-là, tu le confesses aujourd'hui. N'en aie pas de honte. Notre devoir, vois-tu, c'est d'aimer à travers tout. J'ai autant de vertu que toi aujourd'hui, et tu ne vaux pas mieux que moi. Voilà pourquoi je t'adore et je t'admire. Tu es sublime! Ah! comme il va t'aimer!

Elle l'embrassait encore, la mordait de baisers virils.

Antonie, étourdie, mais cédant à l'obsession de cette sympathie, dit ingénuement :

18.

— S'il m'avait attendue !

— N'aie pas peur ! reprit Céline, il te pardonnera. Hélas ! si Roland pouvait me pardonner !

— J'espère que nous le trouverons guéri, répliqua madame de Sabaillan avec complaisance.

Céline eut le même accès de rire moqueur.

— Tu n'as pas besoin de me dire cela pour m'encourager. Je suis bien décidée à voir Roland, même au prix de sa colère. Ton amour portera bonheur au mien. Ah ! que tu es bonne d'aimer comme cela !

Céline eut une heure de folie, d'enfantillage. Elle abusa de son triomphe, et Antonie se trouvait heureuse et aussi délivrée, d'être vaincue par sa belle-fille, de n'avoir plus à étouffer son cœur sous sa raison.

Le départ fut décidé pour le soir même.

Madame Bernard fut instituée gardienne, intendante du château. Elle n'osa pas demander à les suivre. Elle eût été retenue par son fils, si elle n'avait pas été chargée de Julie. La pauvre veuve envia les voyageuses. On ne lui disait pas tous les secrets ; mais elle les devinait ; son deuil se raviva devant les espérances inquiètes d'Antonie et de Céline.

Ah ! s'il s'agissait encore de sauver Bernard ! Les Français même, déchaînés les uns contre les autres, seraient moins implacables que n'avaient été les Allemands. Elle comparait le veuvage affronté par ces dames à celui qu'elle subissait, et, dans sa haine de l'étranger, elle les trouvait heureuses de n'avoir affaire qu'à la guerre civile.

Elle oubliait, dans sa ferveur patriotique, que les Allemands tout seuls auraient peut-être été moins féroces, sans la dénonciation des gens de son village.

XVIII

VOYAGE VERS L'INCONNU

La sincérité habituelle d'une femme n'empêche pas, à certaines heures, des révélations de sa part qui feraient douter de sa loyauté passée, si l'on ne savait que les habitudes mentent et font mentir les natures les plus loyales.

L'usage, les convenances, les préjugés d'éducation mettent un vernis d'hypocrisie, tout au moins de dissimulation, sur les natures les plus franches.

Céline s'émerveillait de la passion qu'elle découvrait dans sa belle-mère.

— Pourquoi me cachais-tu cela? lui dit-elle, dès qu'elles furent installées dans un wagon.

— Je ne t'ai jamais rien caché, lui répondit Antonie. J'ai cru que j'aimais M. Dontilly, de la façon toute simple que j'avouais. Il a été près d'un an mon complice dans le secret que nous avions à garder, sans que je ressentisse pour lui autre chose que de l'estime. Ce n'était pas même de l'amitié. Je gardais rancune à M. d'Ambreville, et je redoutais de devenir l'amie de son confident, pour mieux conserver mon indépendance maternelle. L'amitié est venue à la suite de la tentative de meurtre. Je n'ai plus besoin d'avouer aujourd'hui que je l'aime… Je n'ai pas, je te le jure, à raconter des serments échangés, ni des scènes sentimentales. Nous avons deviné que nous souffrions des mêmes inquiétudes, que nous aimions les autres de la même façon, et voilà pourquoi nous nous aimons. Je m'étonne moi-même de ce que j'éprouve, mais je ne m'en repens pas. Ne m'accuse pas de t'avoir menti. Ne crois pas non plus que tu mentais, toi, quand tu me parlais de ta haine pour M. d'Ambreville.

— C'est vrai, je croyais le haïr ! dit Céline avec mélancolie.

— Et moi, je croyais seulement l'estimer, répondit Antonie.

On ne voyageait guère dans la nuit du 21 au 22 mai 1871. Céline et Antonie restèrent seules dans leur wagon et purent abréger la route par ces confidences. Elles redoutaient le silence qui s'ajoutait à la nuit, et, dès qu'elles cessaient de parler, une angoisse leur étreignait le cœur; il leur semblait qu'elles n'arriveraient jamais assez tôt.

Aux approches de Paris, le train se ralentit. A l'une des dernières stations, comme l'arrêt se prolongeait et qu'il se faisait un peu de tumulte sur la voie, Céline s'informa. Précisément le conducteur venait les avertir que le convoi ne pouvait pas aller plus loin. On disait que l'armée de Versailles était entrée dans Paris. On se battait dans les rues.

Antonie et Céline devinrent très pâles. Elles entendaient distinctement le canon. Elles descendirent, portant chacune le petit sac qui résumait ses bagages.

La matinée était fraîche. Elles se prirent le bras et se serrèrent l'une contre l'autre, pour s'empêcher de trembler.

— As-tu peur de marcher? demanda Céline.

— J'ai fait plus de chemin que cela pour te rejoindre et pour chercher ta fille.

— Eh bien! allons à pied.

Elles sortirent de la gare et s'informèrent de la route; mais elles comprirent tout de suite que leur belle résolution était absolument impraticable. La route était longue; il fallait obtenir de distance en distance, des postes allemands, la permission de

passer, subir par conséquent l'impertinence d'in-
terrogations brutales, surtout quand elles voulaient être galantes. La contrée, ravagée, boule-
versée, inégalement habitée, les exposait à toutes
sortes de rencontres. Elles ignoraient d'ailleurs,
et c'était là ce qui les troublait surtout, par quel
côté il était possible d'entrer à Paris.

Il était donc urgent et prudent de s'assurer
d'une voiture et d'un conducteur. La recherche
ne fut pas aussi difficile qu'elles le supposaient.

Les industries germent vite dans la banlieue
de Paris. Il s'était improvisé, tout autour du cratère en ébullition, des agences de transport, pour
conduire aux meilleurs points de vue les ama-
teurs de bombardement.

Céline et Antonie trouvèrent un voiturier qui
avait la spécialité de fournir des spectateurs à
l'amphithéâtre de Montmorency . Il expliquait
comment du haut de la montagne, avec une
longue-vue, on voyait admirablement la fumée
des canons. Montmorency était très apprécié;
sans compter que tout près, au bas de la côte, à
Enghien, on avait la musique allemande, dans le
Jardin des Roses, ce qui permettait d'alterner les
émotions violentes avec les émotions douces et
d'attendre sans ennui que Paris fût accessible aux
gens comme il faut.

Céline et Antonie furent consternées de ce programme, qui les humiliait dans tous leurs sentiments.

— Voulez-vous nous conduire tout droit à Paris? dit Céline.

L'homme, stupéfait, hésita entre un rire méprisant et une exclamation douloureuse. Quelles étaient ces femmes assez effrontées ou assez malheureuses pour se jeter dans la fournaise?

— Non, répondit-il.

— Vous avez peur? demanda mademoiselle de Sabaillan.

— Il y a de quoi!

— Vous pouvez au moins nous conduire aux avant-postes de l'armée de Versailles?

L'homme hésita. L'affaire périlleuse ne devenait plus qu'une affaire lucrative.

— Dame! je ne sais pas.

— Si c'est une question de prix qui vous arrête, nous payerons.

L'offre était imprudente, mais efficace. Moyennant deux cents francs, l'homme consentit à mettre pour toute la journée son cheval et sa voiture à la disposition de ces dames. Mais il était bien entendu que le contrat était limité à la journée.

Il fallut un long détour, pour arriver à l'une

des portes ouvertes, à celle du Point-du-Jour.

La consigne était rigoureuse. Bien que toute bataille eût déjà cessé de ce côté, on ne laissait entrer personne dans Paris. Les femmes étaient aussi suspectes que les hommes, et, quand elles pouvaient justifier de leurs bonnes intentions, on leur refusait un laissez-passer, au nom de leur sûreté.

Céline ne voulait pas attendre et ne comprenait pas que la fille du comte de Sabaillan n'obtînt pas pour elle une infraction à la consigne. Par malheur, les officiers auxquels elle s'adressa ignoraient la gloire du colonel. Ceux qui, par condescendance, durent interroger sa fille, ne furent pas fléchis par la pensée que M. de Sabaillan avait été un bel officier des belles heures de l'Empire.

Céline et Antonie errèrent une partie de la journée dans les villages qui confinent à la zone des fortifications, cherchant une porte, une brèche qui n'eût pas de sentinelle, dévorant des yeux, de l'âme, cette ligne inflexible, ce désert au delà duquel elles entendaient des bruits sourds, des secousses prolongées. Quelquefois, un vol sinistre sifflait au-dessus de leur voiture. C'était une bombe égarée par le tir maladroit des artilleurs de la Commune, qui franchissait l'enceinte.

Antonie ne laissait plus rien voir de l'excitation qui l'avait surprise avant son départ du château des Épines. Elle était redevenue la femme rési-gnée, aux apparences placides, que nous connaissons. Elle se repentait de n'avoir pas cédé plus tôt à cette sollicitation de son amour. Il eût été plus facile, moins impossible sans doute, de pénétrer dans Paris avant la crise finale.

Ce remords lui donnait de la honte et l'embarrassait à côté de Céline, qui, affranchie de toute contrainte, depuis l'aveu de sa belle-mère, souffrait librement, proposait à chaque instant quelque tentative extravagante, menaçait Paris et envoyait à l'armée de Versailles des imprécations pour sa lenteur.

La journée s'écoula dans ce voyage haletant. Le voiturier, quand la nuit vint, déclara que son cheval était harassé et demanda qu'on lui fixât un point d'arrêt.

Céline offrit de doubler, de tripler la somme convenue, si la voiture continuait pendant toute la nuit ses explorations autour de l'enceinte.

Mais, à son grand regret, le conducteur fut obligé de décliner cette offre tentante.

— Nous verrons demain ! dit-il.

Demain ! il semblait à Céline que ce fût un ajournement à dix ans. Entre cette veille et le lendemain, combien de choses terribles pourraient se passer dans Paris, qui ne se taisait pas!

On parlait depuis le commencement du second siège de préparatifs formidables pour miner les égouts. Les gens de la banlieue se reculaient naïvement, avec ce qui leur restait de mobilier, de peur de voir tout à coup sauter Paris, ensevelissant les vainqueurs et les vaincus.

Antonie ne croyait pas à ce danger. C'était bien assez de désastres. Céline voulait y croire, et cette volonté stimulait son ardent désir de franchir l'enceinte, de courir à Roland, de se jeter dans ses bras, de mourir avec lui...

La voiture était à Saint-Denis quand le conducteur parla de dételer. Céline, après de nouvelles instances, ne pouvant vaincre ses refus, tomba tout à coup dans un abattement morne, dans une lassitude où plongeait son entêtement.

— C'est bien, laissez-nous ici, dit-elle.

Le cocher renouvela la proposition de les conduire à Montmorency. C'était l'affaire d'une demi-heure. Il connaissait une maison où ces dames seraient on ne peut mieux, pour attendre jusqu'au lendemain, s'il leur plaisait de recommencer le lendemain l'excursion de la journée.

Céline n'écoutait pas. Elle se souciait bien d'un asile pour la nuit! Elle fût restée debout, immobile sur la route, le regard tendu vers Paris. Antonie prit sur elle d'accepter. La raison pratique intervenait toujours à travers ses sentiments. L'homme avait sans doute une prime à percevoir pour les voyageurs qu'il amenait à la maison recommandée. Il parut enchanté de l'acceptation de son offre et redonna des jambes à son cheval, si lamentablement fatigué quelques minutes auparavant.

Le lendemain, l'inutilité d'un effort nouveau pour rentrer dans Paris était si évidente que Céline ne protesta pas. Son orgueil se redressa, pour imposer cette contrainte à son amour, ou plutôt son amour, planant sur ses terreurs, accepta comme une épreuve suprême, comme une expiation digne de son repentir, ce supplice de l'attente, en face de Paris fermé et bouillonnant.

Antonie n'avait ni à l'exhorter, ni à la conseiller, ni à la consoler. Leurs deux âmes étaient confondues et souffraient ensemble. Il semblait que les deux amis, Charles et Roland, n'en fissent plus qu'un, tant leurs amours pareilles leur donnaient la perception d'un amour unique, sans rivalité, pour deux cœurs ou pour un cœur double.

La journée se passa à interroger l'horizon. On entendait distinctement le crépitement entrecoupé d'explosions que nul Parisien ne peut oublier. Quand un intervalle de silence se prolongeait au delà de quelques minutes, Céline et Antonie se serraient les mains et, se regardant toutes tremblantes, murmuraient :

— Est-ce fini?

Mais la fusillade recommençait. Les flocons blancs montaient, épais, nombreux, au-dessus de la ligne des fortifications, et les pauvres femmes comprenaient que les fureurs de la haine n'étaient pas épuisées.

Il arrivait d'heure en heure des nouvelles au-devant desquelles la population réfugiée accourait. Les Allemands installés à Montmorency les distribuaient eux-mêmes, avec une pitié plus outrageante que la joie, car ils semblaient dire :

— Il faudra que nous nous en mêlions. Cela ne peut s'achever sans nous!

L'insolence des vainqueurs, qui se voilait pendant le jour, devenait moins hypocrite dans la veillée et éclata pendant la terrible nuit du 23 mai.

Céline et Antonie avaient erré, toute la journée, dans la ville, revenant vingt fois aux endroits où sont ménagés des points de vue, écoutant ce qui se disait, calculant les heures qu'il leur fallait encore passer sur ce sommet, en face de cet abîme.

Elles avaient fait une station à l'église. Antonie s'y était agenouillée en toute humilité féminine, voulant, dans sa conscience, moins chrétienne que superstitieusement amoureuse, épuiser tous les moyens de fléchir la destinée.

Céline, pendant les dévotions de sa belle-mère, s'était trouvée par hasard dans l'angle de la vieille église où sont les tombeaux des généraux polonais, et, devant les anges de pierre qui veillent les combattants de la patrie opprimée, elle s'était sentie vaguement sollicitée par un rêve héroïque; elle avait senti fermenter en elle une grande colère mêlée à son amour. Elle ne cherchait pas ce rêve; mais sa douleur patriotique était une issue donnée à cette douleur égoïste, qui avait besoin de souhaiter un dénouement aux calamités publiques pour obtenir sans scrupule son apaisement.

La nuit vint. Après un repas silencieux, madame de Sabaillan et Céline s'étaient retirées dans la chambre commune et, assises l'une à côté de l'autre, absorbées dans cette fièvre de l'attente, qui n'avait besoin ni de confidences ni de consolation, elles attendaient dans l'obscurité, comme si un messager eût pu venir leur crier à travers la porte :

— Paris est ouvert!

Elles finirent par distinguer une rumeur dans la rue. On marchait vite. Les Allemands, mêlés aux Français, paraissaient aller dans le même sens. Elles se mirent à la fenêtre et entendirent qu'on parlait d'un incendie.

La rue était noire; mais dans le ciel, au-dessus des maisons, on distinguait une teinte légère, une lueur rouge, flottante, comme celle que laisse un coucher de soleil après une chaude journée d'été.

Madame de Sabaillan, la première, eut le pressentiment de la réalité. Elle embrassa Céline d'un baiser rapide, fiévreux, qui l'avertissait d'armer son courage, et elle l'entraîna.

En bas, mêlées à ceux qui allaient vers une des extrémités de la ville, elles ne firent aucune question; seulement elles marchèrent plus vite. Quand elles furent à l'un des endroits d'où l'on découvre le mieux le panorama de Paris, elles s'arrêtèrent épouvantées. Paris brûlait.

Il leur sembla du moins que le brasier qui commençait fût destiné à consumer, cette nuit-là, Paris tout entier, tant la fumée immense s'étendait sur la ville, tant la lueur rouge montait en se propageant.

On parlait, on criait, on se lamentait autour de madame de Sabaillan et de Céline. Elles ne

disaient rien ; elles regardaient avidement. A travers leur souffrance, elles étaient blessées par ce
bruit. Elles eussent voulu que tout fût muet ;
comme si l'incendie eût dû prendre une voix
qu'elles désiraient entendre, comme si ces lan-
gues de feu qui trouaient là-bas le ciel eussent
lancé déjà une clameur, un appel qu'elles aspi-
raient et qu'on les empêchait de recueillir.

Céline avait les yeux secs : ce feu la brûlait.
Antonie essuyait machinalement une sueur d'agonie qui mouillait son front.

Elles demeurèrent là très tard, clouées au sol,
s'enracinant dans leur stupeur. Vers minuit, un
homme à cheval, qui avait été aux nouvelles
pour la municipalité de Montmorency, revint,
et l'on annonça par la ville que le quartier des
Tuileries sur la rive droite, celui du Conseil
d'État, de la Légion d'honneur, jusqu'à la rue du
Bac, sur la rive gauche, étaient dévorés par le
feu ; on ajoutait que toutes les églises, tous les
monuments et un grand nombre de maisons
étaient remplis de pétrole : d'heure en heure,
Paris pouvait n'être plus qu'un immense bûcher.

Antonie et Céline ne se communiquèrent aucune réflexion ; mais, raidies dans leur angoisse
par un sentiment plus fort que la douleur et la

terreur, se tenant par le bras, elles revinrent chez elles, reprirent leurs sacs de voyage, payèrent leur chambre, sans émotion apparente, froidement, descendirent la colline, résolues à aller vers le brasier, comme ces veuves de l'Inde qui trouvent tout simple de se jeter dans la flamme sur le corps de leur époux.

En passant devant une villa qui avait une sorte de terrasse couverte au-dessus de la vallée, elles virent des officiers prussiens qui, attablés, le verre en main, fumant et chantant, semblaient saluer par des hourrahs le fléau dont ils étaient jaloux et boire à l'incendie des Tuileries, eux qui n'avaient pu brûler que Saint-Cloud.

Céline sortit de son enveloppe rigide, à ce bruit insolent, à cet aspect. Elle s'arrêta, releva la tête et, vibrante d'indignation, leur cria :

— Vous êtes des lâches !

Les Allemands n'entendirent pas, ou ne comprirent pas ; ils virent seulement qu'une femme jeune et belle, dont la lune éclairait en plein le visage pâle, les interpellait, les provoquait. Ils répondirent par un applaudissement, et deux d'entre eux parurent se détacher du groupe et se disposer à descendre.

Antonic murmura à l'oreille de Céline :

— Imprudente, ils viennent !

19.

— Ah! s'ils pouvaient me tuer! répliqua Céline avec un geste de désespoir et de colère.

Madame de Sabaillan l'entraîna.

La porte de la maison s'ouvrit. Les deux officiers sortirent; mais les deux femmes avaient pris et continuaient à prendre trop d'avance pour être facilement rejointes, s'ils ne couraient pas. Les buveurs avaient trop bu pour avoir les pieds agiles. Ils s'arrêtèrent, après quelques trébuchements, appelèrent de loin les fugitives et, ne les voyant point s'arrêter, revenir, retournèrent, en balbutiant quelque refrain d'idylle allemande, à leur punch et à leurs chansons.

Céline et Antonie n'avaient calculé ni la distance, ni le péril, ni l'embarras d'un voyage nocturne à pied. Elles allaient, comme les femmes de la Bible qui fuyaient l'embrasement des villes maudites, sans regarder derrière elles, craignant instinctivement d'être changées en statues si elles s'arrêtaient pour se retourner; seulement, elles allaient à Sodome en flammes, parce que le devoir était là, et parce que l'ange biblique lui même les eût conduites vers ce but terrible.

Elles auraient pu à Enghien louer une voiture. Elles en rencontrèrent qui revenaient sans doute de promener des Allemands sur les hauteurs dans la forêt, mais elles ne s'arrêtèrent pas à

leur faire une offre. Il leur paraissait impossible
de se fatiguer, et il leur eût paru sacrilège de se
faire conduire par les cochers qui avaient reçu
le pourboire des Allemands.

Elles marchèrent donc intrépidement jusqu'à
Saint-Denis; mais là l'encombrement et le tumulte étaient extrêmes; les convulsions de
Paris semblaient prolonger leurs tressaillements
jusqu'à cette nécropole de la royauté. Les Prussiens affectaient de se préparer à *bien* recevoir
les soldats de la Commune, qui, repoussés de
Paris, viendraient se réfugier en province. La
guerre étrangère pouvait se rallumer tout à
coup, comme dénouement de la guerre civile.

Nos héroïnes s'éveillèrent forcément du somnambulisme qui les avait soutenues jusque-là;
elles se sentirent lasses et pourtant ne voulurent
pas s'arrêter. Elles traversèrent Saint-Denis,
aimant mieux tomber sur la route obscure, y achever la nuit, que de se reposer dans ce bivouac
tumultueux, où personne ne s'offrait à les aider.

Sur la route, vaguement éclairée par le reflet
de l'incendie, elles rencontrèrent des voitures de
maraîchers qui se rendaient à la Halle et qui
tranquillement, avec leur unique lanterne allumée, berçaient leurs conducteurs endormis
sur les légumes.

C'est là l'ironie, qui de la nature se communique aux hommes champêtres. Elle poursuit son œuvre, sans se trouver arrêtée par les passions humaines. Paris brûlait, on se battait autour des Halles; mais, s'il restait un pavé qui ne fût pas ensanglanté, un abri qui ne fût pas dévoré par la flamme, l'imperturbable paysan allait étaler sur ce pavé, remiser sous ce hangar son impartiale marchandise, pour la vendre aux combattants des deux côtés de la même barricade.

Seulement, il fallait faire un grand détour pour atteindre la pointe Saint-Eustache. Les dormeurs devaient s'éveiller automatiquement, à l'endroit même où le détour s'imposerait. Jusque-là, ils dormaient dans la sérénité de leur droit, antérieur ou supérieur à celui des drapeaux, insoucieux de la guerre civile, qui peut tout détruire, excepté la faim.

Céline eut tout à coup l'idée d'entrer dans Paris avec une de ces voitures. Brusquement, elle saisit par la bride un de ces chevaux noctambules, qui paraissaient, eux aussi, dormir en marchant. La voiture s'arrêta avec un mouvement de tangage; une tête émergea d'un tas de verdure.

C'était celle d'une femme, qui, après quelques

secondes d'étonnement, n'eut pas besoin de longues explications pour être persuadée. Elle se laissa glisser du haut de son lit, fort émue de la douce voix d'Antonie, frappée de la beauté de Céline, qu'elle distingua à la double clarté de l'incendie lointain et du petit jour, qui s'annonçait, et, aidant ces dames à grimper sur la charrette, elle s'assit sur le brancard, trop fière, disait-elle, de les conduire.

— On croira, dit-elle à mademoiselle de Sabaillan, avec cette facilité d'improvisation rhétoricienne que Dumarsais, le grammairien, accorde aux femmes de la Halle, que je vais au marché aux fleurs.

La trivialité de cette intervention soulageait Céline et Antonie. Le grand courage est celui qui ne redoute pas de se faire docile, et l'héroïsme vrai est celui qui, ne visant jamais à l'attitude théâtrale, accepte l'humilité de toutes les situations.

L'octroi fonctionnait mal; la contrebande passait sans encombre, à la barrière; les voitures des maraîchers avaient les immunités des fourgons d'ambulance. A mesure que l'insurrection était refoulée, une porte, derrière l'armée de Versailles, s'entr'ouvrait, bien gardée, pour empêcher de sortir, mais non pour empêcher d'entrer.

Une fois dans Paris, Céline et Antonie descendirent de la voiture, remercièrent leur conductrice, qui ne voulut pas être payée de son obligeance, et, après s'être informées du plus sûr chemin, sinon du plus court, pour arriver à la rue de l'Université, elles se dirigèrent, avec une palpitation qui leur rendait des forces, vers la maison où elles se croyaient sûres de trouver d'Ambreville et Dontilly.

Elle était située tout près de la rue de Poitiers, précisément derrière les incendies.

Céline et Antonie traversèrent la place de la Concorde, dont l'aspect était sinistre. Les fontaines avaient été mutilées, des candélabres renversés par les obus. L'obélisque paraissait grandi dans ce désert et dominait dédaigneusement ces ravages de la folie humaine. Les grandes statues qui forment l'aréopage de la France réuni à Paris, et qui auraient dû garder pour ces jours-là les masques de deuil dont le patriotisme jaloux avait couvert leur visage, le jour du stationnement des Prussiens dans les Champs-Élysées, les statues semblaient toutes pâles des horreurs qu'elles avaient vues. Quelques-unes étaient mutilées, et la Ville de Stasbourg (qui attend encore, par parenthèse, l'apothéose de bronze décernée par un décret du gouvernement), avec ses *ex-voto* funéraires sur les genoux, avec ses drapeaux fraternels autour du front, presque adossée à une gigantesque barricade, semblait rêver et pleurer sur cette lutte fratricide.

Au delà du pont de la Concorde, qui méritait un autre nom, dans ce jour de haine, et qui avait reçu aussi ses balafres, la fumée flottait et venait souffleter la Chambre des députés, pour lui mettre au front un peu de la honte de cette guerre malheureuse. Les papiers envolés de la Cour des comptes, et qui éparpillaient dans l'air embrasé la liquidation des fêtes impériales, voletaient comme des chauves-souris et s'abattaient dans la rue de l'Université.

La rue était déserte. De loin en loin, seulement par précaution, des sentinelles avaient été placées.

Çà et là, les deux femmes s'écartaient d'une flaque de sang qui n'avait pas eü le temps de sécher, ou bien hésitaient à passer devant certains débris. Elle se serraient l'une contre l'autre pour se soutenir, pour mettre à l'unisson les battements de leurs cœurs, à mesure qu'elles approchaient de la maison, baissant les yeux, quand elles croyaient voir, sur les trottoirs, des uniformes couchés, avec du sang répandu autour.

Quiconque n'a pas traversé cette atmosphère

ne peut se faire une idée exacte du sang-froid douloureux, de l'intrépidité triste, de la résignation qui s'emparent des âmes pendant une guerre civile trop prolongée.

Une barricade, maintenant éventrée, avait été construite à dix pas de la maison qui était le but du voyage. On semblait s'être battu sous les fenêtres de d'Ambreville; sur les volets ouverts, Céline crut remarquer l'éraflure des balles.

Hélas! ce n'était pas tout.

— Regarde! dit Céline avec terreur à madame de Sabaillan, en lui montrant dans l'angle formé par le mur d'un hôtel et par la barricade un amoncellement de cadavres.

— Les malheureux! murmura Antonie, qui attira doucement Céline pour la soustraire à la fascination d'une curiosité douloureuse.

Mais Céline résista. Saisie d'un soupçon involontaire, d'une terreur inconsciente, elle se dégagea du bras de sa belle-mère et marcha résolument au groupe sanglant. Quand elle fut devant, elle se baissa pour regarder de plus près.

Tout à coup, elle se redressa, devenue livide, et, de son bras étendu, elle appela Antonie, sans détacher les yeux d'un cadavre qui était tombé, qu'on avait placé sur les autres, et qui, la tête renversée en arrière, dans une attitude hautaine, une main sur la poitrine, mort, semblait encore défier la mort.

— Martial! murmura Antonie grelottant d'effroi.

C'était Martial, en effet, tué, par qui? par la Commune ou par l'armée? Le visage bleui conservait une tranquillité fière; la bouche, crispée et ayant gardé entre les lèvres un peu de la moustache qu'elle avait mordue, semblait sourire. Ce vieux serviteur de la maison de Sabaillan attendait-il Céline pour lui rendre compte de son dernier sacrifice? Demandait-il le pardon, ou une prière, après avoir expié?

Céline se pencha de nouveau, non pas attendrie, mais inquiète. Si Antonie ne l'eût arrêtée et contrainte à se reculer, elle eût probablement soulevé le cadavre, pour s'assurer que Martial ne cachait personne.

— Viens! viens! lui dit sa belle-mère, en lui montrant la maison.

Elles frappèrent; la grande porte s'ouvrit; elles arrivèrent haletantes à la loge du concierge.

— M. Dontilly? demanda Céline, qui ne put jamais prononcer le nom de Roland d'Ambreville, ou qui n'osa pas, ayant peur de ce qu'on lui répondrait. Elle voulait peut-être, instinctivement, se préparer au malheur, en se renseignant d'abord sur celui qu'il lui était plus facile de plaindre ; à moins que, par un subit accès de pudeur, elle ne craignit de laisser transparaître son amour en trahissant son épouvante.

— Il n'y est pas, répondit le concierge.

— Et M. d'Ambreville? hasarda à son tour madame de Sabaillan.

— Ces messieurs sont partis.

— Quand?

— Cette nuit.

— Comment, cette nuit?

— Ah! mesdames, nous avons eu bien des émotions! Je ne sais si M. d'Ambreville y résistera, mais il paraissait bien affecté.

— Savez-vous où ils sont allés?

— Je ne le sais pas; c'est l'ami de M. d'Ambreville qui l'a emmené; il n'est resté personne. Les domestiques sont partis avec eux... Non, personne, excepté...

Le concierge hochait la tête et regardait dans la rue. Précisément la porte, restée toute grande ouverte, permettait d'apercevoir de l'autre côté de la rue la barricade et les cadavres amoncelés.

— Martial a été tué, dit Céline.

— Ah! madame sait...

— Oui.

— Pauvre M. Martial, un ancien militaire!

— Savez-vous comment ce malheur est arrivé? demanda Antonie.

— Je ne sais rien, si ce n'est que l'on ne s'est guère battu dans la rue. Il a été bien facile d'enlever cette barricade.

— Est-ce que Martial la défendait?

— Lui! il l'eût plutôt attaquée, mais il était auprès de ces messieurs... Je ne l'avais pas vu sortir. Vous comprenez bien que je n'étais pas curieux de regarder dans la rue; on pouvait attraper dans la nuit un mauvais coup, sans compter que nous avions peur des incendies : la rue du Bac brûlait, le quai brûlait, on disait que la rue de Verneuil allait prendre feu. On amenait là, en face, tous les gens qu'on prenait et qu'on accusait, ou de s'être battus, ou d'avoir mis du pétrole. Comment M. Martial, qui ne s'est pas battu, je le jure bien, qui n'a rien incendié, a-t-il été arrêté pour un autre? Voilà ce que j'ignore.

Antonie, tout en écoutant le concierge, qui parlait d'autant plus abondamment qu'il n'avait rien à dire, regardait du côté de la rue, dans la direction de la barricade. Elle entrevoyait confusément un sacrifice volontaire, une sorte de suicide héroïque dans cette mort de Martial.

Céline, de son côté, se demandait, avec plus

d'opiniâtreté intérieure qu'elle n'en mettait dans ses paroles, pourquoi Dontilly et d'Ambreville avaient quitté la maison et la rue, quand on ne se battait plus. Étaient-ils sortis de Paris? Où pouvaient-ils être dans Paris?

Lorsqu'elles furent bien certaines de ne pouvoir obtenir aucun éclaircissement du concierge, madame de Sabaillan et Céline se retirèrent.

On enlevait les cadavres de la barricade. Un infirmier, avec un brassard blanc et bleu, les faisait charger sur une de ces petites charrettes à bras qu'on loue pour le déménagement des pauvres gens. Martial avait été mis debout. On essayait de l'assouplir, pour qu'il tînt moins de place; mais le bras rigide était fixé sur la poitrine; il eût fallu le broyer pour l'allonger. La tête restait redressée en arrière. On coucha le vieux soldat, dont les jambes écartées débordaient de chaque côté du brancard.

Antonie s'approcha de l'homme qui présidait à cette besogne lugubre.

— Monsieur, lui demanda-t-elle, ne peut-on obtenir que celui-là ne soit pas emporté avec les autres?

— Cela ne me regarde pas.

— Qui cela regarde-t-il?

— Je n'en sais rien.

— Où le portez-vous?

— Je n'en sais rien.

— Comment?

— C'est comme cela. Si vous croyez que c'est mon métier de ramasser les morts! J'étais à l'ambulance du Petit-Saint-Thomas, rue du Bac. On m'a requis pour la corvée, avec ces gens-là. Je vais conduire provisoirement la petite voiture à la mairie... Il y en a déjà un tas. On en fera ce qu'on voudra. Si vous voulez venir avec moi, vous leur réclamerez votre parent. Moi, je ne peux pas vous le donner. J'en suis responsable.

Un peu plus, le recruteur de la fosse commune fût devenu plaisant, faute de pouvoir devenir philosophe, comme les fossoyeurs d'Hamlet. C'était le dépit et la honte de son emploi qui le poussaient au sarcasme.

On avait pris pour ce travail l'homme de peine d'un magasin de nouveautés; il était fait pour porter des paquets et non pour empaqueter des cadavres.

Céline et Antonie se résignèrent, et, par un dernier regard de pitié et de pardon, ensevelirent dans leur pensée le malheureux qui avait été si funeste à la famille de Sabaillan, en voulant se dévouer pour elle.

XIX

LA BARRICADE

Voici le drame que ne put raconter le concierge de la rue de l'Université, et qui avait provoqué le départ des deux amis.

Ainsi que Dontilly l'avait écrit dans ses dernières lettres à madame de Sabaillan, Roland d'Ambreville, depuis quelques semaines, dans cette fermentation croissante de Paris, subissait le ferment d'un réveil.

L'amitié de Charles semblait avoir deviné juste.

A cette intelligence frappée de stupeur, il fallait la secousse d'une catastrophe qui lui rappelât le décor, le geste de l'attentat dont il avait été victime, sans lui rappeler l'effroyable conviction dont il avait été frappé en même temps, relativement à la complicité de Céline.

Charles s'étudia à ne laisser passer aucun épisode du siège, aucun incident de la Commune, sans en expérimenter l'effet sur ce miroir obscurci de la raison de son ami. Il affectait de lire, devant Roland, les journaux, les proclamations, insistant sur tous les détails tragiques. Il lui faisait regarder le défilé des troupes, écouter le bruit de la canonnade, et, en même temps, à chaque tressaillement suivi d'une phase de mélancolie et de rêverie, il l'obligeait à contempler Martial.

L'épreuve était touchante et solennelle dans sa simplicité, tant Charles mettait d'attention délicate à la préparer, de sollicitude à l'épier, tant Martial se prêtait avec une docilité admirable à cette confrontation perpétuelle, au bout de laquelle il attendait, j'oserai dire, il espérait toujours la mort; Roland lui-même, si inconscient qu'il fût, tâtonnait naïvement dans les apparences, pour saisir la réalité, comme un enfant qui sent la vie et qui la cherche sans la connaître.

Combien de fois Dontilly ne se montra-t-il pas désespéré, prêt à renoncer à l'épreuve! Combien de fois, au contraire, en s'éveillant, en voyant un éclair plus vif et d'une fixité plus constante dans les yeux de son ami, n'espéra-t-il pas que le jour qui commençait serait le jour de la guérison!

Au supplice de son amitié, il faut joindre pour Charles le tourment de son patriotisme.

Ce qui se passait dans la rue, dans les clubs, au rempart, à l'hôtel de ville, le sollicitait de mille façons. Plusieurs fois, au début, il intervint, pour amener une conciliation que son cœur voulait croire possible, mais que sa raison lui démontrait impossible. Partagé alors entre les affres de son patriotisme et ceux de son amitié, Charles souhaitait ardemment la fin de cette guerre, dont il était le témoin impuissant et dont il ne pouvait être le soldat, car sa place alors eût été à Versailles; mais, en même temps, il se disait que si cette tourmente se calmait, sans que Roland fût guéri, il ne retrouverait pas une occasion pareille d'ébranler le délire du malade, par le frémissement du délire public.

Quand on sut que l'armée de Versailles était entrée dans Paris, la rue de l'Université fut barricadée en plusieurs endroits, et les canons de la Commune furent pointés sur le Palais-Bourbon.

Roland vit les préparatifs par la fenêtre avec une curiosité qui redoubla l'attention de Dontilly.

Au premier coup de canon, qui fit voler en éclats les vitres de sa chambre. Roland poussa un cri :

— Les Prussiens! Voici les Prussiens!

Puis, comme Dontilly s'était élancé vers lui, il lui serra la main avec force et lui dit :

— Donne-moi mon fusil!

C'était la première fois qu'il s'adressait ainsi à son ami, en le tutoyant, en paraissant le reconnaître. L'habitude du tutoiement était revenue avant la raison.

Martial approcha à son tour.

D'Ambreville, qui depuis plusieurs mois s'était familiarisé avec la présence du vieux soldat, parut stupéfait. Il recula avec une sorte d'horreur, alla tomber sur son fauteuil, prit sa tête dans ses deux mains, en faisant de grands efforts pour réfléchir. Chaque vibration du canon dans la chambre le secouait, lui arrachait un petit cri plaintif; mais ce fut tout.

La journée se passa dans cet ébranlement cérébral, dans cette douleur aiguë.

Vers le soir, les barricades étaient abandonnées, les canons étaient silencieux; la troupe occupait la rue de l'Université, presque sans combat. Elle fouillait les maisons; elle arrêtait les gens suspects, les agglomérait dans la cour d'un hôtel, mais ne tirait plus de coups de fusil. On se battait ailleurs.

D'Ambreville parut désappointé. Il fut tout le

20

reste du jour dans un état intermédiaire entre la somnolence et la réflexion. Son esprit s'agitait, sans qu'il se manifestât au dehors, dans un débat sourd et profond, comme un noyé, dans une cave, qui cherche les marches d'un escalier pour remonter à l'air et à la clarté.

Parfois, il se levait de son fauteuil, ayant peur d'y rester enchaîné, allait à la fenêtre, en faisant craquer sous son pied les vitres brisées, regardait dans la rue et murmurait :

— Il n'y a plus rien.

Il ne pensait pas à réclamer encore son fusil. L'ébranlement donné à son cerveau n'était plus qu'une oscillation lente, presque insensible, une fermentation obscure. A chaque fois qu'il promenait les yeux autour de lui, il rencontrait Martial. Son regard vague se heurtait à celui du soldat. L'électricité se dégageait toujours de ce choc du regard; mais sans provoquer d'explosion.

Quand le bruit de la bataille fut à peine distinct, Charles eut un moment de découragement amer. Eh quoi! il aurait été le témoin inactif de cette tragédie sociale, sans en tirer au moins ce profit d'avoir guéri son ami?

A plusieurs reprises, il descendit dans la rue, se demandant s'il ne fallait pas, par un effort suprême, aller chercher le tumulte qui s'éloi-

gnait, et, donnant le bras à d'Ambreville, en se
faisant escorter par Martial, alla respirer de plus
près cette atmosphère de folie sanglante qui pouvait interrompre la folie de Roland.

Mais, à cette dernière limite, le moyen de
guérison lui paraissait odieux, sacrilège, et la
curiosité lui faisait horreur.

Lui aussi tomba dans une rêverie profonde,
pendant qu'on entendait dans le lointain gronder
le canon. Il pensait à Antonie, à Céline, au château des Épines. Espérait-on, quand il n'espérait
plus? On souffrait de son silence, et il avait
infligé une anxiété inutile. N'eût-il pas agi plus
sainement, en ne revenant pas à Paris, en arrangeant auprès de madame de Sabaillan, avec la
collaboration de cette amie sublime, quelque
représentation d'un drame imaginaire de guerre
civile, quelque mise en scène plus savante que
le hasard, qui eût eu plus d'efficacité sur le malade que cette réalité atroce? Puisqu'il devait sacrifier son devoir de citoyen, l'eût-il trahi davantage, en fuyant Paris, comme cinq cent mille
autres, qu'en restant pour regarder la lutte sans
s'y mêler?

Le soir vint, sans interrompre le bruit qui
s'éloignait. Roland s'était laissé conduire dans la
salle à manger, dont les fenêtres s'ouvraient sur

des jardins attenant à des maisons de la rue de Verneuil. Il était assis à table, prêt, comme la veille, à prendre son repas de la façon automatique qui réglait depuis longtemps sa vie.

Il était pâle, muet, concentré, se laissait servir, quand, en retournant les yeux vers une des fenêtres dont les grands rideaux n'avaient pas été baissés, il tressaillit tout à coup et étendit la main.

Une grande lueur illuminait les jardins, éclairait les vitres; des flammes jaillissaient au loin.

Avant que Dontilly se fût levé, d'Ambreville s'était dressé, grandi, effaré, et criait :

— Le feu! voici le feu!

C'étaient en effet les incendies de la Cour des comptes, de la Caisse des dépôts qui commençaient.

Roland courut à la fenêtre, l'ouvrit et tomba dans une sorte d'extase.

Charles était derrière lui, l'épiant, après avoir fait signe à Martial de descendre, de courir aux informations.

— Le feu! le feu! répétait d'Ambreville.

Il paraissait chercher à comprendre l'impression qu'il ressentait. C'était un effet tout physique d'abord, un rayonnement. Devait-il se réjouir de cette immense clarté qui emplissait l'horizon? Devait-il avoir peur?

— Le feu! le feu! balbutiait-il, s'écoutant parler.

Le feu! Qu'est-ce que cela voulait donc dire, car il avait la notion confuse que ces mots devaient prendre une grande signification dans sa vie?

Charles assistait à cette enquête du pauvre malade sur lui-même.

Le cri d'un petit enfant, dans la cour même de la maison, d'un enfant qui s'extasiait aussi devant la splendeur sinistre de ce spectacle, souleva à demi le fardeau qui pesait sur la mémoire de Roland. Un éclat de raison s'en échappa.

Il se pencha au dehors, ne vit pas l'enfant, mais l'appela du nom de sa fille :

— Julie! Julie!

Charles le prit à bras-le-corps, ayant peur de le voir tomber, et voulut l'éloigner de la fenêtre.

Roland se débattit, et, dans cette lutte, le nom de son ami lui vint à son tour à la bouche. Il l'avait si souvent associé à celui de Julie!

— Charles, laisse-moi; tu entends bien qu'elle m'appelle!

— Ce n'est pas ta fille.

— Si, c'est ma fille. Laisse-moi la sauver.

— Ta fille est sauvée. Ne crains rien pour elle.

20.

Dontilly parlait en hésitant, ayant peur d'en dire trop, mais entraîné pourtant à profiter de cet interstice qui s'ouvrait dans le cerveau de Roland.

Roland commençait à suivre une idée.

— Comment serait-elle sauvée, reprit-il, avec cette prétention à la logique des fous qui raisonnent, puisqu'on me l'a volée?

Il regardait avidement l'incendie qui se développait. La flamme s'étalait au-dessus des murs et mettait des crêtes aux toits des maisons, en chassant une grande fumée rouge dans le ciel.

Le délire revint, comme une bouffée, étourdir le cerveau de d'Ambreville :

— C'est la grange qui brûle, dit-il, je vais brûler avec elle! Personne ne peut venir, le docteur est trop loin, personne ne saura qu'elle m'a fait assassiner, qu'elle m'a pris mon enfant. Julie! Julie!

Il avait des sanglots, des larmes; il se tordait les mains. Dontilly l'écoutait, palpitant, car dans ce délire il y avait un afflux d'idées nouvelles.

A ce moment, Martial rentra.

— Eh bien! lui demanda Charles, tout en serrant contre lui son ami.

— On dit que tout le quai va brûler et que les Tuileries commencent à flamber.

Le son de cette voix atteignit Roland. Il se détourna brusquement dans les bras de Dontilly, et, reconnaissant Martial :

— Assassin! assassin! lui cria-t-il avec fureur.

Martial eut presque un sourire d'allégement. Sa tâche allait peut-être finir.

Il s'avança, comme on lui avait souvent commandé de le faire. Les deux hommes se regardèrent avidement. Martial, pour aider la mémoire du malade, prit volontairement une attitude menaçante.

— Oui, oui, je te reconnais maintenant, répéta d'Ambreville, dont la voix s'enflait à mesure que le voile se levait lentement au-dessus de sa raison. C'est toi qui m'as volé ma fille ; c'est toi qui as voulu me tuer. Comment es-tu ici?

— Je t'expliquerai tout cela, murmura Dontilly à l'oreille de son ami, en le caressant de la voix, en le calmant de la main.

D'Ambreville restait implacable, hautain. Dans ce pêle-mêle des ses pensées, remuées et non encore ordonnées, la facette de son caractère de diplomate reparaissait et recevait un éclat vif, aigu. On n'eût pas dit que cet homme vivait depuis plus de six mois dans le délire. Il se dégagea de Dontilly et, se croisant les bras :

— Est-il vrai, demanda-t-il, d'un air de juge

qui interroge, que cet homme m'a volé ma fille?

— Oui, dit Charles à demi-voix.

— C'est vrai, ajouta Martial d'une voix grave, profonde.

— Est-il vrai qu'il m'a frappé, blessé?

— Oui.

— C'est vrai, ajouta encore le vieux soldat.

— N'ai-je pas le droit de le dénoncer, de le faire arrêter?

— Non, dit Charles.

— Oui, dit Martial en se redressant.

Un feu de peloton retentit dans la rue et interrompit l'interrogatoire.

— On se bat! Allons nous battre! s'écria Roland, dont le sang-froid fut ébranlé par la détonation.

Il oubliait Martial, le courant d'idées vers lequel l'avait porté la vue de l'incendie, pour revenir à son premier mouvement.

Il passa dans la pièce donnant sur la rue, courut à la fenêtre, rejoint par Dontilly.

Martial le suivait lentement.

On ne se battait pas; on fusillait. L'épouvante des incendies avait éteint toute pitié. La justice sommaire, un instant désarmée, reprenait son cours. Ceux qui avaient été pris dans la journée restaient consignés; mais ceux que l'on prenait désormais, pour peu que leurs réponses ne fussent pas nettes, précises, concordantes, ou bien qu'on leur trouvât à eux-mêmes une senteur de poudre ou de pétrole, n'avaient pas à attendre longtemps la sentence et son exécution.

Les protestations étaient rares. Ceux qui ont vu ces choses terribles se rendent compte de la résignation subite des victimes et de l'implacabilité des vainqueurs dans les transes de la guerre civile. La mort n'a plus l'importance alors que lui donne la vie normale.

Les spectateurs, fascinés par la vue continue du meurtre, se livreraient eux-mêmes avec indifférence, s'il le fallait, pour en finir avec ce spectacle.

Il n'est pas besoin, dans ces heures troubles, d'être un héros pour bien mourir, ni d'être un bourreau pour tuer.

La conscience agit dans un somnambulisme qui suspend les regrets et garantit contre les remords.

La plupart de ceux qu'on arrêtait, étourdis de cette fatalité, se laissaient prendre, pousser en avant, et tombaient sans un cri, frappés dans le dos, cachant sur le pavé la crispation involontaire de leur visage.

La rougeur des incendies du quai, reflétée par

les murs, ajoutait une lueur et une atmosphère de boucherie à cette scène.

— C'est horrible ! dit Dontilly, en éloignant d'Ambreville de la fenêtre.

Roland tremblait ; il se détourna, redoutant le vertige ; mais, en se détournant, il retrouva Martial, très pâle et très fier, qui le suivait.

— Va-t-en, lui cria-t-il, ne me reprends pas la raison qui me revient ; va-t-en !

— Pardonne-lui ! murmura Dontilly.

— Non, qu'il parte ! Sa vue me rend fou. Qu'il parte !

Dontilly fit un signe d'amitié plutôt que de commandement au vieux soldat, pour l'engager à s'éloigner.

Martial obéit et sortit.

Charles était dans une grande perplexité. Il sentait haleter la raison de son ami ; il comprenait qu'il suffirait désormais du moindre effort pour la retenir tout à fait, ou pour qu'elle s'envolât. Roland l'avait reconnu, avait reconnu Martial, avait appelé sa fille ; il paraissait n'avoir pas songé à Céline.

Fallait-il lui en parler ? la défendre de cette accusation de meurtre ? Quel serait le premier effet de l'évocation, dans une crise pareille ? Il était impossible qu'avant quelques minutes l'image de mademoiselle de Sabaillan ne traversât pas cette pauvre tête ouverte, mais pleine de visions.

Charles essaya de circonvenir l'imagination de son ami, en la maintenant dans la réalité du drame qui se jouait dans la rue.

Sans doute, un affolement de la sensibilité était à craindre ; mais, entre plusieurs périls, celui-là, qui n'eût été que le paroxysme d'une réaction salutaire à son début, semblait le moindre.

Après un court silence, il dit à d'Ambreville :

— Ces incendies vont rendre la répression implacable.

— Plains-tu donc les incendiaires ? demanda Roland.

— Par métier d'avocat, je plains les coupables, reprit Dontilly ; ils sont deux fois malheureux d'avoir commis le crime et d'imposer le châtiment.

— Moi, je plains les juges ! repartit Roland avec hauteur.

— Tu as raison, mon ami, il est si difficile de juger !

— Je les plains, continua d'Ambreville avec la tristesse d'un homme qui a toute sa raison, de la certitude qui les fait agir, sans hésiter, encore plus que du doute qu'ils peuvent avoir à surmonter. Douter, c'est pouvoir espérer.

Il baissa la tête. A coup sûr, il évoquait Céline de Sabaillan.

— Tu as été bien sévère pour l'homme qui vient de sortir, insinua Dontilly.

— C'est vrai, car il n'a été que le bras. Ce n'est pas lui le coupable.

— Il n'y a pas de coupable, et si j'ai, pendant ta maladie, installé près de nous ce pauvre Martial, c'est pour qu'il t'expliquât, aussitôt que cela serait possible, comment son dévouement absolu l'a égaré. Il a agi spontanément. Il a été le chien qui mord, sans qu'on lui ait commandé de mordre, mais parce qu'on lui a commandé de bien garder.

— Qu'avait-il encore à garder ?

— Ta fille ! ta femme !

Roland fut profondément troublé de l'accent à la fois tendre et solennel avec lequel Dontilly lui parlait et proclamait comme un fait avéré, indiscutable, cette union qu'il ne rêvait plus.

— Rappelle-le ! je veux qu'il me dise tout ! je veux tout savoir, tout de suite ! balbutia-t-il.

Charles appela Martial. Martial ne répondit pas. Dontilly passa dans la salle à manger, parcourut toutes les pièces de l'appartement, arriva à l'antichambre. La porte de l'escalier était ouverte. Martial était descendu, sorti.

— Quelle imprudence! murmura Charles, qui fut en même temps atteint d'un soupçon étrange, extravagant.

Il revint précipitamment vers d'Ambreville, courut à la fenêtre, regarda dans la rue et poussa un cri.

Martial, dans un groupe de soldats, paraissait arrêté et répondait à l'interrogatoire d'un officier.

Au cri de son ami, Roland regarda à son tour, et d'une voix faible :

— Qu'est-ce que cela veut dire?

— Viens le sauver! répliqua Dontilly, qui saisit d'Ambreville par la main et l'entraîna vers l'escalier.

Martial s'était retiré sur l'ordre de Roland, sur l'invitation de Dontilly.

Il marchait, comme un soldat qui quitte le champ de bataille, harassé, s'étant bien battu, n'ayant pas lâché pied, insouciant de savoir à qui reste la victoire, impatient de repos, mais d'un repos sans rêve, qui ne lui rende pas le bruit de la mêlée, l'odeur de la poudre, les trépignements dans le sang, d'un repos inerte, d'un anéantissement complet.

Il avait pris un peu de l'hébétation qu'il avait interrompue dans un autre... Il allait, le dos

21

courbé, les bras ballants, se disant seulement à chaque pas :

— C'est fini, c'est fini.

Il allait, ouvrant les portes, ne les refermant pas, prêt à se laisser reprendre. Il descendit l'escalier, faisant résonner les marches sous son pas pesant. Il passa devant la loge du concierge sans être vu, demanda le cordon, qui fut tiré. Il sortit ; mais cette fois il n'oublia pas de fermer la porte, comme s'il eût fermé sa vie, pensant vaguement qu'il enfermait derrière lui tout ce qui avait troublé, empoisonné, condamné son existence.

Il s'arrêta sur le trottoir et huma l'air. L'air était alourdi par la fumée, par les débris qui voletaient. Le ciel était sanglant. Il semblait défendu à un homme de se sentir libre et d'attendre quelque chose de réconfortant de cette atmosphère. Il contempla devant lui, contre la barricade, le tas de morts qu'on venait de faire. Eut-il un soupir d'envie ? Il sourit faiblement, regarda à droite et à gauche, hésitant sur le choix de la direction à prendre ; mais, comme il y avait une lueur d'incendie plus grande du côté de la rue du Bac, il se sentit instinctivement attiré de ce côté.

Il n'avait pas fait vingt-cinq pas qu'une sentinelle lui barra le passage.

Martial fixa pendant deux secondes son regard

dédaigneux, étonné, sur le soldat, puis, sans explication, il lui tourna le dos.

La sentinelle fit lestement un demi-tour, se retourna devant Martial, la baïonnette croisée, et lui dit :

— Où allez-vous?

— Je ne sais pas.

— D'où venez-vous?

— Qu'est-ce que cela vous fait?

— Qui êtes-vous?

Il ne répondit pas.

— Lieutenant, dit à voix haute le soldat en faction en interpellant un officier adossé tout rêveur à une porte cochère, voici un insurgé!

Le lieutenant s'avança. Martial ne fit aucun mouvement pour s'échapper. Il attendit avec un sourire dédaigneux, curieux.

L'interrogatoire recommença, et, pour la seconde fois, Martial refusa de répondre.

Le lieutenant fit un signe. Le vieux soldat fut amené vers un groupe d'officiers. On lui regarda les mains, on les lui flaira. Elles étaient rugueuses, calleuses, mais elles ne sentaient ni la poudre ni le pétrole.

Les officiers se consultèrent du regard. La contenance de ce vieil homme, malgré son entêtement à garder le silence, les intimidait. On allait peut-être le relâcher, quand Martial, tout à coup changeant d'attitude, et d'un accent de raillerie profonde, leur dit :

— Vous avez bien envie de me fusiller, n'est-ce pas?

— Taisez-vous, malheueux !

— Ne vous gênez pas, si le cœur vous le dit : je sais ce que c'est ; je suis soldat.

— Soldat?

— Eh bien, oui, cela vous étonne?

— Comment êtes-vous ici?

— Peut-être bien que j'ai déserté!

— De quel régiment?

— Ça, vous ne le saurez pas.

— Voyons, si vous êtes un mauvais plaisant, en voilà assez!

— J'ai donc l'air de plaisanter, reprit Martial, dont on distinguait la pâleur dans cette nuit colorée, et dont les yeux brillaient d'un éclat farouche, sous ses sourcils abaissés. Ah ! si vous saviez comme j'ai peu le cœur à la gaieté! Je suis vaincu, vous me tenez; ne me faites pas grâce.

— Est-ce que vous avez mis le feu?...

— Non, j'ai tué, et, si cela ne vous suffit pas : Vive la Commune ! Est-ce assez?

— C'est un fou, dit un vieil officier, en lui tournant le dos et en s'éloignant.

— Un fou dangereux ! reprit un autre.

— Est-ce que nous faisons autre chose que de nous battre avec des fous? repartit un troisième.

Martial écoutait avec une sorte de sifflement à travers ses lèvres serrées.

— Finissons-en, dit le lieutenant auquel on l'avait amené d'abord, et qui demeurait seul, les officiers s'éloignant et rentrant dans la cour de l'hôtel où l'état-major du bataillon était installé.

Il fit un signe, et un caporal rassembla quelques hommes, qui s'alignèrent.

Martial avait vu le mouvement ; on lui dit de se tourner et de marcher.

— Non, je veux mourir, répondit-il, comme le maréchal Ney.

Il se rappelait, à cette minute suprême, une image accrochée dans sa chambre, au château des Épines, et qu'il avait bien souvent admirée. Il se redressa, posa, comme dans l'image, la main sur sa poitrine, envoya un coup d'œil rapide, chargé d'une prière, dans la direction des fenêtres de d'Ambreville, et, marchant à reculons, mordant sa moustache, souriant au ciel rougi, qui lui semblait peut-être avoir des lueurs d'apothéose, il attendit la décharge.

Tout cela s'était passé en quelques minutes. A

ce moment, Charles et Roland, qui étaient descendus précipitamment, se trouvèrent sur le seuil de la maison.

— Arrêtez! s'écria Dontilly.

Le commandement de feu avait été donné en silence, par un geste, et, avant que les deux amis eussent quitté le trottoir, Martial, foudroyé, tombait à la renverse.

D'Ambreville s'arrêta brusquement, comme si le ricochet d'une balle l'eût frappé en pleine poitrine. Tant de lucidité lui entra tout à coup dans l'esprit, devant cette immolation volontaire, qu'il eut l'entendement ébloui, aveuglé, et qu'il faillit mourir subitement de cette guérison instantanée de sa raison.

Il recula et, pour ne pas tomber, s'adossa au mur, regardant Martial, qu'il avait peur d'avoir tué.

— Monsieur, dit Charles d'une voix haletante, indignée, à l'officier, vous venez de tuer un homme inoffensif, qui sortait de chez moi, qui ne s'est jamais mêlé à l'insurrection.

— Qui êtes-vous, monsieur, pour me parler ainsi?

Charles se nomma, désigna son ami d'Ambreville, montra son domicile, et, sans entrer dans des détails, affirma si hautement, si péremptoirement, l'innocence du vieux soldat, que le lieutenant, intimidé, balbutia :

— Avant de mourir, il a crié : Vive la Commune !

— Il a menti.

— Pourquoi a-t-il menti?

— Parce qu'il voulait mourir.

— Pouvais-je savoir qu'il mentait?

Il porta la main à son front et la passa sur ses yeux.

— Vous voulez me donner des remords, reprit-il doucement. C'est presque m'exhorter à trahir. Voyez donc dans quelle fournaise nous sommes. Vous dites qu'il voulait se faire tuer? J'aurai été l'instrument involontaire de son suicide, mais non son meurtrier. Je souffre de cette erreur. Est-elle la seule qui soit commise, cette nuit? Elle sera la dernière pour moi. Ma conscience de soldat ne me reproche rien; mais je n'ose vous remercier de m'avoir averti... Si vous pouvez quitter Paris, monsieur, allez-vous-en; car nous n'avons pas fini.

Il s'écarta de Dontilly, et se tournant vers ses hommes :

— Vous conduirez dans cette cour tous ceux que vous arrêterez.

Il salua Charles et rejoignit les officiers dans le poste improvisé.

Charles regarda Martial, qui semblait l'écouter penser.

— Toi aussi, se dit-il tout bas, tu as fait du mal, en croyant faire ton devoir. Je t'avais absous; tu n'as pas voulu attendre que ta conscience te pardonnât.

Il revint à Roland. .

— Rentrons! lui dit-il, en lui prenant la main.

— Où donc? répondit d'Ambreville, dont les dents claquaient, et sans bouger.

Dontilly le regarda de plus près et fut épouvanté. Le délire n'avait-il été qu'interrompu? Cette dernière secousse était-elle mortelle?

Avec une tendresse qui lui donnait des forces surhumaines, il enveloppa Roland de ses bras, le chargea presque sur son épaule et le porta ainsi dans son appartement.

Il se souvint alors du conseil, assurément banal dans une pareille circonstance, que l'officier lui avait donné : « Si vous pouvez quitter Paris, allez-vous-en. » Il lui trouvait une importance décisive. Il allait se passer dans Paris des choses plus terribles encore. Roland ne pouvait les supporter.

Charles donna des ordres aux domestiques pour qu'on fermât tout dans l'appartement, pour qu'on prît à la hâte les effets nécessaires qu'on pouvait emporter à la main. Une heure de plus dans cette atmosphère de meurtre et d'incendie lui paraissait un malheur irréparable. Il n'avait plus honte de fuir.

Ainsi, pendant que madame de Sabaillan et Céline se dirigeaient vers Paris, Dontilly cherchait à en sortir, soutenant Roland, qui chancelait à chaque pas, et qui, redevenu muet, plus faible que dans son premier délire, se laissait conduire, en levant la tête de distance en distance pour regarder d'un air effaré et enfantin la grande lueur rouge qui envahissait l'horizon.

. . . .

Antonie et Céline restèrent à Paris pendant la bataille, dans le petit appartement de la rue Cassini, qui n'était plus exposé aux bombes. Quand Paris fut pacifié, c'est-à-dire plein de décombres et de souvenirs hideux planant dans la fumée, elles voulurent retourner au château des Épines.

Une lettre que reçut madame de Sabaillan changea leur résolution.

Dontilly leur écrivait du Loiret qu'après une crise dans laquelle Roland lui était apparu guéri, l'énergie même de ce sursaut, de cet effort, avait amené une réaction qui exigeait du soin, mais surtout la distraction, l'activité d'un voyage. Le docteur Vernon, auquel ils s'étaient adressés tout

d'abord en quittant Paris, avait conseillé une
excursion en Suisse, la vie sur les hauteurs. Ils
partaient. Charles racontait une visite au château
des Épines. Il avait appris là le départ de ces
dames pour Paris. Il avait vu la petite Julie et
n'avait pas osé la faire voir à son père. L'impres-
sionnabilité nerveuse de Roland demandait encore des ménagements infinis.

Ignorant que ces dames avaient été frapper à
la porte de d'Ambreville, quand le cadavre de
Martial achevait à peine de se raidir, il leur racontait ce lugubre épisode ; mais c'était moins
pour les attrister de la mort de ce pauvre homme
que pour aborder doucement, discrètement, à
propos de lui, la question d'oubli, de pardon.

Il espérait bien qu'en retrouvant l'équilibre de
sa raison Roland ne retrouverait en lui ni haine
ni rancune contre ce malheureux, qui croyait avoir
fait son devoir jusque dans le châtiment par lequel
il avait puni la fidélité féroce. Roland n'était
retombé momentanément sans doute, dans sa
torpeur morale, que par douleur de n'avoir pu
sauver le vieux serviteur des Sabaillan, lorsqu'il
l'avait vu arrêté. Quand il se serait habitué à l'idée
d'accepter sans remords le sacrifice de Martial,
Roland en viendrait bien vite à écouter, à comprendre ce que lui dirait son ami de l'amour de

Céline et du martyre par lequel cette coquette s'était élevée aux sérénités de la passion sincère et patiente.

De lui-même, de son amour respectueux pour Antonie, Charles ne disait rien. Il ignorait ou feignait d'ignorer que l'inquiétude sur lui avait été pour beaucoup dans le voyage de ces dames à Paris. Il n'osait pas les gronder de cette inquiétude, il n'osait pas les louer de leur héroïsme. Il leur conseillait de rester à Paris, de s'y installer, d'y faire venir Julie, puisque ce serait à Paris tout droit qu'il ramènerait son ami ; le château des Épines pouvant être une station dangereuse pour la convalescence de Roland.

Mais, en se taisant sur ses espérances personnelles, Charles mettait dans cette lettre une effusion si simple qu'on devinait bien qu'il n'écrivait ainsi qu'à une femme dont il était certain d'être compris, deviné en toute chose. Le mot d'amour n'eût rien ajouté d'explicite et de tendre à tout ce que renfermait de sentiments profonds cette amitié qui parlait d'avenir avec une foi immuable.

Il ne s'expliquait pas non plus, mais pour obéir à un autre scrupule, sur l'amour de Roland. Il espérait détruire les préventions de son ami : mais d'Ambreville ne pouvait-il pas rendre justice à

Céline, la décharger d'une accusation de meurtre sans l'aimer, comme il l'avait aimée avant les refus ironiques de l'orgueilleuse fille? Ne pouvait-il pas avoir horriblement souffert de ses soupçons sans avoir ranimé dans ses souffrances un amour éteint et méprisé ?

Céline se disait cela, en commentant la lettre de Dontilly; mais elle acceptait maintenant dans toutes ses conséquences l'épreuve qui la réhabilitait. Pourvu que Roland fût sauvé, elle consentait à expier dans un regret continu la faute de son orgueil et de sa coquetterie.

Elle se soumit donc, sans murmure, et resta à Paris, pendant que madame de Sabaillan partait pour le château des Épines, afin de ramener Julie, madame Bernard et la femme de chambre.

L'été vint, l'été de Paris, qui cette année-là avait plus de ruines à brûler que d'arbres à épanouir. Quand il eût été si doux de laisser Julie s'y ébattre, Céline se résignait tous les jours à une longue station dans le jardin des Tuileries, encore défoncé par les bivouacs successifs de l'armée et de l'émeute.

Il lui plaisait, dans la liberté de Paris, d'exercer seule, comme une veuve, son rôle maternel. Elle arrivait régulièrement à la même heure,

tenant Julie par la main, s'asseyant à la même
place, s'inquiétant peu de savoir si elle rencon-
trerait des visages de connaissance. Elle acceptait
d'avance toutes les rencontres et, par suite, les
étonnements, les humiliations, les moqueries, que
ces rencontres devaient provoquer.

Tandis que son enfant jouait avec les autres
petites filles de son âge, assise à l'ombre, ne lisant
rien, ne travaillant à rien, les bras croisés, pâle,
mais se condamnant à sourire, aimant les ruines
qui l'entouraient, dans la rue de Rivoli, aux Tuileries, sur le quai, comparant les désastres que
sa folie avait provoqués à ceux que la folie publique avait faits, elle rêvait pendant trois ou
quatre heures.

Par un après-midi du mois de juillet, elle était
à sa place dans l'allée qui longe la rue de Rivoli,
un peu plus triste, car les lettres de Dontilly devenaient rares, mystérieuses, et il lui semblait
qu'Antonie lui cachait quelque chose.

Sa rêverie ne l'empêchait pas de surveiller sa
fille, de l'entendre, de la suivre du regard quand
elle s'éloignait un peu.

Julie venait de s'élancer avec un petit cri après
un ballon qui roulait trop vite sur le sable. Céline
leva la tête et commençait à appeler l'enfant, quand
elle l'aperçut qui, dans sa course affolée, s'était

jetée dans un promeneur arrêté devant elle. Celui qu'elle accostait ainsi se baissa, la souleva dans ses bras et lui donna deux gros baisers qu'elle accepta sans façon.

Céline n'avait pas vu le visage penché du promeneur. Lorsqu'il eut déposé l'enfant à terre et qu'il se fut redressé, mademoiselle de Sabaillan se leva toute droite, puis retomba aussitôt sur sa chaise, ayant peur d'une hallucination.

Julie, séduite par les baisers du *monsieur*, lui avait pris la main, et naïvement, d'instinct, elle le conduisait à sa maman.

Céline crut qu'elle allait mourir de crainte, de joie, d'extase. Roland était à vingt pas devant elle, la contemplant, tenant sa fille par la main, et s'avançant vers la mère pour faire cesser son veuvage.

Mademoiselle de Sabaillan s'en voulut de sa faiblesse. Sa fierté d'autrefois se ralluma, purifiée par cette vision. Elle sourit de tout son être, et ce sourire, parti de l'ombre, se refléta distinctement, comme une lumière ajoutée au soleil, sur le visage pâli, mais transfiguré, de Roland.

Elle se souleva. Elle voulait se jeter devant lui, dans ses bras ou à ses pieds. Mais lui, souriant à son tour, la priait du regard de rester en place, d'attendre.

Alors, charmée, éblouie, enivrée, elle attendit. Il vint à elle, ne lui dit rien. Qu'avait-il à dire? Il lui tendit la main, qu'elle prit, qu'elle serra, avec la tentation folle de la porter à ses lèvres ; puis, comme Julie se jetait sur elle, Céline dévora sur les joues de sa fille les baisers que Roland y avait mis.

Ce fut tout.

Ce sera tout pour le lecteur, qui n'a plus besoin de moi pour savoir que Céline s'appelle aujourd'hui madame d'Ambreville et qu'Antonie s'appelle madame Dontilly.

Quant au château des Épines, il n'est plus habité par mes héros ; mais il s'y fait peut-être encore des romans.

FIN

TABLE

COULOMMIERS. — TYPOG. PAUL BRODARD.

NOUVEAUX OUVRAGES EN VENTE
Format in-8°

M. DE BALZAC f. c.
ŒUVRES COMPLÈTES, tome XXIV et
dernier. — CORRESPONDANCE.... 7 50

LE FEU DUC DE BROGLIE
LE LIBRE ÉCHANGE ET L'IMPOT. 1 vol. 7 50

VICOMTE D'HAUSSONVILLE
L'ENFANCE A PARIS. 1 vol......... 7 50

ERNEST HAVET
LE CHRISTIANISME ET SES ORIGINES,
tome III. 1 vol................ 7 50

VICTOR HUGO
LE PAPE. 1 vol................. 4 »
LA PITIÉ SUPRÊME. 1 vol........ 4 »

A. DE LAMARTINE f.
SAUL. 1 vol.................... 4 »

CHARLES DE LOVENJOUL
HISTOIRE DES ŒUVRES DE BALZAC,
1 vol....................... 7 50

MERLE D'AUBIGNÉ
HISTOIRE DE LA RÉFORMATION AU
TEMPS DE LUTHER. 5 vol....... 37 50

ERNEST RENAN
L'ÉGLISE CHRÉTIENNE. 1 vol..... 7 50

ROTHAN
LA POLITIQUE FRANÇAISE EN 1866.
1 vol....................... 7 50

THIERS
DISCOURS PARLEMENTAIRES. T. I à III. 22 50

Format gr. in-18 à 3 fr. 50 c. le volume.

ÉMILE AUGIER vol.
THÉÂTRE COMPLET................ 6
ŒUVRES DIVERSES................ 1

J. AUTRAN
BONNETS CAPRICIEUX.............. 1

H. DE BALZAC
CORRESPONDANCE................. 2

***
L'INCONSOLÉE................... 1

G. BARILLON
UN DRAME EN AMÉRIQUE........... 2

HECTOR BERLIOZ
CORRESPONDANCE INÉDITE......... 1

LOUIS BLANC
DIX ANS DE L'HISTOIRE D'ANGLETERRE.
T. I et II.................. 2

DUC DE BROGLIE
LE SECRET DU ROI............... 2

ÉMILE BURNOUF
LE CATHOLICISME CONTEMPORAIN... 1

EDOUARD CADOL
LA GRANDE VIE.................. 1

P. DE CASTELLANE
SOUV. DE LA VIE MILITAIRE EN AFRIQUE. 1

H. CAUVAIN
AMOURS BIZARRES................ 1

CHUTII
SHOCKING !..................... 1

CUVILLIER-FLEURY
POSTHUMES ET REVENANTS......... 1

E. DIDIER
LA PETITE PRINCESSE............ 1

X. DOUDAN
LETTRES........................ 4

A. DUMAS FILS
ENTR'ACTES..................... 3

O. FEUILLET vol.
LE JOURNAL D'UNE FEMME......... 1

COMTE D'HAUSSONVILLE
SOUVENIRS ET MÉLANGES.......... 1

ARSÈNE HOUSSAYE
DES DESTINÉES DE L'AME......... 1
HISTOIRES ROMANESQUES.......... 1

VICTOR HUGO
L'ART D'ÊTRE GRAND-PÈRE........ 1
LÉGENDE DES SIÈCLES............ 2

EUGÈNE LABICHE
THÉÂTRE COMPLET................ 6

JULIETTE LAMBER
GRECQUE........................ 1

L. DE LOMÉNIE
ESQUISSES HISTORIQUES ET LITTÉRAIRES. 1

MICHELET
INTRODUCTION A L'HISTOIRE UNIVERSELLE 1

J. NORIAC
LE CHEVALIER DE CERNY.......... 1
LA COMTESSE DE BRUGES.......... 1
LA FALAISE D'HOULGATE.......... 1

A. DE PONTMARTIN
NOUVEAUX SAMEDIS, Tome XVII.... 1

VICOMTE RIBEIRO (O MONROY)
LE CAPITAINE PARABÈRE.......... 1
M. MARS ET M. VÉNUS........... 1

C. A. SAINTE-BEUVE
CORRESPONDANCE................. 2

SAYCE
MÉMOIRES DE TANTE GERTRUDE..... 1

E. TEXIER ET LE SENNE
DELBURG ET Cⁱᵉ................. 1
MÉMOIRES DE CENDRILLON......... 1

LOUIS ULBACH
L'ENFANT DE LA MORTE........... 2

JUAN VALERA
RÉCITS ANDALOUS................ 1

Paris. — Imprimerie DUMOULIN, 3, rue Aube

www.ingramcontent.com/pod-product-compliance
Lightning Source LLC
Chambersburg PA
CBHW050314030726
47505CB00003B/698